Françoise Sagan wurde in den fünfziger Jahren mit „Bonjour Tristesse“ auf einen Schlag berühmt. Auch ihren nächsten Werken wie etwa „In einem Monat, in einem Jahr“ und „Lieben Sie Brahms?“ war großer Erfolg beschieden. Fast zwanzig Romane liegen inzwischen vor, zwei Erzählungsbände, ein Buch mit Erinnerungen; dazu sechs Theaterstücke, die nicht alle die erwartete Resonanz beim Publikum fanden. Die unkonventionelle Autorin lieferte der Boulevardpresse immer wieder Stoff: Nachtbars, Skandälchen, schnelle Wagen, Roulette. Später wurde es stiller um das „enfant terrible“ der französischen Literaturszene. Françoise Sagan engagierte sich in politischen Fragen.

In ihrem neuen Roman von 1985 behandelt sie einen Dreieckskonflikt, der sich vor dem Hintergrund von Krieg und Résistance abspielt. In einem Interview sagte sie: „Es gab die Leute, die wirklich in der Résistance waren und darin aufgingen, und die anderen, die einfach nur lebten. Ich habe den ganzen Krieg über nur von Liebesgeschichten gehört. Und man lauschte Charles Trenet ...“

Drei Menschen treffen aufeinander im Frühsommer des Jahres zweiundvierzig: der ernste, skeptische Jérôme, der „irgendwie für das Unglück begabt“ ist; sein Jugendfreund Charles, unbeschwert, sympathisch, offen, ein Schürzenjäger und Bonvivant; und die zarte, aparte Alice, die nach einer schweren Depression Jérômes Geliebte geworden ist. Charles ist augenblicks von Alice bezaubert. Er umgarnt sie, und sie läßt sich von seinen Tricks gern einlullen. Aber dann bricht mit Vehemenz die Wirklichkeit in ihre versuchte Idylle.

Françoise Sagan

Brennender Sommer

Deutsch
von Hermann Stiehl

Aufbau-Verlag

Titel der französischen Originalausgabe
De guerre lasse

1. Auflage 1989
Aufbau-Verlag Berlin und Weimar
Ausgabe mit Genehmigung des C. Bertelsmann Verlages, München

Einbandgestaltung Otto Knöpfer/Regine Schmidt
Lichtsatz Karl-Marx-Werk, Graphischer Großbetrieb, Pößneck V 15/30
Druck und Binden
III/9/1 Grafischer Großbetrieb Völkerfreundschaft Dresden
Printed in the German Democratic Republic
Lizenznummer 301.120/193/89
Bestellnummer 613 949 7
00185

ISBN 3-351-01380-9

Erstes Kapitel

Auch das Wetter war erbarmungslos in jenem Jahr 1942. Im Mai schon duckten sich die Wiesen unter dem Sommer. Das hohe Gras, erschlafft von der Hitze, neigte sich, vertrocknete und brach ab. Über dem Bassin stieg im Abendlicht Dampf auf, und das Haus selbst, mit seiner rosafarbenen zerfurchten Fassade, den wie vor einem Geheimnis geschlossenen Läden des Obergeschosses und den wie vor einer Überraschung aufgerissenen Fenstertüren des Untergeschosses – das Haus selbst erinnerte an eine erschöpfte alte Dame kurz vor einem durch Ungewißheiten hervorgerufenen Schlaganfall.

Es war schon nach neun, und man hatte den Kaffee auf der Terrasse eingenommen, unterhalb der Eingangsstufen, in der Hoffnung auf ein wenig Kühle; aber es war so hell und noch so warm, daß man sich mitten am Tag und mitten im Sommer hätte glauben können.

„Und wir haben erst Mai!“ sagte Charles Sambrat mit düsterer Stimme. „Was machen wir da erst im August?“ Und er schnippte seine Zigarettenkippe weg in einer kurzen Flugbahn, die in seinen Augen vielleicht ihrer aller Zukunft vorwegnahm, von Alice Fayatt aus ihrem Schaukelstuhl heraus jedoch ohne Beunruhigung verfolgt wurde, weil es eine kraftvolle Geste war, die diesen glühenden Stummel ins Nichts und auf den Kies befördert hatte. Und vor dem Abendhimmel sprachen die Silhouette dieses Mannes und seine energische Geste viel mehr von Leben als von Fatalität: die ein wenig geschlitzten braunen Augen, der volle Mund, die kräftige Nase von Charles Sambrat hatten, obwohl eingerahmt und betont durch erstaunlich feine schwarze Haare und Wimpern, welche einer Frau, selbst eines Valentino würdig gewesen wären, und trotz seines etwas altmodischen, ein wenig an 1900 erinnernden Gebarens eines gutaussehenden Schürzenjägers nichts Beunruhigendes oder gar Prophetisches. Oder auch Empörendes, dachte Alice weiter. Die Vitalität dieses Mannes, seine offenkundige Lebensfreude empfand sie einmal nicht als einen Anachronismus, als eine unverzeihliche Frivolität in diesem Mai 1942. Und ärgerte sie auch seine völlige Gleichgültigkeit gegenüber der Geschichte des Landes, so existierte doch – es war kaum zu fassen, ließ sich aber nicht bestreiten – eine Art Übereinstimmung zwischen diesem Mann und dem Geruch dieses Hauses, seiner Wiese, der Reihe seiner Pappeln, seiner Hügel; kurz, eine Übereinstimmung, die – hätte sie nur einen Augenblick daran glauben können – die schönen blauweißroten und apfelgrünen Reden Marschall Pétains unterstrichen haben würden. Und plötzlich glaubte Alice die ernste und durchdringende Stimme des Greises zu hören, dann die brutale, brüllende Stimme eines Rasenden, weiter weg, und sie blinzelte, warf den Kopf in den Nacken und drehte sich instinktiv zu Jérôme um.

Auch Jérôme wirkte betäubt, benommen von diesem warmen Grasgeruch. Er hielt die Augen geschlossen, und die Strähnen seiner bleichen Haare hoben sich kaum ab von dem erschöpften, verletzlichen und abgespannten Gesicht. Das Gesicht von Jérôme, dem sie heute alles verdankte, auch dieses Gras, diesen von Sternen übersäten Himmel und die plötzliche innere Ruhe; alles, selbst die unbestimmbare, aber suspekte Lust, die verschwommene Sehnsucht, die zu ihrer stillen Schande der allzu männliche Charme von Jérômes Jugendfreund in ihr auslöste – von diesem Sambrat, dem sie heute unangemeldet ins Haus geschneit waren, weil beider alte Freundschaft sie eines Vorwands enthob.

Sie blinzelte und schüttelte den Kopf, um Jérômes Aufmerksamkeit auf sich zu lenken, ehe sie sich bewußt wurde, daß auch er, die Augen weit geöffnet, sie schon seit einiger Zeit ansah. Diese Blindheit war bei Alice alltäglich und schien ihr entweder ein Beweis für ihre eigene Egozentrik oder ein Beweis für ihre Leichtfertigkeit ihm gegenüber. Hinter ihnen sang ein Vogel. Es war ein eigenartiger Ruf, und Charles lachte. „Dieser Vogel schimpft wie ein Fuhrknecht", sagte er in fröhlichem

Ton. „Ich habe immer das Gefühl, er stößt Flüche aus. Ihr nicht? Das klingt so gar nicht romantisch oder hübsch, diese Triller. Eher fast wütend – wirklich komisch.“

„Das stimmt“, sagte Alice, zuerst aus Höflichkeit, aber dann leicht belustigt, denn der Eindruck war nicht falsch. „Er ist vielleicht ein verwirrter Tagesvogel, dem das alles nicht paßt.“

Was taten sie eigentlich beide hier, Jérôme und sie? Wie kamen sie dazu, sich hier in der Dauphiné mit diesem unglückseligen Mann, seines Zeichens Schuhfabrikant, über den Gesang eines zornigen Vogels zu unterhalten?

„Ich habe uns ein recht bescheidenes Abendessen vorgesetzt“, fuhr Charles fort, aber in einem so unbekümmerten Ton, daß es fast zynisch klang.

Dieser Mann mußte für so etwas wie Verlegenheit oder Gewissensbisse völlig unempfindlich sein, dachte Alice. Und sie, die Dünkel und selbst Seelenruhe verabscheute, bei den Stadt- wie bei den Landratten, bei den Großmäulern wie bei den fidelen Gesellen, mußte wider Willen lächeln, als sie sich ins Gedächtnis rief, wie Charles, ganz verblüfft und erfreut über ihre Ankunft, in seiner Küche ein Omelett einen gefährlichen Salto schlagen ließ. Das war vor einer Stunde gewesen – vor einer Stunde schon! –, und das Echo dieses Lachens versagte ihr, zumindest für diesen Abend, jede kritische Bemerkung. Dieser Mann mußte einfach ein gutes Herz haben; das war in diesen Zeiten eine ebenso anachronistische Eigenschaft wie seine äußere Erscheinung und mußte ihren Plänen dienlich sein. Und sie war sich dessen sicher, denn diese Güte stand überall geschrieben: in Charles' Gesicht, in seinem Gebaren. Er sah nicht nur gut aus, er war auch ein guter Mensch. Genau wie Jérôme ihn ihr geschildert hatte. Und die Herablassung, die, wie sie sich erinnerte, in Jérômes Stimme mitgeschwungen hatte, erschien ihr jetzt ungerecht und unangebracht. Schließlich konnte es diesem zufrieden in seinem „süßen Frankreich“ lebenden Charles Sambrat, mochte er ein noch so großer Weiberheld, mochte er noch so unbedarft, borniert und materialistisch eingestellt sein, eines Tages blühen, daß er dank seiner beiden Gäste vor ein Exekutionskommando geschleppt oder sadistischen Folterknechten überantwortet wurde, ohne zu wissen, warum. Und konnte auch nicht die Rede davon sein, ihm dieses Warum zu erklären, bevor man sicher war, daß dieses Zusammentreffen für ihn den gleichen Sinn hatte wie für sie, so sah sie sich plötzlich schuldig als jemand, der eine seit Menschengedenken bestehende und heilige Gastfreundschaft entweiht ... Sie kam sich einen Moment wie der Wolf im Schafstall vor, bis sie das braune, glänzende Auge des Schafs namens Charles Sambrat auf sich, auf ihren Körper gerichtet sah, mit einem Blick, der ihr jäh ihre Rolle des großen, bösen Wolfs austrieb.

„Aber dein Omelett war doch herrlich“, versicherte Jérôme. „In Paris würde man sich um so ein Omelett schlagen, darüber scheinst du dir nicht im klaren zu sein, mein Lieber!“

„Übertreibst du da nicht etwas?“ sagte Charles nicht ohne eine gewisse Ironie. „Das mit der Versorgung wird sich schon einspielen“, fügte er hinzu, „die Deutschen sind groß in der Organisation.“

„So, glaubst du!“ Jérômes Stimme klang wie beiläufig, abwesend, ein wenig spöttisch.

Er fängt schon an, ihn abzuklopfen, dachte Alice resigniert, es ging schon los. Hätte er nicht noch einen Abend warten können, einen einzigen Abend? Und unter ihren Lidern passierten hundert Klischees Revue, ruckweise und undeutlich: Türen armseliger Absteigen, dunkle Straßen, Bahnsteige, Wohnungen für wenige Tage, kaum ausgepackte Koffer, triste Bilder, schmutzig, anonym, niederdrückend, kurzum, Bilder der Résistance – die auf diesem Rasen, unter diesem Himmel und der Reihe der Pappeln dort hinten nur noch beklemmender waren. Sie spürte, wie ihr die Tränen in die Augen stiegen. Sie hätten nicht hierherkommen dürfen, sie hätten nicht Station machen, sich ausruhen dürfen, sie hätten weiterrennen sollen, von einer Straßenecke, einer Toreinfahrt zur nächsten, im Zickzack, stolpernd vielleicht. Sie hätten sich niemals ausstrecken dürfen auf dieser so friedlichen und so runden Erde, vor diesem Mann mit seinem Hals, der auch so rund war, rund und gerade wie jene berühmten Birken, jene berühmten Hälse, die eine sinnliche Frau in anmutigen Romanen beschrieb. Dieser gerade und gebräunte Hals unter zu langem schwarzem Haar, dem Haar eines verlassenen Mannes, dachte sie plötzlich.

„Sie sind nicht verheiratet, Charles?" fragte sie mit fast angstvoller Stimme, oder hörte sie sich vielmehr fragen, und sie errötete im Dunkeln, machte sich sofort heftige Vorwürfe wegen dieser indiskreten Frage, von der Jérôme ihr vor zwei Tagen mit vagen Andeutungen abgeraten hatte, machte sich ebenso schnell heftige Vorwürfe wegen des törichten und unpassenden Mitgefühls mit diesem kleinen Provinzcharmeur, der so still zufrieden war mit seinem Zölibat und so selbstsicher. Mit diesem kleinen Industriellen, der die Deutschen für so große Organisatoren, Frankreich für so gut versorgt und ihren Körper für so verlockend hielt. Der alles bestens in der besten aller Welten fand.

„Meine Frau hat mich verlassen", sagte Charles, ohne sie anzusehen. „Sie lebt jetzt in Lyon. Ich muß mich ein wenig behelfen, aber ich habe Louis und seine Frau Louise, die die ganze Woche kocht – außer sonntags. Deshalb war das Abendessen so behelfsmäßig. Wenn ihr euch angemeldet hättet . . ."

„Aber", stammelte Alice und verkroch sich in ihren Schaukelstuhl, um ihre Schamröte zu verbergen, „ich habe doch nicht von dem Omelett gesprochen, ich . . ."

„Ich weiß, ich weiß", sagte Charles. „Das war mir klar." Und er stieß ein kurzes, verlegenes, aber aufmunterndes Lachen aus, das Alice vollends verwirrte.

„Bitte, entschuldigen Sie mich jetzt", sagte sie und erhob sich. „Ich habe halb geschlafen, ich muß wie im Traum gesprochen haben, ich weiß nicht mehr. Das Abendessen war köstlich, aber ich muß mich jetzt schlafen legen. Ich bin todmüde, diese Bahnfahrt war endlos. Vierundzwanzig Stunden waren wir unterwegs, nicht wahr, Jérôme?"

Die beiden Männer hatten sich überstürzt erhoben, aber Jérôme war natürlich mit seinem Sessel nicht zurechtgekommen, weshalb Charles als erster bei Alice war, voller Eifer, vibrierend, und sie blickte diese beiden Männer an, die wiederum sie anstarrten. Wie in einer amerikanischen Komödie, dachte sie in einem plötzlichen Anfall von Heiterkeit, und ehe sie lachen mußte, wandte sie sich unvermittelt dem Haus zu.

„Ich zeige Ihnen Ihr Zimmer", sagte Charles. „Oder nein – ich überlasse das Jérôme, er kann das besser. Er kennt das Haus genauso gut wie ich, was mich freut." Er legte Jérôme, der sich humpelnd zu ihnen gesellt hatte, die Hand auf den Arm. „Er weiß besser, was Ihnen gefällt – was ich wiederum bedaure", fügte er mit einer unerwarteten, altmodischen Grazie hinzu, ehe er einen Schritt zurücktrat und sich leicht vor Alice verneigte, ohne ihre Hand zu ergreifen. Dieser kurze und fast abwesende Gruß dünkte die junge Frau plötzlich erotischer als der längste und glühendste Handkuß. Und um sich zu vergewissern, lächelte sie ihn an und begegnete seinen so braunen, so männlichen, so kindlichen, ja so animalischen Augen, in denen im Moment nichts geschrieben stand von irgendwelcher Zweideutigkeit oder Vermessenheit.

Es war jedenfalls ein Blick, der ihr an Schürzenjägern noch nie aufgefallen war: gewisse Männer, denen sie in sehr jungen Jahren da und dort am Strand begegnet war und bei denen aus dem Gebaren, aus dem Blick, aus allem ganz ruhig und unverhohlen ein hemmungsloses Verlangen nach Frauen sprach, konnten nur mit Mühe einen Widerwillen und eine völlige Abneigung gegen Männer verbergen. Sie erinnerte sich an zwei, drei Männer von dieser Art, sehr ruhige und sehr schöne Männer, sehr höflich und sehr zurückhaltend, für die Frauen sich umbrachten oder sich umbringen ließen, ohne daß irgendwer diesen Männern die geringste Bosheit vorwerfen konnte, genausowenig wie das diese Frauen zu ihren Lebzeiten hätten tun können. Es waren Männer, die nicht mit den anderen Männern umgingen und die sich weder zum Sport noch zum Kartenspiel oder sonstigen Vergnügungen und Lastern hingezogen fühlten. Es waren Männer, für welche die einzigen Bewohner dieses Planeten ganz offenkundig die Frauen waren: jene Frauen, die sie liebten, die sie verließen und von denen sie sich bisweilen auch aushalten ließen, in aller Ruhe, ungeniert und ohne jede Habsucht. Doch diese müßiggängerische Spezies, die Colette so gut beschrieben hatte, war seit langem verschwunden, und ihre Nachkommen – wenn es welche gab – waren bestimmt keine Schuhfabrikanten in der Nähe von Romans.

„Nein, nein", wehrte Jérôme ab, „es ist dein Haus, mach du auch den Gastführer. Nach meiner Meinung würde ihr das strohgelbe Zimmer am besten gefallen. Ich sage Ihnen nachher noch gute Nacht, Alice", fügte er leiser hinzu, „wenn es nicht zu spät ist und ich Sie nicht störe."

Sie lächelte nur. Sie ließ sich, umfangen von Müdigkeit und Wonne, in diesen Geruch von Bohnerwachs hineingeleiten, der das Haus erfüllte und den sie vergessen zu haben glaubte. Hinter dem schweigsamen, gravitätischen Charles, der langsamen Schritts voranging, die Hände auf dem Rücken verschränkt wie ein Schloßführer oder ein Immobilienmakler, durchquerte sie einen Raum, der wohl ein Salon war – ein großer Salon mit Pantherfellen auf dem Fußboden und schiefhängenden zinnoberroten Porträts an den Wänden. Dann ging es durch ein Vestibül und eine Treppe hinauf, wo Jagdhunde dösten, die sich nicht stören ließen. Schließlich stand sie auf der Schwelle eines riesigen Zimmers, wo um ein breites, mit einer Häkeldecke überzogenes Wöchnerinnen- oder Hochzeitsbett herum an den Wänden große rosafarbene Blumen welkten. Was sie aber vor allem wahrnahm und worauf sie sogleich zueilte, das war ein helles Feuer, das im Kamin loderte wie mitten im Winter. Und so warf Alice, die nichts so sehr liebte wie ein Holzfeuer im Sommer, offene Fenstertüren im Winter und ein Bad im See bei herbstlichem Regen, im Spiegel über dem Kamin ihrem Gastgeber einen forschenden Blick zu. Er hatte seine Gäste nach dem Abendessen nur kurz allein gelassen, gerade lang genug, um dieses Feuer anzuzünden, und in ebendiesem Zimmer, das Jérôme im letzten Moment empfohlen hatte. Sie sah ihn auf der Türschwelle stehen, sah sein Spiegelbild, das Spiegelbild dieser geraden Gestalt, die Hände noch immer auf dem Rücken verschränkt, und vor allem sah sie diesen Blick, der langsam durchs Zimmer schweifte, über die Fenster, das Feuer, das Bett, das glänzende Parkett; diesen befriedigten Besitzer- und Kennerblick, diesen Blick, der sich im Ausdruck nicht veränderte, als er sich auf sie legte, bis zu der Sekunde, als er im Spiegel dem ihren begegnete und er anfing zu blinzeln. Sie wandte sich jäh zu ihm um, ein wenig peinlich berührt und verärgert darüber, daß er sie dabei überrascht hatte, wie sie ihn ertappte; erfaßt von einer Woge der Feindseligkeit, der Empörung vor allem bei dem Gedanken, daß Jérômes belustigte Voraussagen so zutreffend gewesen waren und seine Ratschläge sich als so überflüssig erwiesen; verärgert darüber, daß ihr Handeln, ihre Rolle, wo sie endlich einmal nützlich sein wollte, sich nützlich zu zeigen wünschte, von so geringer Bedeutung oder auf etwas zurückzuführen war, wofür sie so wenig konnte. Ein alter, längst vergessen geglaubter Zorn stieg in ihr hoch, und das Verlangen dieses besitzergreifenden, einfältigen, selbstzufriedenen Kleinbürgers mit seinen Möbeln, seinen Häusern, seinen Fabriken und seinen Mätressen, dieser Blick, der auch sie von vornherein diesen simplen und eitlen Besitztümern einzuverleiben wagte, machte sie plötzlich rasend. Sie hätte ihn geschlagen, wäre er näher bei ihr gewesen. Doch wie auf geheimnisvolle Weise gewarnt, durchmaß Charles Sambrat wortlos mit großen Schritten das Zimmer, öffnete das Fenster, stieß die Läden auf und rief, den Kopf rausgestreckt und ohne sich umzudrehen: „Es ist natürlich töricht, aber Sie müssen das unbedingt sehen, wir haben nämlich heute abend Vollmond. Das wird herrlich. Vergessen Sie nicht, ihn zu betrachten und sich etwas zu wünschen." Und sogleich wieder zur Tür zurückgekehrt, setzte er hinzu: „Und frische Luft zu schnappen", als hätten sie den ganzen Abend in einer Höhle und nicht auf einer Terrasse verbracht!

Alice schlief, nachdem er gegangen war, sofort ein, und sie vergaß diesen Blick wie auch das Betreten dieses Zimmers und den Spiegel. Als sie nachts kurz aufwachte, erinnerte sie sich nur vage daran, daß dieser Mann groß war, mit großen Händen, und daß er mit weit ausholender Geste die Vorhänge zurückgezogen hatte vor diesen Bäumen mit den schwarzen Blättern, die sich von einem zitternden dunkelblauen Himmel abgehoben hatten. Und daß eine Sekunde lang die Welt gewankt hatte unter dem Stoß der Hand dieses Mannes, unter seiner Stimme, seinem Lachen, seiner Schüchternheit, und daß sie, Alice, als er die Läden aufstieß, hineingestürzt war in die Milchstraße und in die Nacht, in den Schlaf und in die Sicherheit. Denn seit einem Jahr war sie jetzt auf der Flucht, versteckte sie sich zusammen mit Jérôme, seit einem Jahr hatte sie Angst und verachtete ihre Angst. Und da, einen Augenblick lang, während im Garten der Kies unter den Pfoten der zwei Hunde in der Nacht knirschte, hatte sie vergessen, daß es andere Schritte sein konnten, die, vielleicht bald, diesen Kies knirschen ließen im Morgengrauen.

„Deiner Freundin scheint das Haus zu gefallen", sagte Charles Sambrat, als er wieder im Sessel Platz nahm; er konnte jetzt, nachdem die Nacht hereingebrochen war, von seinem Gegenüber nur noch die lange Silhouette, den Glanz in den Augen und die weißen Hände erkennen, aber er kannte diesen schlaksigen Körper, auch ohne ihn zu sehen, dieses Haar und diese blassen Augen, dieses Gesicht mit den etwas zu feinen Zügen – ein Ensemble, das in Charles' Augen aus Jérôme einen genauso widerwärtigen Mann wie die anderen machte.

„Und du – wie findest du sie?" fragte Jérôme.

Charles erstarrte. Er war überrascht. Seit dem Tag, als er den damals noch jungfräulichen Jérôme ins Bordell mitgenommen hatte – übrigens in derselben Woche, als Jérôme den damals schon ungebildeten Charles in den Louvre mitgenommen hatte (wobei allerdings zugegeben werden muß, daß die Entdeckung der Frauen auf das Leben des einen von nachhaltigerer Wirkung gewesen war als die Entdeckung der Malerei auf das Leben des anderen) –, seit dieser lange zurückliegenden Zeit also hatten sie nie mehr irgendwelche Bemerkungen über ihre diversen Eroberungen ausgetauscht, und vor allem hatte Jérôme nie die Zustimmung von Charles gesucht, der die Mädchen seines Freundes im übrigen recht hübsch, aber sehr langweilig fand. Und da mußte er ihn an diesem Abend, nach fünfjähriger Trennung, ausgerechnet an diesem Abend, da er ihm die schönste aller Frauen, die begehrenswerteste, die einzige von nun an in Charles' Augen, ins Haus brachte, nach seiner Meinung fragen! Charles war versucht, ihm die Wahrheit zu sagen, nämlich: Alice ist für mich, gehört mir, ich brauche sie, ich will sie haben, ich liebe sie, ich habe Lust, sie zu verführen, und, schlimmer noch, ich habe Lust, sie zu behalten, es war verrückt von dir, sie hierher zu bringen, selbst wenn meine Chance ganz gering ist, werde ich sie wahrnehmen. Aber er schwieg. Nicht aus Vorsicht, sondern aus Aberglauben. Denn die Chance, die er hatte, diese ganz geringe Chance – er wußte nicht genau, worauf sie beruhte. Charles verließ sich in der Tat nie auf sein Äußeres, trotz aller Erfolge, die es ihm seit über fünfzehn Jahren eingebracht hatte. Er wußte, daß er gefiel, aber dies dünkte ihn eher eine Art Gesundheitszertifikat, eine Art Visum, das ihm zwar gestattete, ein Land zu erforschen, aber nicht, sich darin einzurichten. Da er natürlich die Männer sehr häßlich fand, konnte er sich nicht vorstellen, daß er den Frauen gefiel, außer wegen seiner heiteren Art und einer möglichst gerechten Teilung körperlicher Freuden, auf die er großen Wert legte. Kurz, in seiner Schönheit lag so viel Zurückhaltung, daß man ihn einfach nicht hassen konnte. Die wenigen Frauen, die er nicht begehrte, dachten nicht daran, Charles Sambrat irgendeinen Vorwurf zu machen, aber sie trugen dafür eine Art Herablassung zur Schau, eine Art Geringschätzung oder leichter Geistesabwesenheit, wenn er sie ansprach, und rächten sich auf diese Weise so trivial und vorsichtig wie möglich für die Aufmerksamkeit, die er den anderen Frauen entgegenbrachte. Und Charles war inzwischen dazu übergegangen, sich als wenig intelligent zu betrachten; er litt etwas darunter, wie unter einer Art Krankheit, einer jener gutartigen Krankheiten, über welche die anderen sich lustig machen, zu der man sich lachend bekennt, die einem aber bisweilen eine seltsame Wunde zufügt.

Diese seine Bescheidenheit sowohl des Körpers wie des Geistes kannte Jérôme, und vielleicht war sie es, die ihn dazu gebracht hatte, über Jahre hinweg die Gesellschaft seines Freundes zu akzeptieren und sogar zu lieben.

„Alice? Ich finde sie wunderbar, absolut wunderbar", erwiderte Charles schließlich in neutralem Ton, aber nach einem Zögern, das ihnen beiden zu lang erschien und bewirkte, daß Jérôme sich in seinem Sessel räkelte, sich plötzlich daran erinnerte, daß Alice eine Frau war, bei all ihrer Feinsinnigkeit, und daß die Frauen, selbst die feinsinnigen, von Charles selten unbeeindruckt blieben.

„Und wie gehen die Geschäfte?" fragte er unvermittelt, was ihm einen weiteren erstaunten Blick von Charles eintrug. Geschäfte hatten Jérôme stets angewidert, jedenfalls zutiefst gelangweilt. Sie waren bei ihren Gesprächen sogar eins der wenigen Tabuthemen.

„Na ja, im Augenblick, weißt du, das Leder ..."

Er schien sich zu rechtfertigen, und Jérôme mußte lachen. „Du hegst noch immer die gleichen Zweifel an deiner Geschäftstüchtigkeit? Charles, antworte! Du zweifelst noch immer an deinen geistigen Fähigkeiten?"

„Niemand hat mir je welche abverlangt", sagte Charles. „Außer dir, vielleicht, als du mich bilden wolltest, aber das ist lange her." Und er zündete sich eine Zigarette an, wobei er Jérôme ansah, der im Dunkeln den traurigen und sanften Blick eines schönen, verständnislosen Tieres zu erkennen glaubte. Er war einen Augenblick lang gerührt. Alles, was Charles gesagt oder getan hatte, die Freude, mit der er sie empfangen hatte, seine gute Laune, sein ganzes Gebaren hatten die Beschreibung bestätigt, die Jérôme zuvor Alice gegeben hatte. Und er hatte sie dann und wann lächeln sehen angesichts der Übereinstimmung der Tatsachen mit seinem Kurzporträt, so daß Jérôme eine leise Verlegenheit, sogar Schuldgefühle empfunden hatte. Das war natürlich Unsinn, denn wenn Charles keine anderen Ansprüche hatte als die seiner körperlichen Verfassung und keinen anderen Ehrgeiz als den seiner Bequemlichkeit, dann war es schließlich nicht falsch, ihn als gutaussehend, mittelmäßig und nett zu beschreiben. Die Wahrheit war unbedarft, Charles war unbedarft und nicht er, Jérôme.

„Du bist intelligent, Charles, aber du verkehrst nur

mit Hohlköpfen, wie willst du da intelligent bleiben? Du siehst immer die gleichen Leute: die Barkeeper von Lyon, die Ärzte hier aus der Gegend, die kleinen Spieler, Kneipengänger und Schürzenjäger. Du bist immer noch so nachsichtig, mein Lieber."

„Und du immer noch so herablassend?" fragte Charles plötzlich, so schnell, daß es Jérôme die Sprache verschlug. Er hatte seltsamerweise vergessen, daß aus dem nebligen, friedlichen und scheinbar so müßigen Geist seines Freundes manchmal intelligente und ironische Blitze aufzucken konnten.

Auf jeden Fall ging es Jérôme nicht darum, gerade jetzt dieses Problem zu regeln. Er brauchte Charles als Freund, brauchte ihn jetzt als Stütze und Verbündeten. „Entschuldige", sagte er. „Ich habe mich falsch ausgedrückt. Als ich ‚nachsichtig' sagte, habe ich das nicht abschätzig gemeint."

„Aber doch", sagte Charles. „Und ich habe das ‚herablassend' auch abschätzig gemeint. Außerdem haben wir uns das schon immer gegenseitig vorgeworfen; aber was soll's, reden wir von etwas anderem."

Einen Augenblick lang herrschte Schweigen, dann begann Jérôme zu lachen. Es war ein zögerndes, verlegenes, jungenhaftes Lachen, dem sich Charles sogleich mit großer Erleichterung anschloß; denn war ihm auch Jérômes Einschätzung seiner Person vollkommen gleichgültig, so sah er doch mit sinnloser, aber von Minute zu Minute wachsender Wut diesen blonden Mann an, diesen gealterten Gymnasiasten, der nachher gewiß, unvermeidlich in Alices weißes Bett steigen würde, der sie berühren, küssen, aufwecken würde. Dieser Mann, der zwei Meter von ihm entfernt saß und der angeblich sein Freund war, würde sich auf diesen so geschmeidigen, so schlanken Körper legen, würde diese so grauen Augen und diese so schwarzen Haare küssen und vor allem diesen so roten Mund. Diesen so üppigen Mund – Charles wußte, daß er, wenn er den seinen auf ihn preßte, sogleich wie in einem anderen, unbekannten, unabhängigen und erregten Herzen das warme, salzige, süße Blut dieser Frau klopfen fühlen würde. Ja, er haßte Jérôme. Er hätte sie beide hinauswerfen, gar nicht erst eintreten, seine Schwelle überschreiten lassen sollen, hätte sich nicht die nächtlichen Phantasievorstellungen aufladen sollen, die ihn nun erwarteten. Es war nicht alte Freundschaft, die ihn in diesem Augenblick daran hinderte, sie hinauszuwerfen, auch nicht Erziehung: es war Hoffnung, die verrückte, die irre Hoffnung, eines Tages selber Alice aufzusuchen in diesem Bett unter der Häkeldecke. Wenn ihm dies eines Tages gestattet war, würde er, Charles, nicht auf einer Terrasse sitzen bleiben und mit einem alten Freund über Banalitäten plaudern. Er würde schon dort oben sein, gebeugt über diese ihm verwandte Seele, seine Frau, seine Schwester, seine Tochter, seine Mätresse, seine Liebe. Er würde sich nicht damit aufhalten, törichte Worte zu wechseln mit einem Fremden, einem Invaliden, kurzum, einem Mann.

Sein Verlangen mußte ansteckend wirken, denn Jérôme streckte sich in seinem Sessel und gähnte unverhohlen. Er war im Begriff, sich zu erheben, und Charles überlegte verzweifelt, wie er ihn zurückhalten konnte: die Politik, natürlich, es kam nur die Politik in Frage! Jérôme mußte für oder gegen Pétain sein: da Pétain die bestehende Ordnung repräsentierte, mußte er gegen Pétain sein, das stand fest.

„Was hältst du eigentlich von Pétain?“ fragte er.

Er sprach, im Sessel zurückgelehnt, mit ruhiger Stimme, aber ohne Jérôme anzusehen, aus Furcht, er könnte sich verraten, denn wenn er auch noch immer Lust zu Torheiten hatte, so war er doch darauf bedacht, nicht dabei ertappt zu werden. Und seit er über dreißig war, beunruhigte ihn das selbst ein wenig. Er sah also nicht, wie Jérôme sich entspannte, die schon aufgestützten Hände von den Sessellehnen nahm und sich wieder zurückfallen ließ; er hörte es nur. Und während sich Charles zu seiner Raffinesse beglückwünschte, gratulierte sich Jérôme zu seiner Geduld. Jetzt würde er endlich erfahren, wie es um Charles' Einstellung stand.

„Eigentlich nicht sehr viel – und du?“ fragte er vorsichtig zurück.

„Oh, er ist nicht so übel, er ist nicht so übel“, sagte Charles, plötzlich wach geworden und redselig. „Nein,

nein, ich finde ihn gar nicht so übel, schließlich hat er uns das Schlimmste erspart."

Jérôme bemühte sich, ganz langsam zu atmen; Gespräche dieser Art hatte er seit zwei Jahren in Paris über sich ergehen lassen müssen, genauso wie er seit drei, vier Jahren hörte, daß Hitler schließlich nur ein um sein Land besorgter guter Deutscher sei. Manchmal fragte er sich, ob er nicht eines Tages durchdrehen und seinen Gesprächspartnern an die Kehle springen würde. Mochten solche einfältigen Reden nun der Unkenntnis oder der Heuchelei entspringen, sie wurden vor allem vorgebracht, weil man sich seine Behaglichkeit und seinen Seelenfrieden bewahren wollte, und das war es, was ihn am meisten erboste.

„Du findest also, wir stecken nicht im Schlimmsten drin?" fragte er mit einer Stimme, die er zu beherrschen, der er einen belustigten Ton zu geben versuchte.

Charles' Antwort war eine Handbewegung, die alles umfaßte: die Wiesen, das Haus, die Hügel in der Ferne, ihn selbst, wie er gut genährt im Sessel ausgestreckt lag, alles, was er in intaktem, erfreulichem Zustand bewahrt hatte, trotz der Blutspritzer, die Europa befleckten.

„Na ja, wir leben hier in der freien Zone, wie du weißt, da ist das vielleicht anders. Was passiert denn in der besetzten Zone so Entsetzliches? Wie ich höre, sollen diese Germanen sehr korrekt sein."

„Ja, es gibt tatsächlich manchmal einen, der im Omnibus einer alten Dame seinen Sitzplatz anbietet", sagte Jérôme, „und dann wirft man sich Blicke zu und beglückwünscht sich, als hätte man den guten Besatzer gewählt. Aber inzwischen verhaften ihre feine Geheimpolizei, die SS, die Gestapo alle Juden, alle Kommunisten und schicken sie samt Frauen und Kindern in Lager, aus denen sie nicht zurückkommen."

Jérôme sprach mit der atemlosen und etwas heiseren Stimme des Zorns, bemerkte Charles. Ja, er hatte es richtig gemacht, er würde ihn bis zum Morgengrauen festhalten können. Wenn er noch einmal vorsichtig und nicht zu weit die Angel auswarf, hatte er gute Chancen.

„Wenn du sagst, ‚aus denen sie nicht zurückkommen', so meinst du wohl, daß sie noch nicht von dort zurückgekommen sind, daß man vielleicht bis Kriegsende warten muß. Es gibt, Gott sei Dank, noch England, die Vereinigten Staaten und andere, die sich da einschalten werden. Denn sie werden schließlich nicht ihr Leben lang hier bleiben", sagte Charles, plötzlich selbst erregt. „Das mußt du dir doch sagen, Jérôme, sie können nicht zwei Länder gleichzeitig bewohnen. Sie haben Frauen, die auf sie warten, sie müssen ihnen Kinder machen für den Führer, sie werden nicht endlos in Paris und Versailles kampieren, oder?"

„Doch, ich glaube das sehr wohl. Sie haben eine Schar Kinder von der Brust ihrer Mutter gerissen, sie haben sie in Spezialschulen gesteckt, aus denen sie in einer Reihe herauskommen, um zum Militär zu gehen und die älteren Jahrgänge auf den Schlachtfeldern oder in den besetzten Städten zu ersetzen. Wir werden immer jüngere Wärter und Gefängnisaufseher bekommen, aber wir werden welche bekommen, darauf kannst du dich verlassen. Solange es etwas zu plündern oder einen Menschen zu töten gibt in diesem schönen Frankreich, bleiben sie hier."

„Allerdings, plündern, das tun sie", gab Charles zu, der ausnahmsweise einmal der gleichen Meinung war wie sein Freund. „Du glaubst nicht, woraus ich meine Schuhe machen muß: aus Stroh, aus Holz, aus Gummiabfällen, aus alten Autoreifen, einfach abscheulich. Das kann ich dir sagen, Mann, plündern, das tun sie, und nicht zu knapp! Es gibt in ganz Europa kein Stückchen Leder mehr."

Ein Schweigen trat ein, und Jérôme erhob sich plötzlich. Er wirkte abgespannt.

„Na, da sind wir endlich einer Meinung. Wir werden von unseren Siegern ausgeplündert, und sie werden sicher eines Tages abziehen, wenn ihre Kinder sie nicht ersetzen! Das ist das Programm für die Zukunft, und wenn es dir gefällt, dann gefällt es dir eben! Ich jedenfalls lege mich jetzt schlafen."

„Aber nun komm", sagte Charles bestürzt, „nun hör mal, man wird doch ein bißchen diskutieren können, oder? Reg dich nicht gleich so auf!"

Jérôme blieb vor ihm stehen, das Gewicht zuerst auf

dem einen Bein, dann auf dem anderen. Er wirkte erschöpft und leicht verdutzt. Er sieht mich an, wie er einen vollkommen fremden Menschen ansehen würde, dachte Charles, und er senkte wider Willen seinen Blick.

„So bist du also geworden, Charles?“ fragte Jérôme plötzlich, mit einer jungen Stimme, einer Stimme, die zum ersten Mal seit seiner Ankunft aufrichtig klang. „So bist du also geworden? Du beklagst dich, daß du nicht genug Leder für deine Schuhe hast, aber wenn man kleine Kinder ans andere Ende der Welt schickt, bloß weil sie eine mehr oder weniger krumme Nase haben, dann stört dich das nicht? Ist es dahin mit dir gekommen, Charles? Du hast aber doch immerhin von den Judenpogromen gehört, oder? Dann sind dir die Juden also egal?“

Charles hob plötzlich wütend den Kopf. „Nun mal langsam, Jérôme, beruhige dich, ja? Du weißt sehr wohl, daß das Judenproblem für mich gar nicht existiert, nie existiert hat. Ich weiß nicht einmal, was das ist, was für einen Unterschied es da geben soll. Wenn du mir jetzt sagst, du bist ein Jude oder ich bin ein Jude, dann wäre mir das völlig gleich, ich würde da nicht den geringsten Unterschied sehen, das mußt du aber doch wissen, Jérôme!“

„Vielleicht“, sagte Jérôme, „vielleicht trifft das für dich tatsächlich zu, aber für sie besteht da ein Unterschied, und zwar ein radikaler. Ein Jude ist kein Deutscher, ein Jude ist kein Arier, und folglich hat er kein Lebensrecht. Ist dir das klar?“

„Du übertreibst“, sagte Charles mechanisch. „Hör mal, setz dich wieder hin, du machst mich nervös. Sprich nicht so von diesen Dingen, im Stehen, auf einem Bein. Setz dich“, wiederholte er brüsk. „Setz dich, Herrgott noch mal, wir haben uns fünf Jahre nicht gesehen, da hast du doch ein paar Minuten für mich Zeit! Schließlich“, fuhr er fort, „fühle ich mich hier ein wenig einsam, weißt du, es ist nicht sehr lustig hier, seit Hélène fort ist.“

Er begann sich wirklich ein wenig zu bemitleiden, und ihm wurde plötzlich weh ums Herz angesichts des

Porträts, das er Jérôme von sich entwarf. Er dachte nicht mehr an seine Erleichterung bei Hélènes Abreise, an seine Freude und die fröhlichen Ausfahrten, die er seitdem mit seinem alten Wagen durch die Städte der Umgebung unternommen hatte. Er vergaß Lalie und die Kleine vom Tabakladen in Véron, er vergaß Madame Marquez, er vergaß . . ., kurzum, er war undankbar. Er war undankbar, er war ein Lügner, und Jérôme mußte das wissen, denn er stieß sein böses, sarkastisches Lachen aus. Er lachte, aber er hatte sich wieder gesetzt, und darauf allein kam es schließlich an.

„Also hör mal", sagte er, „du redest mit *mir*, Charles, mit mir, Jérôme, denk daran! Und diese dumme Gans von Hélène, was macht sie in Lyon? Hast du Nachricht von ihr? Wenn mir je eine Nervensäge begegnet ist, dann ist sie es. Wo hast du bloß eine Intellektuelle aufgabeln können, Charles? Was für ein Teufel hat dich da geritten?"

„Sie hatte mich von oben herab behandelt", sagte Charles bekümmert und betrachtete seine Fingernägel, wie immer, wenn er sich ein wenig schämte. „Das hat mir imponiert, ich fand sie einfach toll, was willst du machen! Das war eben so eine Zeit, da wußte ich nicht recht, was ich mit mir anfangen sollte. Du warst in Paris, ich hatte mein Studium verpatzt, du hattest Scharlach bekommen, so daß wir nicht nach Spanien in den Bürgerkrieg konnten, na ja, ich hatte mich eben verliebt – glaubte, ich hätte mich verliebt, so war das. Und da sie ein Mädchen war, das man heiratet, da habe ich sie eben geheiratet. Und da sie nicht für mich bestimmt war, ist sie fortgegangen. Und als sie fort war, bin ich allein geblieben, und ich habe mich herumgetrieben, aber das ändert nichts an der Tatsache, daß ich ein einsamer Mann bin, Jérôme, das mußt du begreifen."

„Du sagst *einsam*, und du denkst *frei* die ganze übrige Zeit", sagte Jérôme grob. „Du bist geschaffen, um dreiundzwanzig von vierundzwanzig Stunden frei zu sein und dich eine Stunde lang einsam zu fühlen."

„Jérôme", sagte Charles in kläglichem Ton, „du bist doch nicht gekommen, um mir Moral zu predigen, oder?"

„Nein", sagte Jérôme, „das bin ich tatsächlich nicht. Im übrigen gehe ich jetzt schlafen!"

Und er stand wieder auf, der Kerl, er wollte gehen! War das zermürbend! Nein, er mußte sich an die Politik halten; nur die Politik interessiert ihn, wie üblich. Rasch sagte Charles: „Ich habe nicht vom moralischen Standpunkt aus gesprochen, Jérôme, das weißt du doch. Aber findest du wirklich, daß der Nazismus gar nichts Interessantes hat?"

Das war etwas stark, sicher, und er war sich dessen bewußt, aber er hatte keine andere Wahl. Er mußte entweder gräßliche Dummheiten von sich geben oder sich damit abfinden, daß er sich später eine Stunde, anderthalb Stunden – er wußte nicht, wie lange er schlaflos wäre – ausmalen würde, wie Jérôme in Alices Armen lag, wie Alice die Arme ausbreitete, wie sie Jérôme umfing, wie sie Jérôme auf die Wangen, auf die Augen, auf den Mund küßte. Nein, nein, nein, dazu durfte es nicht kommen.

„Der Nazismus?" sagte Jérôme, schon sehr weit fort, sehr, sehr weit fort. „Der Nazismus? Bist du verrückt geworden, Charles? Du weißt doch, was das ist, der Nazismus? Aber darüber waren wir uns doch immer einig, oder?"

„Nun ja, ich habe darüber nachgedacht", sagte Charles, „ich frage mich, ob diese Theorie von Herrenmenschen . . ., schön, das ist offenbar nicht sehr demokratisch, aber muß man nicht manchmal, in gewissen tragischen Zeiten, tragische Maßnahmen ergreifen? Der Zweck heiligt nicht die Mittel, sagt man, sagst du, aber muß man nicht manchmal, ich weiß nicht recht . . ."

Jérôme hatte leicht den Kopf bewegt, ein Lichtreflex vom Haus her fiel auf sein Gesicht, und er sah noch bleicher aus als vorhin. Er mußte wirklich sehr müde sein, dieser arme Jérôme! Charles verspürte plötzlich Mitleid. Wäre nicht diese herrliche Alice gewesen, diese schöne Alice, diese unwiderstehliche Alice, wie hätte er sich da über das Wiedersehen mit Jérôme gefreut, wie gern hätte er ihn da zu feuchtfröhlichen Abenden mitgenommen, wo er gelacht hätte, ob er wollte oder nicht, in Valence bei Mutter Pierrot oder in Romans bei Docteur Lefébure! Denn Jérôme mochte noch so ernst tun, er konnte ab und zu auch lachen; zumindest hatte er es früher gekonnt. Er durfte nicht zu dick auftragen! Jérôme kannte ihn gut; sie hatten schließlich genug über Politik geredet und gemeinsam ihren Koffer für Madrid gepackt.

„Natürlich liebe ich ihn nicht“, fuhr er fort, „ich liebe den Nazismus nicht, ich verabscheue den Nazismus, das weißt du doch, Jérôme! Ich habe mich nur gefragt, ob er nicht etwas Gutes hat, etwas Heilsames für die Deutschen nach Jahren und Jahren des Elends, des Hungers. Ich habe mich gefragt, ob Hitler ihnen nicht . . . geholfen hat, von einem simplen alltäglichen Standpunkt aus gesehen, meine ich.“

„Was verstehst du unter ‚alltäglich‘?“

Jérômes Stimme, die er kaum noch hörte, klang dumpf, bitter. Es war die Stimme eines erwachsenen Mannes, und zu seiner großen Überraschung fühlte Charles sich plötzlich alt. Zum ersten Mal in seinem Leben fühlte er sich alt, genauso alt wie dieser Mann, der von der Welt redete und von den Verheerungen auf der Welt und von der Last der Welt und von der Verantwortung und der ihn mit der gleichen Elle maß wie sich selbst, dessen war er sicher! Charles war sicher, daß Jérôme ihn für das Verschwinden jüdischer Kinder genauso verantwortlich hielt wie sich selbst. Und er konnte doch weiß Gott nichts dazu, verdammt noch mal! Jérôme brachte einen auf die Palme, Jérôme brachte ihn immer wieder in ein vertracktes Dilemma; fairerweise mußte man sagen, er sich selbst auch. Bis er sich da herausgearbeitet hatte, würde endlich rosig der Morgen heraufgedämmert sein und Alice allein geschlafen haben!

Er suchte nach einer Zigarette in seiner Tasche, zündete sie an und fragte fröhlich: „Wie bist du dir da übrigens so sicher, wegen der jüdischen Kinder?“

Und so diskutierte er, um ihn möglichst lange von Alice fernzuhalten, bis tief in die Nacht hinein mit Jérôme über Politik. So verteidigte er hartnäckig und in geheucheltem Brustton der Überzeugung die Verdienste Marschall Pétains und die gute Kinderstube der Besatzer. Und trennte sich kurz vor Morgengrauen entzückt und erleichtert von Jérôme, einem erstaunlich bekümmerten Jérôme, den diese so abstrakten Überlegungen niederdrückten, die er normalerweise gar nicht beachtete, wenn Charles sie anstellte.

Zweites Kapitel

Alice hatte durchgeschlafen, ohne ein einziges Mal aufzuwachen, als hätte sich ihr Körper selbst in bewußtlosem Zustand in Sicherheit gefühlt. Sie war ohne Erstaunen in diesem großen Provinzzimmer erwacht, ohne Eile. Auf die geblümten und verschossenen Tapeten ließen die nicht ganz zugezogenen Vorhänge schon die Strahlen einer frühen Sonne fallen, einer Maisonne im Jahr 42. Sie hörte Geräusche, die anders waren als die der Stadt. Jemand ästete in der Ferne mit unregelmäßigen Hieben einen Baum aus. Ein Mann mit einer lauten, undeutlichen Stimme stritt mit einer lachenden Frau, und auf dem benachbarten Hof gackerten aufgeregte Hühner. Sie schloß die Augen und stellte sich Personen vor, die dies und das taten, verschiedene Vorgänge, Handlungen, und das war eigenartig beruhigend nach der brausenden und dumpfen anonymen Geschäftigkeit, von der Paris umfangen war.

Sie streckte die Hand nach ihrer Uhr aus. Es war elf Uhr morgens. Sie hatte zwölf Stunden geschlafen, und sie fühlte sich wohl, herrlich wohl. Sie wäre gern noch Monate, noch Jahre zwischen diesen etwas steifen Bettüchern liegengeblieben, in diesem Zimmer, in dem noch der Geruch des Holzfeuers vom Vorabend hing. Aber Jérôme erwartete sie gewiß schon unten mit seinem seltsamen Freund, dem Verführer der Dauphiné.

Sie erhob sich, stieß die Läden auf. Die Terrasse und ihre Platanen dösten in der Sonne. Zwischen den Pappeln schimmerte weiter weg das Bassin. Die Schaukelstühle vom Vorabend standen noch an ihrem Platz. Nur das Frühstückstablett hatte die Kaffeetassen auf dem einbeinigen runden Tisch abgelöst. Sie verspürte einen mörderischen Hunger, als sie genau unter sich das Brot, die Butter und die Konfitüre sah. Charles bog gerade um die Hausecke. Er hob den Kopf, als hätte man ihn angerufen, und erhielt von ihr ein strahlendes Lächeln.

„Schon auf?" rief er.

Er pflanzte sich unter ihr hin, die Hände in die Hüften gestemmt, den Kopf hochgereckt, und war so offenkundig erfreut, sie zu sehen, daß sie ihm weiter zulächelte. Er sah wirklich gut aus mit dem offenen Hemd über der gebräunten Haut, dem in der Sonne leuchtenden dichten schwarzen Haar, den glänzenden braunen Augen, den weißen Zähnen. Er ähnelte einem kräftigen schönen Tier, kurzum, einem schönen glücklichen Mann – und vielleicht war er in der Tat nur das: ein glücklicher Mann. Vielleicht war er sogar eigens dafür begabt, für das Glück, und Alice hatte schon immer eine vage Bewunderung für diese so seltenen, privilegierten Wesen gehegt.

„Ich habe geschlafen wie ein Sack", gestand sie. „Dieses Haus ist am Morgen noch hübscher als am Abend."

Ein Schweigen. Er sah sie lächelnd an, den Kopf im Nacken, und sein ganzer Ausdruck begrüßte das sich darbietende Bild. Er ließ absichtlich einen Moment verstreichen und sagte dann: „Haben Sie keinen Hunger? Ich bringe Ihnen ein Tablett rauf."

„Nein, nein", wehrte Alice ab und trat ein Stück vom Fenster zurück. „Machen Sie sich keine Mühe, ich komme runter." Und sie trat den Rückzug zum Bett an, wo das durchscheinende Nachthemd sie weniger in Verlegenheit brachte.

„Wo ist Jérôme?" rief sie unüberlegt zum Fenster hin.

Sie bekam keine Antwort. Ein leises, törichtes Lachen stieg in ihr hoch, als sie sich eilends wieder ins Bett legte. Alice Fayatt beim Frühstück, die Avancen eines beflissenen Lederwarenfabrikanten fürchtend! Sie war dreißig Jahre alt und hatte viel eher mit einem Exekutionskommando zu rechnen als mit einer Vergewaltigung! Warum flüchtete sie sich wie ein verschüchtertes jungfräuliches Mädchen zwischen die Bettücher? Sie mußte träumen!

„So!" sagte Sambrat, als er mit einem riesigen Tablett zur Tür hereinkam. „Und gleich noch ein Wunder: Ich habe nichts verschüttet! Soll ich es Ihnen auf die Knie stellen? Sie nehmen doch Tee, ja? Oder hat Jérôme wieder versucht, mich schlechtzumachen?“

Er setzte das Tablett auf Alices Knien ab, ließ sich am Fußende des Bettes nieder, schenkte ihr Tee ein, reichte ihr den Zucker, begann ihr die Brotscheiben mit Butter zu bestreichen und hörte dann plötzlich damit auf, um sich voller Lust eine Zigarette anzuzünden.

Alice genoß seit langem wieder die Reize eines opulenten Frühstücks: guter Tee, reichlich Butter auf einem Teller, fast weißes Brot. Alice vergaß praktisch die restliche Welt und erblickte in Charles nur noch den großzügigen Spender dieser unerhörten Köstlichkeiten; sie aß, sie trank ohne ein Wort, freundlichen, aber entrückten Blicks. Während Sambrat sich blähte vor Stolz und Freude, die Zigarette im Mundwinkel wie in einem Kriminalfilm.

„Sie rauchen wie die Gangster im Kino“, sagte sie unvermittelt.

Er warf ihr einen beunruhigten Blick zu und nahm dann verwirrt die Zigarette aus dem Mund. „Und Sie, Sie essen wie die kleine Lili“, sagte er. „Sie haben Konfitüre am Kinn, und da sieht auch etwas nach Eigelb aus.“

„Nein!“ rief Alice entsetzt. Und sie richtete sich im Bett auf, wischte sich mit der Serviette heftig über das Gesicht, ohne Erfolg, bis er über seinen Witz in lautes Lachen ausbrach.

„Aber das ist gar nicht wahr! Sie sind auch noch ein Lügner!“ rief sie aus.

„Auch noch? Was bin ich denn noch?“

Und da sie verlegen schwieg, legte Charles selbst los: „Ich bin auch noch faul und egoistisch und ein Bourgeois und Faschist.“

„Faschist? Aber wieso?“

„Ah! Dann haben Sie also seit gestern abend mit Jérôme nicht mehr gesprochen“, sagte Charles mit einem kleinen, sehr befriedigten Kopfnicken, das Alice irgendwie ärgerte. „Ich habe den Abend und die Nacht lang den Nazi und Kollaborateur gespielt, bis zum Morgengrauen. Nur um zu verhindern, daß . . ., na ja, daß er Sie aufweckt. Ich dachte mir, es ist besser, wenn Sie ruhig schlafen können ...", stammelte er, „nach der anstrengenden Reise, dem Klimawechsel."

Alice ließ sich ins Kissen zurückfallen. „Jérôme muß wütend gewesen sein", meinte sie ganz ruhig. „Er haßt die Faschisten. Er kann diese deutschen Uniformen überall in Paris kaum ertragen."

„Mich würde das auch wütend machen!" sagte Charles zustimmend. „Ich schwöre Ihnen, wenn ich keine Verpflichtungen hätte, würde ich mich bestimmt mit der alten Büchse meines Großonkels draußen bei den Käuzen im Maquis herumtreiben."

Alice sah ihn an und blinzelte im Sonnenlicht. Reizend, sie ist mehr als reizend, dachte Charles gerührt.

„Ach ja", sagte sie. Und sie bestrich, wie er bemerkte, gewiß zum zehnten Male dieselbe Scheibe Brot. Nach vorn, nach hinten, auf der einen Seite, auf der anderen. „Ach ja ... Und welcher Art sind diese Verpflichtungen, die Sie daran hindern, sich mit einer Büchse herumzutreiben?"

„Ich muß mich um die Fabrik meiner Familie kümmern", sagte er düster. „Von dieser Fabrik leben zum einen achtzig Menschen: die Arbeiter, ihre Frauen und ihre kleinen Lockenköpfchen, dann Aktionäre und meine Familienangehörigen – und ich. Na ja, das sind für Frauen zu anstrengende Geschichten."

„Weil die Frauen nicht für die Geschäfte geschaffen sind. Sie sind geschaffen, um von ihren Babys zu sprechen und zu Hause zu bleiben, nicht wahr?" sagte Alice und legte ihre Brotscheibe sehr vorsichtig unangebissen aufs Tablett zurück. Als müßte sie sich davor hüten, sie mir ins Gesicht zu werfen, dachte er.

„Aber nein, nein!" sagte Charles in entschiedenem Ton, mit Nachdruck sogar. „Die Frauen sind im Gegenteil dazu geschaffen, auszugehen, auf der Straße spazierenzugehen, den Männern zu gefallen, sie verrückt zu machen vor Liebe, sie verrückt zu machen vor Unglück. Sie müssen reisen, mit dem Schiff fahren, mit dem Zug, um überall diese Männer zum Träumen zu bringen. O nein, sie sind nicht geschaffen, um zu Hause zu bleiben ... Das habe ich nie gesagt!"

„Lebt Ihre Frau vielleicht deshalb in Lyon, ohne Sie?"

hörte sich Alice sagen, und gleichzeitig spürte sie, wie sie errötete, und sie hob die Hand ans Gesicht, als wollte sie sich ohrfeigen. „Pardon", murmelte sie, „ich wollte Sie nicht . . ., ich hatte nicht . . ."

„Meiner Frau war es hier zu langweilig", sagte Charles ruhig. „Sie liebt die Gesellschaft, und hier, natürlich . . ." Er machte eine Handbewegung zum Fenster hin, zu einer Landschaft hin, in der sich zweifellos nicht viel abspielte. Er suchte in der Tasche nach seinem Zigarettenpäckchen, zog eine Zigarette heraus und klopfte sie gegen das Päckchen. Dabei hielt er die Augen gesenkt, aber er hatte doch noch Zeit gehabt, einen verstohlenen Blick auf Alices bleiches, sehr bleiches Gesicht zu werfen und sich daran zu ergötzen.

„Ich weiß nicht, was mich überkommen hat", sagte sie leise. „Ich habe mich unhöflich und dumm benommen. Sind Sie mir sehr böse, Charles?"

Und als er nicht antwortete, als er vielmehr stumm auf das Bettuch starrte, sah er, wie eine lange Hand mit langen Fingern und langen ovalen Nägeln sich in sein Blickfeld schob, sich seiner Hand näherte, die noch immer auf dem Zigarettenpäckchen ruhte, und er hatte auch noch die Zeit, die Zerbrechlichkeit dieser fremden Hand mit der Kraft seiner eigenen zu vergleichen, das Weiß der einen und die Bräune der anderen, ehe er die Sanftheit und Wärme einer anderen Haut auf der seinen fühlte, spürte . . ., einen Moment – einen Moment, bevor Jérôme das Zimmer betrat und Alices lange Hand sich rasch von der seinen zurückzog, mit einer Bewegung, die so schuldbewußt wirkte, daß Charles entzückt war, entzückt und verblüfft – einen Moment, einen halben Moment, bevor er aufsprang, von Alice fort, ostentativ, wie um, so sagte sie sich, ihrer beider Komplizenschaft Jérôme gegenüber noch zu betonen, wie um ihrer beider schuldiges Verhalten noch zu unterstreichen.

Ach, wenn der Ärmste gewußt hätte, wie weit Jérôme davon entfernt war, sich darüber zu ärgern, wie fern die Liebe, der zarte Kampf der Liebe, ihrem gegenwärtigen Kampf stand! Aber nur sie und Jérôme konnten das ermessen. Es wunderte sie zu sehen, wie sich Jérômes Gesicht mit jener Röte überzog, die bei ihm Zorn oder Verlegenheit anzeigte.

„Wir haben über unsere lange Diskussion gesprochen“, sagte Charles, überflüssigerweise. Er log bewußt in ihrer Gegenwart, zog sie dadurch in seine Lüge hinein und machte sie – wenn das möglich gewesen wäre – noch mehr zu seiner Komplizin.

Für einen Provinzverführer ist er recht gewitzt, dachte Alice. Und das Schuldgefühl, das sie eben noch empfunden hatte, weil sie ihn in so niederträchtiger Weise auf seine Ehe angesprochen hatte, die Rührung, die seine offene Reaktion in ihr ausgelöst hatte, machten intuitiv dem Bild eines ganz anderen Charakters Platz; eine Ahnung, die im übrigen gleich wieder verblaßte, da die beiden Männer sich jetzt sehr albern aufführten, einander kräftig auf die Schulter klopften und sich dorftrottelig benahmen wie in den Filmen der Vorkriegszeit.

„Na, alter Knabe“, sagte Charles gerade, „gut geschlafen draußen auf dem Land, fröhlich geweckt worden von den lieben Vögelchen? Oder hat dir das Klappern der Mülltonnen gefehlt oder einfach der Marschtritt der Nazistiefel unter deinen Fenstern am Boulevard Raspail? Eins, zwei, eins, zwei, heil Hitler, eins, zwei, pom-pom-pom ...“

Und er lacht, der Dummkopf, dachte sie, er lacht und zwinkert mir gar verschwörerisch zu, als wäre Jérômes Abneigung gegen die Deutschen nur eine harmlose Zwangsvorstellung, eine höchst lustige kleine Schrulle. Jérôme pfiff durch die Zähne, aber er pfiff nur Luft, keine Melodie, mit der verzweifelten, stoischen Miene eines Menschen, der schweigen muß. Er sah komisch aus, dabei ... Ja, es stimmte, er war komisch, wie er sich plötzlich aufpflanzte angesichts der stupiden, schrecklichen, vielleicht unbewußten, aber beklagenswerten Dummheiten dieses Charles, seines besten Freundes. Oh, sie waren doch füreinander geschaffen, diese zwei! Und Alice lachte laut auf, zuerst nervös, dann sehr schrill. Etwas zerbrach in ihr, etwas, was das idiotische Pom-pom-pom von Charles geweckt hatte und die zwei, drei armseligen deutschen Wörter, die er mit so lächerlich rauher Stimme ausgesprochen hatte, die aber bewirkten, daß die Sonne und das Frühstück, das Grün der Blätter im Fenster, der strahlende Tag mit einemmal düster, drohend, erschreckend wurden. Und Alice schlug eine Hand vor den Mund, als wollte sie sich am Schreien hindern, ehe sie sich plötzlich zum Kopfkissen hindrehte und das Gesicht darin verbarg.

Schweigen breitete sich aus. Alice lachte noch immer, aber stoßweise, so wie man schluchzt. Die beiden Männer standen regungslos da, den Blick auf sie gerichtet.

„Geh“, flüsterte Jérôme schließlich, ohne Charles auch nur anzusehen, der ihn ebenfalls nicht ansah, als er sich umdrehte und das Zimmer verließ.

Jérôme saß auf dem Bett. Er hatte den linken Arm um Alices Schultern gelegt und strich ihr mit der rechten Hand übers Haar. Er sprach zu ihr mit sehr leiser, sehr sanfter Stimme. Alice erkannte sie wieder: ja, das war seine Stimme, diese ruhige und so gut an ihre Anfälle gewöhnte Stimme, seine zärtliche, aufmerksame Männerstimme, die Stimme eines Vaters, eines Bruders, der er seit zwei Jahren für sie war. Und sie gestand sich erneut ein, daß sie diese Stimme der anderen vorzog, der lauteren, schnelleren und jüngeren Stimme, der Stimme des Liebhabers. Jetzt waren es Gewissensbisse, ein Gefühl von Melancholie, die ihre Tränen fließen ließen.

Die Sonne glitt langsam am Himmel weiter, rückte über den Baum und legte sich auf Alices rechten Arm, den Arm, der unter dem Laken hervorsah; sie spürte die trockene, scharfe Wärme der Sonne, spürte sogar auf geheimnisvolle Weise, daß diese Wärme gelb war, goldgelb. Es war schön draußen, und alles war gut. Sie drehte sich plötzlich um, bot Jérôme das gewiß von den Tränen verquollene und entstellte Gesicht, aber sie schämte sich nicht, es ihm zu zeigen. Jérôme hatte viel öfter ihre Tränen gesehen als ihr Lachen gehört; wenigstens würde er heute morgen beides erlebt haben.

„Entschuldigen Sie, entschuldigen Sie . . .“, schluchzte sie. Sie schliefen seit einem halben Jahr miteinander, hatten aber davor anderthalb Jahre zusammen gelebt, ohne es zu tun, und sie vergaß manchmal das Du, auf das Jérôme so großen Wert legte, obwohl oder um so mehr, als sie es ihm nie im Beisein anderer gewährte.

„Ich bin es, der sich entschuldigen muß", sagte Jérôme. „Charles ist ein abscheulicher Mensch. Sei mir nicht böse, ich hätte dich nie hierher bringen dürfen. Aber ich hätte nicht gedacht, daß er so ein Schwein werden würde."

„Wieso ein Schwein?" fragte Alice. „Er ist verrückt oder gedankenlos und von einer unglaublichen Taktlosigkeit, aber ..."

„Du weißt nicht, was er mir gestern abend für Reden gehalten hat", sagte Jérôme heftig. Er erhob sich und begann im Zimmer auf und ab zu gehen. „Dieser Abend hat mir gereicht, das kann ich dir sagen! Weißt du, so in dem Stil: Die Deutschen werden schon wieder abziehen, das ist nur eine Frage der Zeit, im übrigen benehmen sie sich korrekt, sehr korrekt, das weiß jeder, das mit den Juden, das ist alles Propaganda, und Pétain ... o ja, Pétain, ich zitiere: ‚Pétain ist bei alledem ein gutmütiger ...', Augenblick, wie hat er sich ausgedrückt? Ach ja ... ‚Pétain ist ein gutmütiger kleiner Alter, nur etwas senil.' Wieso lachst du?"

„Oh, là là!" sagte Alice und lachte diesmal frei heraus, „ein gutmütiger kleiner Alter, nur etwas senil! Das ist gut! Er ist verrückt! Aber du weißt nicht alles! Er hat dich gestern abend reingelegt. Er wollte nicht ... haha", platzte sie heraus, wobei sie das Tablett halb umstürzte und es gerade noch auffangen konnte, „dein Charles ist wirklich lustig. Er wollte nicht, daß du noch zu mir kommst, weiter nichts! Er hätte dir notfalls auch das Horst-Wessel-Lied vorgesungen, nur um dich noch länger festzuhalten. Glaub mir – er hat es mir praktisch gestanden."

Jérôme machte ein so verblüfftes Gesicht, daß Alice noch mehr lachen mußte. Sie beruhigte sich wieder, aber als Jérôme die Hand hob, als wollte er vor einer Versammlung eine Rede halten, kam sie ihm zuvor.

„Du kannst es mir glauben", sagte sie. „Jedenfalls ist der erste Teil deines Plans mehr als gelungen. Entflammt habe ich ihn, das steht fest! Aber ich brauche mir darauf nicht viel einzubilden; der arme Kerl, so ganz allein hier, auf dem Land, das hätte die erste beste Frau fertiggebracht."

„Du machst wohl Witze?" sagte Jérôme empört. „Charles und ganz allein? Charles und ohne Gelegenheit? Ha! Charles hat zwei Frauen, zwei Mätressen im Dorf, nur fünf Kilometer von hier, in Valence hat er drei, in Grenoble zwei, und in Lyon muß er ein Dutzend haben! Da muß ich wirklich lachen. Und glaub mir: wenn er sich hat becircen lassen, dann nicht mangels anderer Chancen, das kann ich dir versichern."

„Nun, wenn das so ist, dann um so besser", sagte Alice lächelnd. „Wenn er den Menschen in mir liebt und nicht nur die Frau, dann sind wir gerettet. Eigentlich ist das für mich sogar noch schmeichelhafter . . ."

Sie streckte sich, reckte die Arme zum Fenster, zur Sonne, atmete tief ein, atmete tief aus, mit einem Ausdruck rein körperlichen Wohlbehagens, den Jérôme nicht an ihr kannte und der ihn lächeln machte. Es war ein besorgtes, verwirrtes, aber auch so glückliches Lächeln darüber, sie endlich glücklich zu sehen, daß sie mitten in ihrer Geste innehielt und ihn ernst ansah. Und ihre noch von Tränen des Lachens oder der Angst geröteten grauen Augen waren plötzlich von einer Zärtlichkeit erfüllt, die er wahrnahm, noch ehe sie die Arme, starr ausgestreckt, zu ihm wandte, bis sie ihn berührten, bis sie auf seinem Hals, seinem Nacken lagen und ihn an ihre Schulter zogen. Sie sagte mit erstickter Stimme: „O Jérôme, Sie lieben mich, Jérôme", mit einer Intonation, in der offenkundig keine Frage lag, die ihm aber auch keinerlei Möglichkeit gab, auf das Fehlen des ihm so teuren Du anzuspielen. Dann richtete er sich auf, oder sie schob ihn sanft von sich; er wußte nie, wie und wann sich ihre Umarmungen lösten.

„Aber sprechen wir jetzt über ernsthafte Dinge", sagte sie. „Vergessen wir einmal für einen Augenblick unseren Don Juan. Wie ist die Gegend? Ist sie so geeignet, wie du in Erinnerung hattest?"

„Großartig", sagte er zuerst wie bedauernd, weil er Alices Schulter loslassen mußte, dann allmählich in immer lebhafterem Ton. „Großartig. Stell dir vor, die Demarkationslinie ist nur fünfundzwanzig Minuten entfernt, fünfundzwanzig Kilometer, das ist fast gar nichts! Der Zug fährt ganz oben an einem Hang, das heißt, er fährt mit fünf Stundenkilometern. Alte Damen können da mühelos auf- und abspringen. Das nächste Dorf ist fünf Kilometer entfernt. Es hat achthundert Einwohner, im allgemeinen harmlos; Leute, die zum größten Teil bei Charles arbeiten und ihn mögen, denn ‚er bezahlt sie gut, und er ist nicht eingebildet'. Der Gendarmerieposten besteht aus einem Beamten, der sich ab und zu mal blicken läßt; der Mann lebt allein auf einem Hof nebenan, fährt auf dem Fahrrad durch die Gegend und geht alle drei Wochen heimlich zu Charles, um ein paar Gläser Wein zu trinken. Sie leeren eine Flasche Bordeaux oder auch zwei oder drei, und er erzählt ihm alles. Die nächste kleinere Stadt ist zwanzig Kilometer entfernt, das ist Romans. Um dorthin zu fahren oder seine Kartons zu verfrachten, verfügt Charles über einen Lieferwagen, drei Lastwagen und seinen Personenwagen. Und die Gegend ist bewaldet, gebirgig, nicht leicht zu überschauen. Mit der in dieser Region herrschenden Mentalität bin ich ein wenig vertraut, weil ich hier ab und zu mit Charles die Ferien verbracht habe. Es sind friedliche Leute, etwas geizig, aber gutmütig. Und das Wort ‚Antisemit' haben sie wahrscheinlich noch nie gehört."

„Stell dir die vielen Juden vor", sagte Alice, „die man hier durchschleusen könnte, vielleicht hier durch dieses Haus, dann den nächsten Weg entlang, den übernächsten Weg entlang, dann die Straße entlang und endlich zum Meer, zu den Schiffen und zum Frieden. Glaubst du, das kann man schaffen, Jérôme? Glaubst du, das gelingt uns?"

„Aber sicher", sagte Jérôme lachend. „Sicher gelingt uns das. Was tun wir denn anderes seit einigen Jahren?"

„Ja, was tust *du* anderes", sagte sie. „Ich, ich habe nie etwas getan, das weißt du doch. Ich habe nie jemandem geholfen, ich war nur immer jemand, dem man selbst helfen mußte. Aber du, du hast allen geholfen, ständig."

Jérôme war keineswegs stolz auf sich oder sein Leben. Er war immer zu spät dran gewesen, hatte sich immer vor allem gefürchtet, hatte immer gegen seine Angst angekämpft, war vor dem Sprung zurückgeschreckt, vor allem, was ihn ängstigte. Er war nie besonders für das Leben begabt gewesen, war hinkend zur Welt gekommen, mit einem skeptischen Sinn und einem zu vollen Herzen; er kannte nur Bedauern, nur Sehnsüchte. Und obwohl er wußte, daß Alice ihn nie enttäuschen würde, daß er sie immer lieben würde, daß er eines Tages an dieser Liebe zugrunde gehen würde, so wußte er doch auch, daß dies sein Los und jeder Traum von einer glücklichen Liebe mit einer Frau, die nur von ihm träumte, ein anderer Traum war, geträumt von einem anderen Mann.

Er riß sich aus diesen Gedanken. „Bis dahin müssen wir Charles von der Sache überzeugen“, sagte er lächelnd. „Er muß sich mit dem Gedanken abfinden können, daß seine Fabrik in Flammen aufgehen kann, daß seine Arbeiter vielleicht erschossen werden, daß er selbst vielleicht gefoltert, sein Haus dem Erdboden gleich gemacht wird. Er muß sich darüber klar sein, daß er das alles riskiert, wenn er unsere Achtung bewahren will.“

„Oder meine Gunst“, sagte Alice.

„Oder die Hoffnung auf deine Gunst“, korrigierte Jérôme.

„Kurz, wir verlangen von ihm alles, ohne ihm etwas dafür zu geben, ja?“ sagte Alice. „Glaubst du wirklich, daß das geht?“

„Aber gewiß“, sagte Jérôme. „Männer wie Charles sind wegen Frauen, die ihnen widerstehen, zu allem fähig. Das vervielfacht ihr Verlangen. Wenn sie ihnen dagegen nachgeben ...“

„Nachgeben, was für ein häßliches Wort“, sagte Alice, „das klingt nach Niederlage.“

Jérôme wurde ungeduldig. „Aber das weißt du doch: um für eine Frau alles zu tun, brauchen gewisse Männer das Gefühl, unbefriedigt zu sein, frustriert ...“

„... oder befriedigt“, sagte Alice langsam.

Und sie wandte sich ab. Auf ihrem Gesicht lag jenes hintergründige Lächeln, das er bisweilen in Wien an ihr beobachtet hatte, damals, als er ihr begegnet war, ehe sie richtig krank wurde. Jenes vieldeutige Lächeln, das die

Männer wie erstarrt stehenbleiben ließ, so daß sie ihr nur noch mit dem Blick folgten, mit bebenden Nasenflügeln, als hätte sie einen ausgefallenen, unbekannten Duft ausgesandt, den sie aber wiedererkannten. Jenes seltsame Lächeln, das Jérôme fasziniert hatte und das ihm heute von neuem ein wenig Angst machte.

„Auf“, sagte er lächelnd und packte sie am Arm, um sie aus dem Bett zu ziehen, „auf. Wir fangen an, uns Maximen an den Kopf zu werfen, aber wir sind nicht aufs Land gekommen, um die ‚Gefährlichen Liebschaften‘ zu spielen.“

„Mein Gott, das ist wahr“, sagte Alice lachend. „Da sehen Sie, wie schnell man sich lächerlich vorkommt, wenn man von etwas anderem als vom Krieg spricht, das ist schrecklich! Jérôme, seien Sie so lieb und lassen Sie mich allein, ich muß mich ankleiden. Gehen Sie zu dem armen Charles, der sich unten im Garten sicher zerknirscht an die Brust schlägt. Sagen Sie ihm, daß es nicht sein Pom-pom-pom war, das mich so aus der Fassung gebracht hat, daß er nichts falsch gemacht hat, daß er nicht schuld ist an meiner hysterischen Heulerei. Oder – ja, das ist noch besser! – erzählen Sie ihm vom Anfang meiner traurigen Existenz, dann kann ich ihm ins Ohr flüstern, wie es weiterging. Schnell, Jérôme, Sie müssen ihn beruhigen. Ich werde jetzt aufstehen, mich ankleiden und über die Wiesen hüpfen.“

Drittes Kapitel

Charles saß auf den Stufen vor der Haustür, den Hund zu seinen Füßen. Er saß aber nicht wie sonst, Arme und Beine von sich gestreckt, sondern er hatte die Arme um die Beine geschlungen und das Kinn auf den Knien. Er sah in die Ferne mit jenem starren Blick, den er immer hatte, wenn er unentschlossen war.

Jérôme setzte sich auch auf die Stufen, aber einen guten Meter von ihm entfernt, und zündete sich wortlos eine Zigarette an. Charles' gekrümmter Rücken, die aufgerichteten Nackenhaare, die ernste Miene: alles deutete für den vertrauten Freund auf die tiefste – und bei Charles übrigens höchst seltene – Melancholie hin. Dennoch wartete Jérôme sadistisch, daß Charles als erster sprach. Ein unbestimmter Groll gesellte sich zu seinem Gefühl des Mitleids, denn wenn die Situation anders gewesen wäre, oder vielmehr, wenn Alice anders gewesen wäre, wenn Charles auch nur die geringste Chance gehabt hätte, Alice zu verführen, würde sein sauberer Freund nicht gezögert haben: er hätte sie ihm geraubt oder es zumindest versucht. „Alle Rechte und alle Pflichten", erinnerte sich Jérôme plötzlich. Eigentlich gehörte diese Devise zu jenem merkwürdigen Brevier, das sie beide aufgestellt hatten vor langer Zeit, in dem Alter, da einen die Pfadfinderlosungen gerade noch ein wenig fesseln, der Zynismus aber schon da ist. Und man mußte zugeben, daß dieser absolut naive Zynismus des Jünglingsalters eine wichtige Rolle spielte, als sie an alle möglichen Situationen ihres Lebens gedacht hatten: eines dieser Gesetze sah vor, daß das Haus des einen auch das des anderen war und daß es keines Vorwands bedurfte, mitten in der Nacht dort hereinzuschneien. Geradeso war auch die Frau des anderen ein Gut, das man ihm unbeschwert wegnahm, wenn sie zustimmte, ohne daß es zu Vorwürfen kam. Das setzte Gleichgültigkeit und halb englische, halb barbarische Sitten voraus, die ihre Vorstellung als unerfahrene Jünglinge angesprochen haben mußten (oder als fast unerfahrene Jünglinge, denn Jérôme argwöhnte, daß Charles sich damals schon recht gut mit der Bäckerstochter vergnügt hatte).

Mit achtzehn Jahren hatten sie es beide noch nicht so eilig, ihre Adoleszenz hinter sich zu lassen, und so bestimmten diese Dekrete noch ein wenig ihre Existenz und wurden von ihnen nicht offen abgestritten oder abgeschafft, sondern galten weiter. Aber bis dahin hatten sie natürlich beide dagegen verstoßen, da es jeder von ihnen zum Beispiel angenehmer fand, vom anderen am Bahnhof abgeholt zu werden, wenn sie sich trafen. Was die Frauen anging, hatte keiner von ihnen je das geringste Verlangen nach der Auserwählten des anderen empfunden; ihre Liebesaffären waren stets nur parallel verlaufen. Doch nun, dank der Anwesenheit von Alice, erinnerte sich Charles zur rechten Zeit jener alten Regel und begann ganz unverhohlen mit seiner Werbung. Im Augenblick freilich schien der unglückliche Verführer nicht in Bestform zu sein; er wirkte eher niedergeschlagen.

„Hör auf, so zu seufzen", knurrte Jérôme. „Das macht mich ganz fertig."

Charles drehte sich fast ruckartig zu ihm um. „Du bist mir nicht böse? Du nimmst mir nichts übel?"

Er sieht wirklich besorgt aus, dachte Jérôme und lächelte wider Willen. Oder er würde besorgt ausgesehen haben, hätte er einen anderen Teint gehabt, wäre das Weiß seiner Augen nicht so weiß, sein Gesicht nicht so sonnengebräunt und wären die unter seiner Haut angespannten Muskeln nicht so hart, so kräftig und seine gerunzelte Stirn nicht unter so glänzendem, dichtem Haar verborgen gewesen. Besorgnis konnte dieses Gesicht nur vorübergehend streifen. Ein Gesicht, wie man es im übrigen nirgendwo mehr sah.

Denn diesen Teint, dieses Kraftstrotzende fand man nur noch bei den jungen Soldaten Hitlers, diesen SS-Männern mit dem entblößten Oberkörper hoch oben auf ihren Panzern. Alle Bewohner der besetzten Länder sind blaß, dachte Jérôme. Es schien, als hätten die jungen Soldaten der deutschen Armee mit der Freiheit, dem Frieden und dem Leben in Europa auch die Sonne, den Wind, das Meer, sogar die Felder konfisziert. Doch hinter diesen Tausenden von jungen Athleten – das wußte er – erhoben sich aus den Ruinen und den Tiefen der Keller ihre Gegenbilder, ihre bleichen und erschöpften Negative, zum Dunkel, zum Verborgenen verdammt, wenn nicht gar zum Stacheldraht. Als ob jeder dieser zu einem erbarmungslosen Krieg ausgebildeten schönen jungen Männer einen anderen Menschen hervorgebracht hätte, ohne es zu wissen, aus einem anderen Blut, aus einer anderen Zeit, einer anderen Idee; einen anderen Menschen, der, lebendig oder tot, die blutige, die verheerte Kehrseite ihrer arischen und kriegerischen Medaille war. Unter den Widerstandsfähigsten und Robustesten fanden sich die Menschen, die Jérôme halfen, die zusammen mit ihm anderen halfen, in trostlosen Hotels und armseligen Treppenhäusern zu überleben, in ungeheizten Zimmern, überfüllten Zügen, finsteren Verschlägen, grauenhaften U-Bahnschächten, überall. Und überall vereinigte sich so langsam eine elende Armee, eine ganze Generation von Männern und Frauen, von der die Welt noch nichts wußte, deren unvorstellbare Existenz Jérôme aber seit 1936 kannte. Eine neue menschliche Spezies, bereits vertraut mit einer neuen Sprache, einer Sprache, die nur ihr gehörte und die keineswegs die der Wörterbücher war. Es war ein neues Vokabular, in dem das Wort „taghell“ Gefängnis bedeutete, „laufen“ soviel wie fliehen hieß, „Begegnung“ soviel wie Katastrophe, und in welchem den Begriffen „morgen“ oder „übermorgen“, wenn dahinter wie in Friedenszeiten ein Fragezeichen stand, auch drei Auslassungspunkte standen. Dort, dort in diesem höllischen Kreis lebte Jérôme seit bald fünf, sechs Jahren, und dorthin wollte sich Alice ihrerseits begeben.

„Wenn du mir nicht böse bist, dann trinken wir einen Schluck, ja?“ sagte Charles, der dennoch ein wenig blaß geworden war und sehr bekümmert wirkte. „Du trinkst doch ein Glas mit mir, Jérôme?“

„Gewiß“, sagte Jérôme.

Charles war so schnell wieder zurück, wie er aufgesprungen war. Er hielt eine Flasche mit einem kühlen, sehr trockenen Weißwein in die Höhe, der leicht fruchtig und steinig schmeckte und den Jérôme ausgezeichnet fand. Noch besser schien er Charles zu munden, der zwei, drei große Gläser trank, ohne Luft zu holen. Er hatte noblerweise gewartet, daß ihm verziehen wurde, ehe er zu diesem Stärkungsmittel griff, hatte nicht heimlich in der Küche einen leicht zugänglichen Trost gesucht, und diese vorsichtige Beachtung der kleinen Dinge, der Details, die er immer von den anderen verlangt hatte (während er nichts in den Dingen forderte, die ihn wirklich interessierten), rührte Jérôme. Alle Augenblicke entdeckte Jérôme an Charles etwas von dem schlaksigen, liebenswürdigen und offenherzigen, ein wenig zu sehr auf Frauen erpichten und ein wenig zu ritterlichen Jüngling wieder, der, Raufbold und sanftmütig, faul und betriebsam zugleich und wahnsinnig mutig, sein Freund gewesen war. Er hätte einen hervorragenden Mitarbeiter abgegeben, wenn er nicht so sehr von seiner kleinen Lederwarenfabrik und diesem armseligen Pétain eingenommen gewesen wäre. Aber da er nicht selbst daran dachte, würde man eben für ihn denken. Jérôme begann vor sich hin zu lachen.

„Warum lachst du?" fragte Charles in strengem Ton. „Wie kannst du lachen, da sie noch weint?"

„Wer?" sagte Jérôme.

„Alice!"

„Aber nein, was denkst du, sie weint doch nicht mehr! Das war nichts weiter als die Nerven, die Erschöpfung. Das Leben ist anstrengend in Paris, sie führt ein anstrengendes Leben!"

„Aber wieso? Was habe ich denn gesagt, daß sie so geweint hat? Ich will ihr so etwas ersparen, ich will nicht, daß diese Frau ihre Ferien hier mit Weinen verbringt, das geht nicht! Welche Bemerkung hat sie denn so schockiert? War es vielleicht mein Pom-pom-pom?"

Er machte wohl „pom-pom-pom", aber nicht so temperamentvoll wie noch vor einer Viertelstunde. Es war nicht mehr das fröhliche Schrittgedröhn einer Marschkolonne; es war das schwere und traurige Stapfen eines todgeweihten Elefanten.

„Aber nein", sagte Jérôme, „es war nicht dein Pom-pom-pom, es war ... Oder doch, du hast recht, es war dieses Pom-pom-pom. Du mußt verstehen, Charles, Alices Mann hieß Gerhardt Fayatt. Er war ein sehr bekannter österreichischer Chirurg, der beste Chirurg von Wien ..."

„Ja – und?" sagte Charles. „Ist er tot? Was ist denn passiert?"

„Nein", sagte Jérôme schroff, „er ist nicht tot. Obwohl er es heute eigentlich sein müßte! Nein, er ist in Amerika. Aber er war, er ist Jude."

„Ach so", sagte Charles langsam. „Ja, ich habe gehört, in Österreich, da hätten sich die Deutschen eher gemein aufgeführt."

„Eher, ja", sagte Jérôme – dem es immer schwerer fiel, solche Litotes zu gebrauchen –, „das ist noch vornehm ausgedrückt. Nun, da Alice sich zur gleichen Zeit in ihrer Haut nicht wohl fühlte, kam es zwischen ihnen zu ... Ich weiß es nicht, es kam zwischen ihnen zu einem Konflikt, und sie haben sich scheiden lassen. Er ist verzweifelt abgereist, und sie ist verzweifelt zurückgeblieben. Außerdem machte sie sich schwere Vorwürfe, sich, nicht ihm, denn, ehrlich gesagt, er konnte nichts dafür."

„Ist sie auch Jüdin?" fragte Charles.

Jérôme warf ihm einen forschenden Blick zu, entdeckte in Charles' Augen aber nur völlige Gleichgültigkeit.

„Ich weiß es nicht", sagte er. „Ich glaube nicht, nein. Warum – wäre das für dich hier unangenehm, könnte dir das Ärger machen?"

„Für mich unangenehm? Aber weshalb?" sagte Charles. „Wo denkst du hin?"

„Und in deiner Fabrik, in deinem Dorf – ich weiß nicht, ich war lange nicht mehr hier. Sind die Leute da nicht antisemitisch eingestellt? Lesen sie nicht den ‚Gringoire'? Hören sie sich nicht die Reden von Marschall Pétain und Laval an, wissen sie nicht, daß die Juden gefährlich sind, daß sie ihnen ihr Geld, ihre Kartoffeln und ihre Sparstrümpfe geraubt haben? Weiß man das hier nicht?“

„Ach, weißt du“, sagte Charles, „ich glaube, in Formoy, da gibt es keinen, der diesen Blödsinn liest oder glaubt. Was haben sie denn mit Alice gemacht, die Deutschen, in Wien?“

Jérôme hätte lachen mögen: er hätte vielleicht nur zu sagen brauchen, Alice sei von einem SS-Mann dreimal geohrfeigt worden, und Charles wäre auf der Stelle zum überzeugtesten und entschlossensten Widerstandskämpfer geworden. Aber das hätte ihm nicht viel genützt. Er brauchte keinen Kavalier, der sich über eine wenig galante Handlungsweise empörte. Er wollte jemanden haben, der wußte, wofür er kämpfte und warum er den Tod riskierte. Er brauchte ganz einfach einen anderen Charles – aber einen Charles, der hier wohnte, der dieses Gesicht hatte, diese Intelligenz und diesen Egoismus. Es war vielleicht doch ein aussichtsloses Unternehmen!

„Warum hast du gestern abend diese Nummer abgezogen?“ fragte er leise gähnend, um zu zeigen, wie wenig Bedeutung er dieser unschuldigen Farce beimaß, über die er indes innerlich bebte. „Warum hast du mir bis vier Uhr morgens den Kollaborateur vorgespielt?“

Charles nahm sein Glas und trank langsam, die andere Hand erhoben, um Zeit zum Lügen zu gewinnen, so wie man beim Pokern die Hand hebt, um Zeit zum Bluffen zu gewinnen. Als er das Glas absetzte, war er damit soweit, und Jérôme las es in seinen Augen.

„Ach, das ist ganz einfach erklärt“, sagte Charles lachend. „Du wirst es vielleicht nicht glauben, aber ich spüre das Alter. Ja, ich werde alt. Ich lebe jetzt so lange allein in diesem Haus hier, ich war in etwas melancholischer Stimmung, als ihr kamt, und ich habe jemanden gebraucht, mit dem ich reden konnte, das ist alles! Und ich habe über Politik geredet, weil ich nicht wußte, worüber wir sonst hätten reden können; denn wenn wir der gleichen Meinung gewesen wären, hätten wir uns mit den Hühnern schlafen gelegt . . .“

„Aber wir haben doch noch andere Gesprächsthemen, oder?“ sagte Jérôme.

„Du scheinst nicht viele zu kennen", gab Charles zurück.

Sie warfen sich kalte, aggressive Blicke zu, dann lächelten sie sich plötzlich an. Trotz allem verband sie eine alte Freundschaft, und sie hatten unablässig das Verlangen, einander in die Seite zu boxen, auf den Rükken zu klopfen, einander um die Schultern zu fassen. Das war ganz merkwürdig, besonders bei Charles mit seiner Abneigung gegen Männer, gegen ihre Geisteshaltung und vor allem ihre körperliche Erscheinung!

„Dann hast du mich also von vorn bis hinten angelogen, wenn ich recht verstehe", fuhr Jérôme vorsichtig fort. „Möglicherweise hast du mich sogar ganz kolossal angelogen und verrätst mir jetzt, daß du Chef einer Widerstandsgruppe in den Bergen von Valence bist! Hab ich recht? Treibst du dich mit Leuten von der Résistance draußen im Gelände herum, Charles, oder kümmerst du dich wirklich allen Ernstes um deine Lederwarenfabrik?"

„Ich kümmere mich wirklich allen Ernstes darum", sagte Charles mit Nachdruck. „Wirklich, du kannst es mir glauben. Ich habe keine Lust, mich irgendwo herumzuschlagen, mit wem es auch sei. Daß ich mich in einen Krieg einmische, das kommt nicht in Frage!"

„Aber warum nicht?" Jérôme war ehrlich erstaunt. „Warum bist du so sehr dagegen? Du hast immer etwas für Waffen übrig gehabt, du liebst das Risiko, du liebst die Keilerei, du . . ."

„Ich habe nicht die geringste Lust, einen Menschen zu töten, und noch weniger Lust, von einem getötet zu werden", unterbrach ihn Charles. „Ich habe nicht die geringste Lust, das noch einmal zu erleben."

„Was noch einmal zu erleben?"

Charles erhob sich und schritt auf der kleinen Terrasse auf und ab, wobei er mit der Schuhspitze den Kies fortkickte, und Jérôme sah an der Hausecke das bekümmerte Gesicht des Gärtners, der gerade eine gute halbe Stunde gebraucht hatte, um die Fläche glattzuharken. Nachdem er einige Steingarben in alle Himmelsrichtungen befördert und dadurch Hühner und Schwäne aufgescheucht hatte, kam Charles zu Jérôme zurück, der noch immer auf den Treppenstufen saß, stellte sich vor ihn hin, die Beine gespreizt, die Hände in den Hosentaschen, legte den Kopf in den Nacken und betrachtete den Himmel.

„Da", sagte er leise, „schau dir diesen Himmel an. Siehst du diesen Himmel? Siehst du diese Pappeln da, diese Wiesen, diese Bäume? Riechst du diesen Duft? Stell dir die sich abwechselnden Jahreszeiten vor, stell dir die Landschaften vor, die ich hier gesehen habe, seit ich geboren bin, vor allem seit ich hier geblieben bin, diese vielen Landschaften, ganz bunt im Herbst und ganz strahlend blau im Frühling, und diese Hügel da, ganz schwarz im Winter . . . Und dann soll da so ein kleines Ding daherkommen, ein kleines, spitzes Ding aus Metall, und mich durchbohren? Und dann schafft man mich in die Erde und legt braune, schmutzige Erde zwischen meine Augen und diese Landschaft, verschließt das Ganze, und ich würde dann nichts mehr sehen, überhaupt nichts mehr von alldem, was ich sehen und riechen konnte und was noch da ist, was noch mir gehört, was ich jetzt noch sehen kann. Verstehst du? Das ist verbrecherisch, das ist ein Verbrechen, keiner hat das Recht, mir das anzutun."

Er machte ein so gequältes, so empörtes Gesicht, daß Jérôme, den dieser Ausflug in die Poesie, der Charles so gar nicht ähnlich sah, zunächst nur überrascht hatte, ehrlich erstaunt war. „Aber wann hast du an das alles gedacht? Was ist da passiert?"

Charles begann zu lachen, setzte sich wieder und leerte, mit entschlossener Geste und nachdem er so getan hatte, als wolle er Jérôme davon anbieten, die Flasche. Seine braunen Augen glänzten jetzt, leuchteten unter der Einwirkung des Alkohols, der Wärme, der Empörung.

„Wenn ich dir erzähle, was mir passiert ist, erzählst du mir dann auch alles über Alice? Alles, was ich wissen muß, damit ich nicht etwas sage oder tue, was sie schmerzt. Versprichst du mir das?"

„Ja, ja", sagte Jérôme. „Natürlich. Aber jetzt erzähl schon – was ist dir passiert?"

„Na ja, ich war, bei dem Schwein, das ich habe, im Jahre 40 mit meiner Kompanie in den Ardennen, das heißt, es waren nicht richtig die Ardennen, es war bei Metz. Dort wurde noch sehr lange gekämpft, bis zum Schluß. Ich war bei meiner Patrouille, und am Tag des Waffenstillstands, na ja, vierundzwanzig Stunden davor, da sind wir in den schlimmsten Schlamassel geraten, den wir je erlebt hatten. Wir waren zwölf Mann, und sechs waren nachher noch am Leben. Wir sind auf einen deutschen Panzer gestoßen, und weil wir nur unsere Gewehre hatten, sind wir in einem kleinen Bauernhof geblieben, hübsch im Schatten, und haben auf das Ding losgeballert. Mann, was haben wir da eingesteckt! Und das Ganze war Blödsinn, verstehst du, völliger Blödsinn! Was hätten wir unter diesem Beschuß machen sollen?"

„Aber weshalb habt ihr euch nicht ergeben?" fragte Jérôme. „Und euer Offizier, hat der nicht daran gedacht, sich zu ergeben?"

„Aber der war doch fort!" rief Charles wütend. „Er wollte etwas besorgen, ich weiß nicht, was und wo. Er hat gesagt, ich soll die Führung der Patrouille übernehmen – ich, stell dir vor! –, und er hat gesagt, wir sollen den Hof halten. Da habe ich meine Kumpels gefragt: Was machen wir? Sie haben gesagt, sie wüßten es nicht, und da sind wir eben dort geblieben wie die Idioten. Und am frühen Morgen haben sie aufgehört, und dann haben wir erfahren, daß Waffenstillstand war. Aus der Kram. Aber zwölf Stunden lang habe ich gedacht, ich kratze ab. Und wie ich da so durch mein Fenster schieße wie ein Hornochse, auf diesen Panzer, da habe ich mir gesagt, gleich kriegst du eine verpaßt, gleich bist du hin wegen dieser alten Hammel von Generälen, wegen dieser Offiziere, die nicht wissen, wohin sie uns führen sollen. Ich habe gedacht, ich gehe drauf wegen dieses Wahnsinnigen, der da seit neun Jahren im Radio grölt und alle Welt anödet. Ich habe gedacht, ich, Charles Sambrat, ich, der ich das Leben liebe, die Frauen und das Wasser und die Schiffe und die Züge und die Hunde und die Katzen und die Pferde, ich, der ich das alles liebe, ich werde mit dreißig Jahren auf ganz dumme Weise sterben aus einem Grund, den ich nicht begriffen habe, der mich nicht interessiert – und das ein paar Stunden vor dem Waffenstillstand. Ha! Ich war wütend!"

Jérôme lachte schallend. Er stellte sich einen wütenden Charles vor, wie er seine Leute anpfiff, überall herumschoß, den Helden spielte, auf allen vieren kroch, Handgranaten fortschleuderte, wieder zurückkam, abwechselnd vor sich hin brummte oder laut fluchte wie ein Kutscher. Er konnte sich einfach das Lachen nicht verkneifen. Zu seiner großen Überraschung lachte Charles aber nicht, sondern hielt die Lippen zusammengepreßt und hatte jenen leicht schurkischen Zug im Gesicht, der bei ihm immer ein Zeichen von Zorn war.

„Na ja", sagte Jérôme, „immerhin bist du davongekommen."

„Ich schon", sagte Charles, „aber Lechat nicht."

„Ein Kamerad?"

„Ja!" sagte Charles heftig. „Lechat war ein armer Kerl, noch ganz jung. Wir waren seit drei Monaten zusammen, haben uns gut verstanden. Er arbeitete in Montreuil. Kam aus einer armen Arbeiterfamilie. Er hatte sein Leben lang geschuftet, die ganze Nacht durch gebüffelt und juristische Bücher gewälzt. Er wollte Anwalt werden, stell dir vor. Und er hatte es auch geschafft, war Anwalt geworden, hatte sein Diplom bekommen, ein paar Tage, bevor er einrücken mußte. Er wollte später nach Paris gehen; er hatte da einen Freund, der wollte eine Anwaltskanzlei aufmachen und ihn als Kompagnon nehmen. Lechat hatte sich hochgearbeitet, und seine Eltern waren mit ihm zufrieden, und Lechat war mit sich auch nicht unzufrieden . . ., und ich sage dir, er war sogar glücklich. Und ich sage dir noch etwas, etwas ganz Verrücktes: in diesen drei Monaten war er doppelt glücklich, weil das hier, der Krieg, das war für Lechat zum ersten Mal im Leben so etwas wie Ferien! Stell dir das vor! Er lief mit Kameraden im Gelände herum, man trank Rotwein, man amüsierte sich, schoß in die Luft nach deutschen Flugzeugen, und zum Schluß würde man sich vielleicht irgendwem ergeben. Und sowie alles vorbei war, da war er Maître Lechat, der Staranwalt von Paris. Und weil er seinen Beruf auch noch liebte, ging es ihm nicht ums große Geld, nein, er hatte sich vorgenommen, die armen Schlucker zu verteidigen."

„Ja – und?" sagte Jérôme.

„Und? Er war, glaube ich, der vorletzte, den es erwischt hat. Ich weiß nicht, was bei den anderen drüben los war, es gab da ein Hin und Her, als die Nacht hereinbrach. Vielleicht wollten sie uns heimlich überrumpeln, ich habe keine Ahnung. Jedenfalls kracht eine Tür auf, jemand stürzt herein und fällt auf Lechat, der sein Gewehr hingelegt hatte, um ein bißchen zu schlafen. Es war ein großer Bursche, etwa so groß wie Lechat, etwa so alt wie Lechat, ein Deutscher. Er hatte nichts, er hatte ... Ich weiß nicht, was passiert ist ... Er konnte sein Gewehr nicht greifen, es war eingeklemmt, und da zieht er sein Seitengewehr, und Lechat geht auf ihn zu, und wir – wir waren weit von der Tür weg, vom Schlaf gelähmt, wir wollten aufstehen, aber es ging nicht. Gewehrkolben scharrten, und alles brüllte. Und ich, ich war noch am nächsten dran, und ich sah, wie sie aufeinander losstürzten. Lechat und er, sie haben sich umarmt, weißt du, so wie Boxer, wenn sie sich im Ring nicht mehr prügeln wollen, sie haben sich umarmt, haben sich um den Hals gefaßt, wie zwei gleichaltrige Jungen. Sie haben sich am Hals gepackt gehalten, um sich nicht zu sehr weh zu tun, und gleichzeitig greifen diese armen Schweine, weil man ihnen gesagt hat, daß man das tun muß, gleichzeitig greifen sie nach dem Messer, das sie in der kleinen Scheide an der Seite tragen, und diese armen Schweine ziehen es heraus, und diese armen Schweine, ich habe es gesehen, mit eigenen Augen gesehen, Jérôme, diese armen Schweine, die sich am Hals fassen und sich umarmen wie kleine Kinder, diese armen Schweine fangen an, aufeinander einzustechen, und dabei rufen sie ‚non‘, ‚nein‘, ‚non‘, der eine auf französisch, der andere auf deutsch, nicht weil sie einen Stoß abbekommen, sondern weil sie dem anderen einen versetzen und darüber entsetzt sind. Ich habe gesehen, wie Lechat ‚non, non‘ rief, als er dem Deutschen die Klinge ins Herz stieß, so wie der Deutsche ‚nein, nein‘ stöhnte, als er im Fallen wider Willen sein Seitengewehr Lechat in den Bauch schob. Das Ganze hat eine Minute gedauert, hat hundert Jahre gedauert. Ich habe Lechat die ganze Nacht hindurch versorgt. Er hatte große Schmerzen, so eine Bauchwunde tut weh. Und am Schluß war mir alles egal. Und am Schluß, da hat er mir gesagt, ein paarmal, es war das einzige, was er während der ganzen Nacht gesagt hat, in der Dunkelheit, als er ausgestreckt dalag ... Und es hat immer schlimmer gestunken und ... O Gott, so etwas Grausiges, der Krieg ..."

„Aber was hat er denn nun gesagt?" fragte Jérôme gebannt.

„Er hat gesagt: ‚Es ist aber doch schade, nicht, es ist schade, nicht, Monsieur Sambrat' – er hat mich Monsieur Sambrat genannt, weil ich eine Fabrik habe, ich weiß nicht, wie er das erfahren hat – er sagte immer wieder: ‚Nicht, Monsieur Sambrat, nicht, es ist doch schade, jammerschade, nicht.' Und ich habe mir diesen armen Jungen vorgestellt, sein Leben, wie er herumrennt, wie er sich um seine Mutter kümmert, seine Brüder ernährt, seine Schwestern, wie er herumrennt und nachts über dicken Rechtsbüchern hockt, die ihm Mühe machen, und wie er in jeder freien Minute zur Stadtbibliothek läuft, um alles zu verschlingen. Aber dieser verdammte Krieg, der genau drei Tage gedauert hat und der zu nichts gedient hat, dieser Krieg hat Lechat getötet. Und Lechat meinte, das sei schade. Genau das hat er gesagt: ‚Ich finde das schade, es ist doch schade, nicht, Monsieur Sambrat.' O Scheiße!" sagte Charles.

Er wandte sich unvermittelt ab und versetzte einer Gans, die gerade vorüberwatschelte, einen Fußtritt, daß das Tier laut schnatternd einen Satz von sechs Metern machte. Normalerweise hätte Jérôme darüber gelacht, aber jetzt verzog er keine Miene. Er wartete regungslos auf den Treppenstufen. Als Charles sich wieder zu ihm umdrehte, hatte er ein ganz ruhiges und ganz ernstes Gesicht, wie es Jérôme kaum an ihm kannte.

„Deshalb, mein teurer Jérôme", sagte er, „deshalb will ich bei deinem kleinen Krieg nicht mitmachen. Du darfst mich nicht für einen Dummkopf halten, ich weiß genau, daß du da drinsteckst, du warst schon immer ein Idealist. Du hättest mich damals beinahe nach Spanien geschleppt in den Bürgerkrieg, und wenn du nicht Scharlach bekommen hättest, wären wir auch hingegangen. Aber in eine von diesen Sachen jetzt ziehst du mich nicht rein, das kannst du dir aus dem Kopf schlagen. Die

Deutschen werden früher oder später verduften. Die Amerikaner werden sie hinauswerfen oder die Russen oder die Engländer, nur keine Angst, wir warten es ab. Wir warten, bis sie gehen. *Ich* jedenfalls werde warten, bis sie gehen. Ich prügele mich nicht mit einem jungen Burschen aus München oder sonstwoher, der Gott weiß warum hierher geschickt worden ist und es selbst nicht weiß, und dem ich dann vielleicht mein Messer in den Leib renne und dabei ‚non, non' schreie, während er ‚nein, nein' schreit. Das ist für mich vorbei. Ich bin kein Kind mehr, ich bin ein Mann. Männer haben für diesen Blödsinn nichts übrig, jedenfalls nicht Männer wie ich. Für diese Spielchen, da muß einer intelligenter sein als ich, oder dümmer, du kannst es dir aussuchen, mein Lieber. Jemand wie ich macht da nicht mit, nein, der macht da nicht mit."

Und wie erschöpft von seiner langen Rede, setzte er sich zu Jérôme. In der Tat war es der längste Monolog, den Jérôme ihn je hatte halten hören. Und er mußte zugeben, daß es, selbst wenn ihm das nicht in seine Pläne paßte, auch der interessanteste war.

Viertes Kapitel

Der einzige Gasthof in Formoy war das Hôtel Moderne am Platz vor der Kirche. Charles aß dort täglich zu Mittag in Gesellschaft von Conte, dem dicken Dorfarzt, und Honoré Flavier, dem Wirt selbst. Das Hôtel Moderne bot seinen Gästen eine gute Küche, aber von Modernität war nichts zu erkennen. Die Wände hatten Risse, und nur einige verirrte Touristen mieteten sich hier ein.

An diesem Tag gab es Forellen, eines von Charles' Lieblingsgerichten, aber der Doktor und der Wirt schienen doch erstaunt, als er sich zur üblichen Zeit einfand.

„Was machst du denn hier?" fragte der Doktor, der siebzig Jahre alt war und Charles' vergangene Eskapaden besser in Erinnerung hatte als dieser selbst. Er hatte Charles und Jérôme beide heranwachsen sehen und schlug ihnen gegenüber gern einen väterlichen Ton an, den Charles sehr schätzte. „Du kommst hierher zum Essen?"

„Ich komme hierher zum Essen", bestätigte Charles knapp, „wie üblich. Ich nehme einen Pastis, Flavier, sei so gut."

„Der bekommt dir doch nicht, der Pastis", sagte Conte vorwurfsvoll, doch an Charles' entschlossener Miene konnte er erkennen, daß dieser sichtlich schlechte Laune hatte.

„Ja – und deine Gäste?" fuhr Conte fort. „Jérôme und diese Frau? Der alte Louis hat Madame Clayat von ihr erzählt, und die hat Jules von ihr erzählt, und der hat seiner Frau von ihr erzählt, und die hat meiner Frau von ihr erzählt et cetera. Wie geht es Jérôme?"

„Gut", antwortete Charles zurückhaltend. „Kommt doch mal auf ein Gläschen zu uns, morgen oder übermorgen."

„Und warum ißt du da hier zu Mittag?"

„Um sie in Ruhe zu lassen!“ brüllte Charles gereizt. „Es soll Leute geben, die die Ruhe lieben!“

Flavier kam mit ihren Gläsern, stellte sie mit seinem dröhnenden Trinkerlachen ab und versetzte ihnen beiden einen kleinen Stoß gegen den Rücken, der sie mit dem Kinn zur Tischplatte hin beförderte.

„Na, ihr zwei“, sagte Flavier weiterlachend, „ihr streitet euch? Stimmt das, Charles, daß du einen Vamp im Haus hast?“

„Jérôme hat ihn“, knurrte Charles.

„Soso, der arme Jérôme!“ sagte Conte. „Und sie gefällt dir? Ist sie hübsch?“

„Nicht übel, nicht übel“, gab Charles zu, der, nachdem er seinen Pastis auf einen Zug ausgetrunken hatte, Flavier hinter dem Rücken des Arztes mit einem Zeichen bedeutete, ihm noch ein Glas zu bringen.

„Na ja, armer Jérôme“, fuhr Conte fort, „er wird sehr bald ohne Frau dastehen, meinst du nicht? Habt ihr noch immer euer altes Abkommen, ihr zwei?“

„Ja, weißt du“, sagte Charles, der sich ein wenig entspannte, „ich fürchte, sie wird mir die kalte Schulter zeigen.“

Der Pastis wirkte bei ihm immer blitzartig, und nachdem er das zweite Glas genauso schnell hinuntergegossen hatte, fühlte er sich plötzlich ganz schlaff, ganz sanft, ganz betrunken. Der Morgen war gräßlich verlaufen: nach Alices Tränen hatte er für solche auch bei seiner Sekretärin und sicher bei Brigitte gesorgt, seiner derzeitigen Geliebten, mit der er am Telefon nicht hatte sprechen wollen. In einem Anfall von Masochismus hatte er auch noch zu Hause angerufen und gesagt, er habe keine Zeit und komme nicht zum Mittagessen. Was er übrigens sofort bedauert hatte. Und so saß er jetzt auf dieser alten Terrasse mit ihren alten Tischen und Stühlen, von denen die grüne Farbe abblätterte, und den üblichen Komparsen. Jérôme hatte recht: er war kein Intellektueller, er war ein Flegel und Kleinbürger. Sein Beruf war so uninteressant wie seine Mätressen und Vergnügungen. Das Höchste für ihn war, nach Paris zu fahren, in den Nachtlokalen groß anzugeben und die Einkünfte aus seinen Schuhen zu verprassen. Wahrhaftig, Jérôme hatte recht. Alledem fehlte es an Größe, fehlte es an dem, wonach sie beide als Gymnasiasten und Studenten immer gestrebt hatten. Ein halbtoter Bonvivant, das war er! Ja, das einzige ein klein wenig Wertvolle in seinem Dasein, das einzige „Überragende", für das er „überragende" Dinge zu vollbringen bereit war, das war, seit dem Vorabend, dieses Frauengesicht, absolut in seiner Schönheit und Anmut. Er erhob sich mit einem Satz, so daß Conte und Flavier, die bis dahin auf ihre goldbraunen Forellen geblickt hatten, mit erhobener Gabel verblüfft aufsahen.

„Was hast du?" sagte Conte. „Magst du deine Forelle nicht?"

„Und wenn sie nun abreist?" sagte Charles träumerisch.

„Das würde mich sehr wundern", sagte Conte.

„Ich bin ein Idiot! Vielleicht reist sie morgen ab", fuhr Charles fort. „Vielleicht ist sie schon weg. Schließlich weiß ich es nicht. Ich bin ein Idiot. Pardon, entschuldigt mich", sagte er und stürzte davon, und zurück blieben mit weit aufgerissenen Augen seine beiden Freunde, die noch immer wie zum Ausdruck ihrer verständnislosen Verwunderung die Gabel in die Luft hielten.

Er traf mit spektakulärem Schwung auf seiner armen, gerade wieder frisch geharkten Terrasse ein, und da er erst im letzten Augenblick bremste, überfuhr er beinahe einen Pfau, der dabei seine Hoffart und einige Federn einbüßte. Louise kam händeringend aus der Küche gerannt und hob ihren Vogel auf, während sich Jérôme und Alice erschrocken an der Fenstertür zeigten. Diese drei verstörten und verwirrten Gesichter dünkten Charles der Gipfel der Komik, eine Einschätzung, der Alice natürlich entrann, aber nur gerade eben so. Er lachte schon wider Willen, als er den Salon betrat.

„Ich hoffe", sagte er, „daß ihr auch so schnell seid, wenn die SS kommt!"

Er versuchte, ein törichtes, irres Lachen zu unterdrükken und die beiden nicht anzusehen, aber Jérôme hielt ihn an, als er vorüberging, und neigte sich zu seinem Gesicht vor. In diesem Augenblick entsprang Charles' übergeschnappter Phantasie der Gedanke, „er wird mich doch nicht küssen wollen!“, während Jérôme sich wieder langsam aufrichtete, sehr langsam, wie ihm schien.

„Du . . ., du hast ja getrunken“, sagte Jérôme mit frostiger Stimme. Und der strenge, selbstgerechte Ton gab Charles den Rest.

„Ja, ja“, sagte er, „ja, ja, ich habe getrunken . . .“

Er ließ sich auf einen Diwan fallen, Opfer einer richtigen Lachkrise und der Ohnmacht nahe, wie er glaubte. Er hatte noch nie so gelacht, zumindest seit langem nicht mehr. Diese Stimme, o Gott, diese Stimme, und auch diese Geste, dieses vorgeneigte, besorgte Gesicht und dieser Urteilsspruch von Jérôme! Oh, er mußte sich beruhigen, er konnte nicht mehr, er bekam keine Luft mehr, sein Herz drohte zu bersten, die Rippen taten ihm weh, er mußte unbedingt aufhören zu lachen! Und Alice, was sollte Alice denken! Ach, zum Teufel mit Alice, zum Teufel mit Jérôme, mit ihm selbst, mit der SS, mit Marschall Pétain und Du Guesclin, zum Teufel mit allen! Ein solcher Augenblick wog alles auf, rechtfertigte ein ganzes Leben. Alle Katastrophen der Erde waren gerechtfertigt, gesegnet, alle Ängste, alle Dramen, der Tod: all das war nicht mehr wichtig. Alles ging wunderbar, alles war perfekt, ohne jede Realität, wenn man es sich recht überlegte, nichts jedenfalls hatte Bestand vor dem kurzen Satz von Jérôme: „Du . . ., du hast ja getrunken.“ Zumal sein Tonfall nichts von einer Frage, einem Ausruf oder gar von Strenge gehabt hatte; es war ein Schlußpunkt gewesen, ein ganz dicker Punkt. Ein eisiger Punkt, der in seiner Kälte hätte definitiv sein sollen. Nur, nur – o Gott, es überfiel ihn wieder, welche Idiotie, was für ein Idiot war er gewesen! Wie hatte er glauben können, Jérôme wolle ihn küssen! Welch verrückte Idee! Jérôme, der sich ihm an den Hals warf, mit seinem Polohemd, seinen glattrasierten Wangen, im Beisein von Alice! Jérôme, dieser gute Jérôme, dieser liebe Jérôme, wie hätte er ihn küssen sollen? Er, der ihn sehr fein beschnüffelt, sogar beschnuppert hatte, ehe er die gräßliche Wahrheit entdeckte. O Gott, er mußte an etwas anderes denken, aber es war einfach zu lustig.

„Sag das doch noch einmal, Jérôme“, stöhnte er

schwach, während er sich aufsetzte und die tränennassen Augen halb öffnete. Er fühlte, wie ihm die Tränen über die Wangen liefen, er mußte grotesk aussehen, aber das war ihm egal.

Er wischte sich mit dem Ärmel übers Gesicht. „Am Ellenbogen, wie die Kinder", bemerkte Alice, die, von der Heftigkeit dieses irren Lachens mitgerissen, nicht lange hatte ernst bleiben können. Während Jérôme, übrigens ohne richtige Begeisterung, aber doch amüsiert, ihnen freundlich zulächelte wie zwei Kranken.

Das Mittagessen näherte sich dem Ende; sie hatten viel Spaß gehabt. Alice schälte einen Apfel, und Charles betrachtete ihren langen Hals, ihre schmalen Handgelenke, ihre grazilen Finger und beneidete den Stahl des Messers wie die Schale des Apfels. Er war noch ein wenig beschwipst, aber sehr glücklich, und unterdrückte nur mit Mühe das Verlangen, die Hand auszustrecken und diese langen, flinken Finger mit den lackierten Nägeln zu fassen und festzuhalten.

Jérôme erzählte mit seinem kühlen Humor von einem ihrer Jugendstreiche, und Charles lachte. Und wirklich: wenn Charles Sambrat beim Lachen den Kopf zurückwarf, dann versetzte einem die Virilität, die so offenkundige gesunde Kraft dieses Mannes so etwas wie einen Stoß, und zwar jedem, der auch nur ein klein wenig für Lebensglück empfänglich war. Charles Sambrat löste gewiß Gelüste aus, sehr bestimmte und weniger bestimmte Gelüste; um es recht grob zu formulieren, er erweckte bei Frauen das Verlangen, sich hinzulegen, und bei Männern, sich zu erheben, auf jeden Fall aber bei jedem die Lust, sich zu bewegen. Alice sagte sich das alles halb unbewußt, während sie vorsichtig wie ein Eichhörnchen an ihrem Apfel knabberte. In diesem Sonnenlicht erschienen ihr schwarzes Haar noch schwärzer und ihre grauen Augen noch grauer. Sie wirkte kindlich, zerbrechlich und heiter. Die beiden Männer streiften sie ab und zu mit einem gleichermaßen beschützenden Blick, der bei Charles etwas Sinnliches und bei Jérôme etwas Wehmütiges hatte.

Jérôme dachte an seine erste Begegnung mit Alice, sah wieder dieses so schöne, so verängstigte, so verzweifelte, so zarte Gesicht, das ihn sogleich in Bann gezogen hatte. Alice schlug sich damals, als er sie kennenlernte, mit einer tiefen und schmerzlichen Depression herum, die keinem begreiflich war außer ihm, Jérôme, der in seiner Jugend zu oft unter Verzweiflung, Entmutigung und Einsamkeit gelitten hatte, um sich darüber zu wundern, um nicht zu wissen, daß Schönheit, Geld, Liebe und Gesundheit manchmal nichts zählen in einem Leben, ja das Gefühl der Scham, der Verhöhnung und der Lächerlichkeit noch verstärken können, das diese Verzweiflungsstimmungen ohne erkennbare Ursache begleitet. Schon an jenem Abend hatte er beschlossen, Alice zu helfen, ihr zu helfen beim Leben oder Wieder-Leben. Er hatte sein Leben mit ihr geteilt, mit ihr und anderen schrecklichen Opfern, die er nach und nach entdeckte. Jetzt wollte Alice ihrerseits die von Hitler losgelassenen Dämonen bekämpfen. Nur war Alice, selbst wenn sie geheilt war, durch das unersättliche, nicht zu übertreffende Grauen des Selbsthasses gegangen, und sie glaubte, andere Schläge als die, die sie sich selbst zufügte, könnten sie nicht mehr treffen. Sie konnte sich keinen anderen Folterknecht als sich selbst vorstellen, und darin täuschte sie sich; Gerhardt, ihr geschiedener Mann, und einige ihrer Freunde unter den ersten Opfern des Nazismus hatten Jérôme zu gründlich vom Gegenteil überzeugt. Gleich nach 33 tauchten in ganz Europa unablässig und überall effiziente Henker auf. Das wußte Gerhardt, und dennoch hatte Jérôme Mühe gehabt, ihn zur Ausreise nach New York zu bewegen, denn er wollte sich, trotz der jüngst vollzogenen Scheidung, nicht von Alice trennen. Schließlich, nachdem er sich von Jérôme hatte überreden lassen, war er abgereist, ehe er seinen Häschern in die Hände fiel. Nur hatte er Jérôme das Versprechen abgenommen, sich um seine Frau, seine geschiedene Frau, zu kümmern, und Jérôme glaubte nicht das Recht zu haben, Alice nach allem, was sie erlitten hatte, in diesen höllischen Kreis zu stürzen. Das konnte er nicht.

„Ach, Charles“, sagte Jérôme plötzlich in beiläufigem

Ton, „wenn ich dich im Vorbeifahren bei deiner Fabrik absetze, leihst du mir dann heute nachmittag deinen Wagen?“

„Ja“, sagte Charles ebenso rasch, „ja, wenn du mir Alice leihst.“ Und als sie ihn beide ansahen, setzte er hinzu: „Ich habe heute morgen in der Fabrik alles erledigt. Ich bin sehr mit mir zufrieden, das muß ich sagen. Deshalb kann ich Alice, wenn sie Lust hat, heute nachmittag mitnehmen, wohin sie will, mit dem Fahrrad. Wir könnten im Laurens baden. Schwimmen Sie gern, Alice? Es ist doch sehr heiß, würden Sie da nicht gern baden gehen?“

„Das ist ein Wildbach“, sagte Jérôme im Ton der Fremdenverkehrswerbung, der für Alice bestimmt war, die ihn anblickte. „Das ist ein eiskalter Wildbach, aber er ist unglaublich klar. Man muß sich hineinstürzen und gleich wieder rauskommen, aber Sie werden begeistert sein.“

„Na schön“, sagte Alice, „wenn ich begeistert sein soll . . .“

„Heißt das, Sie kommen mit?“ Charles, ganz verblüfft, sah Alice mit einem vorsichtigen Lächeln an, als vermöchte er nicht an sein Glück zu glauben. Und Alice konnte sich nicht erinnern, je von einem Mann über siebzehn so angeblickt worden zu sein.

„Aber ja“, lachte sie, „und ich kann auch schwimmen, Sie werden nicht den Lebensretter zu spielen brauchen!“

„Ich bringe sie dir unversehrt zurück“, versprach Charles seinem Freund, und keiner hätte etwas dabei gefunden, wenn Charles nicht nach diesen Worten gestockt und mit nervöser Stimme stammelnd hinzugefügt hätte: „Ich . . ., ich meine gesund und munter“, eine Richtigstellung, die nun bei Alice einen Lachanfall auslöste, so daß sie sich rasch unter den Tisch beugte auf der Suche nach der Serviette, die indes auf ihren Knien lag.

Aber Jérôme machte nicht die leiseste Bewegung, und Charles zündete sich sehr umständlich eine Zigarette an, bis Alice wieder auftauchte, leicht zerzaust, mit von Lachen gerötetem Gesicht, und sich ostentativ mit dieser dummen Serviette den Mund betupfte. Charles wollte sich schon etwas verwirrt erheben, als Jérôme ihn zurückhielt. „Aber wollt ihr nicht noch einen Kaffee trinken?“ fragte er im liebenswürdigen Ton des Hausherrn, und Charles stimmte ihm dankbar zu, als wäre er der Gast und Jérôme tatsächlich der Besitzer dieses Tisches und dieses Kaffees gewesen. Was übrigens nicht so ganz falsch war, da es für Charles nur noch ein einziges interessantes Besitztum auf Erden gab: Alice! Alice, Eigentum Jérômes, dem gegenüber er den heimtückischsten aller Gastgeber spielen zu können hoffte.

Nachdem Louise der „jungen Dame“ ihr Rad geliehen und diese nach einigen Zickzacks ihr neues Stahlroß zu beherrschen gelernt hatte, brauchte sich Charles nur noch mit ihr auf die fünf Kilometer lange Fahrt zum Laurens zu begeben. Der Laurens war ein ungebärdiger Wildbach, so klar, so weiß, daß man erleichtert war, je nach dem Licht blaue oder gelbe Reflexe darin zu erblicken. Er kam geradewegs aus dem Vercors heruntergestürzt, ruhte sich aber, neue Kräfte sammelnd, hier und da einen Augenblick aus in natürlichen, von Felsen eingefaßten Becken, aus denen er noch brodelnder wieder herabschoß. Zu einem dieser Bekken – das Jérôme und Charles in ihrer Jugend mit den gleichen hübschen Mädchen aufgesucht hatten – führte Charles nun Alice. Doch an diesem Nachmittag brauchte er nicht einmal die leiseste Erinnerung an ein früheres Gesicht, ein früheres Mädchenlachen zu verscheuchen. Er sah, er hörte nur Alice, und er musterte den doch so vertrauten Ort genau, ermaß seine Nachteile mit fast feindseligem Blick. Aber wenn es auch mehr Gesträuch, Gras, Moos und Astwerk als vor vielen Jahren gab, so war doch noch der gleiche kleine Abhang da, der zum Wasser hinunter abfiel, dort, wo es sofort tief war; und vor allem, vor allem waren da noch immer die langen, glatten Steine zum Aufwärmen nach dem kalten Bad, diese Steine, auf die vom frühen bis zum späten Nachmittag die Sonne herabprallte.

Sie entkleideten sich jeder allein hinter einem Baum. Und war Charles auch sehr schnell in seiner Badehose, so wartete er doch geduldig, Alices Baum den Rücken zukehrend, den Blick auf das Wasser gerichtet, dieses am Rand so klare, am Grund so dunkle Wasser, das so symbolisch war für seine edle Seele und seine niedrigen Instinkte.

Er wartete lange, bis Alice lautlos von hinten an ihn herantrat, aber er spürte ihre Gegenwart und warf ihr über die Schulter einen kurzen Blick zu, einen Blick, der zugleich beruhigend und unbeteiligt sein sollte: Alice hatte sich in das riesige Badetuch gewickelt, das sie in der Packtasche mitgebracht hatte und das ihr die Schultern, den Oberkörper und auch die Beine bedeckte.

„Wie finden Sie meinen Wildbach – ist doch schön hier, nicht?"

„Herrlich", sagte Alices Stimme hinter ihm. „Aber drehen Sie sich nicht um, Charles, ich sehe gräßlich aus. Ich bin hager und blaß. Das ist schlimm, wenn man sich von oben bis unten so sieht in der Sonne, ganz schlimm."

„Aber nein!" sagte Charles und drehte sich auf der Ferse zu ihr um. „Glauben Sie mir, das stimmt nicht . . ."

„Bitte, drehen Sie sich wieder um!" flehte sie. „Ja, Sie, Sie sind richtig braun, so gut wie angezogen; ich dagegen, ich fühle mich nackt und häßlich. Sehen Sie mich nicht an, ich schäme mich."

„Aber das geht vorbei", sagte Charles und widmete sich wieder der Betrachtung des Wildbachbeckens. „Das gibt sich!" versicherte er voller Eifer. „Wenn Sie wollen, lege ich mich hinter diese Büsche da drüben, da sind Sie für mich völlig unsichtbar."

„O ja, wenn Sie so lieb wären", sagte sie mit verzweifelter Stimme.

Und Charles stapfte durch das Gestrüpp und fluchte leise vor sich hin, als er sich an Dornen die Haut aufriß. „Ich bin da", rief er. „Ich kann Sie nicht mehr sehen. Es ist wirklich lustig, mit Ihnen baden zu gehen . . ."

„Es tut mir so leid", rief Alice. „Ich habe das nicht gewußt, ich hatte ja keine Ahnung: Fahl, richtig fahl bin ich, und knochig."

Sieh da, sie hat keine Ahnung von Form und Farbe ihres Körpers, dachte Charles entzückt. Was für ein armseliger Liebhaber mußte dieser Jérôme doch sein! Die Frauen, die er, Charles, in die Arme nahm, waren nachher selbstsichere Geschöpfe, durchdrungen von dem

Gefühl, begehrenswert und in der Liebe erfahren zu sein – selbst wenn sie weder das eine noch das andere waren oder nicht mehr waren. Charles hatte, abgesehen vom körperlichen Verlangen, den Frauen stets viel Zuneigung gezeigt, und manche seiner Affären, die Jérôme seinem Mangel an Geschmack zuschrieb, rührten eher von einem Übermaß an Gutherzigkeit her. Denn – und dies war einer der Gründe seiner Beliebtheit – es kam ihm darauf an, „danach" eine echte Dankbarkeit zu empfinden, die bisweilen sogar die betrogenen Ehegatten ins Ehebett zurückgebracht hatte, Ehegatten, die zunächst erstaunt und verblüfft und zum Schluß eher geschmeichelt als wütend darüber gewesen waren, daß der schöne Sambrat ihnen Hörner aufgesetzt hatte. Jedenfalls, jetzt war er sich dessen sicher: dieser gute Jérôme verdiente sein Pech, würde es verdienen oder eines Tages verdient haben. Er verbarg seinen Kopf in den Armen und versuchte an etwas anderes zu denken.

Dieser Mann ist wirklich charmant, dachte Alice hinter ihrem Akazienstrauch, während sie millimeterweise das Badetuch von sich zog. Sie fand sich im Liegen etwas weniger gräßlich als vorhin, als sie zitternd im Schatten des Baumes stand. Sie wußte, daß sie schön gewesen war, es zweifellos noch immer war, aber diese Schönheit war für sie zu einer abstrakten Idee geworden. Weil sie so lange das eigene Gesicht im Spiegel verabscheut hatte, war ihr schließlich ihr ganzer Körper ein Greuel geworden, und erst seit drei Monaten stieg sie ohne Widerwillen in die Badewanne. Gewiß, Jérôme fand sie schön, aber Jérôme liebte sie, mit einer so großen, von ihr so lange auf platonischer Ebene zurückgehaltenen Liebe, daß es ihr trotz der Leidenschaft ihres Liebhabers nicht gelang, in seinen Umarmungen etwas anderes zu sehen als die Konkretisierung seines Gefühls – ihrer beider Gefühls vielmehr –, denn schließlich liebte sie niemanden auf der Welt, außer Jérôme. Es gab sonst keinen Menschen, der ihr Halt war, keinen, dessen Abwesenheit sie bekümmerte. Und Alice vermochte sich nicht vorzustellen, daß eine empfindsame Frau mit einem Mann leben und aus eigenem Antrieb mit ihm schlafen konnte, ohne ihn zu lieben, es sei denn, es hätte sich um eine jener melodramatischen Leidenschaften gehandelt, wie sie in billigen Romanen beschrieben wurden, was aber, wie Alice wußte, in ihrem Fall nicht zutraf. Jérôme war eigenartigerweise zu sehr auf *ihre* Lust bedacht, auf *ihre* Reaktionen, sorgte sich noch zu sehr um ihren gequälten Geist, ihr gequältes Herz, als daß ihr Körper (der wilde, animalische Körper, den sie einmal gehabt hatte und der seit so langer Zeit schwieg) auch nur im geringsten an ihren Liebesakten Anteil zu nehmen vermochte. Und wenn es nicht Leidenschaft, nicht Bedürfnis war – was, wenn nicht die Liebe, konnte sie veranlassen, das Leben, das Bett dieses Mannes zu teilen? Sie fand keine Antwort darauf, denn es gab keine. Und es war auch unbegreiflich, daß sich Alice nicht schuldig fühlte für die Apathie und Stummheit ihres Körpers, wenn dieser doch virile und leidenschaftliche Mann, der so sehr darauf bedacht war, seine Lust mit ihr zu teilen, sie in die Arme nahm. Ach ja, dachte Alice, sie liebte nicht mehr, sie konnte vielleicht niemanden mehr lieben, auf diese Art . . .

Manchmal, ja, das gestand sie sich ein, manchmal hätte sie alles darum gegeben, wenn Jérôme nachts nicht derjenige gewesen wäre, dessen sie tagsüber viele Monate lang so sehr bedurft hatte, wenn er endlich aufgehört hätte, zu ihr so hingebungsvoll zu sein. Ein vulgäres und obszönes Weib rührte sich in ihr, wenn er ihr gewisse Fragen in flehentlicher Art stellte, ein Weib, mit dessen Anforderungen und Begierden etwas zu tun zu haben sie sich nicht erinnern konnte und dem sie in ihrer Wut und Scham in den Arm, ins Handgelenk biß, als hätten dieser Arm, dieses Handgelenk einer anderen Frau gehört. Sie wußte nicht, daß allein diese blauen Bißstellen am nächsten Morgen Jérôme wieder Hoffnung gaben. Sie waren – so glaubte er – bei ihr die einzigen Spuren, die einzigen Beweise einer undeutlichen und unbestimmten Lust, die aber doch so heftig gewesen war, daß sie sich beißen mußte, mit der Hand oder dem Arm den Aufschrei ersticken mußte, den er vielleicht nicht gehört hatte.

Dagegen lag sie gern im Schlaf dicht an diesem langen

Körper mit der für einen Mann etwas zu glatten, so wenig behaarten Haut. Sie liebte die Berührung mit ihm, liebte die Wärme, die Haare, die Stimme Jérômes. Sie liebte seine hellen Augen, seine manchmal kindliche Miene. Sie liebte diese absolute Gutherzigkeit, die sie in seinen Augen las. Alice fühlte sich wohl bei Jérôme; er beschämte sie nie, ängstigte sie nie, tat ihr nie weh, war immer für sie da. Und, so sagte sie sich, im Älterwerden war das doch alles, was man vom anderen erwarten konnte, und das war, wenn man es bedachte, schon unglaublich viel.

Es war erstaunlich heiß, die Sonne brannte drohend, so heftig, daß man ihr nicht den Rücken zuzukehren wagte. Sie hatten sich also beide herumgedreht und boten ihr das Gesicht, in der gleichen Kreuzeshaltung ausgestreckt, Arme und Beine vom Körper abgespreizt und wie durch unsichtbare Handschellen an diesem Boden festgehalten, der nach Staub und Gras und warmer Erde roch. Sie lagen mit dem Kopf zueinander, ohne es zu wissen, nur getrennt durch den grünen, duftenden Akazienstrauch. Aber Charles, der normalerweise kriechend die Lage inspiziert hätte, um seine Eroberung genau in Augenschein zu nehmen, dachte nicht einmal an dergleichen. Er fühlte sich nun doch erschöpft von den Aperitifs, seinen Emotionen, der Strampelei auf dem Fahrrad und dieser lächerlichen Situation. Sein Herz klopfte, Schweiß lief ihm den Nacken entlang, den Hals hinunter und dann über die Schulter. Unter seinen Lidern wechselten sich Farbflecke ab, rote und gelbe und dann rote und dann gelbe, je nachdem, wie fest er die Lider auf die Augäpfel preßte. Die schweißnassen Haare an die Stirn geklatscht, die Augen geschlossen, fühlte er, wie er dahintrieb, bewegungslos, aber aufmerksam, achtend auf die Oberfläche der Erde, auf die Oberfläche seiner Haut, auf die Oberfläche seines Bewußtseins, blindes, animalisches Wesen, versengt, befriedigt, denn er fühlte sich seltsamerweise befriedigt. Aus dem Schweigen Alices und dem seinen kam die Gewißheit, die definitive Intuition ihres Einklangs. Dies war nicht die falsche, blinde, weil entscheidende Gewißheit eines verzweifelten Liebhabers; es war die kalte, fast mathematische, abstrakte Gewißheit des Spielers.

Es war freilich nicht das erste Mal, daß Charles Sambrat eine Vorahnung hatte, aber es war das erste Mal, daß er ihr solche Bedeutung beimaß. Dieser Gedanke verwirrte ihn, und er wollte ihn abschütteln. Er sprang auf, rannte zum eiskalten Wasser und warf sich hinein. Er hatte nacheinander das Gefühl, daß ihm eine Faust auf den Plexus schlug, daß sich tausend Piranhas auf ihn stürzten, daß man ihn gefesselt in einen brennenden Ofen beförderte. Und so tauchte er unter dumpfem Stöhnen nach zwei kräftigen Schwimmstößen wieder aus dem Wasser auf, fast so schnell, wie er hineingesprungen war. Jérôme hatte recht: das Wasser war entschieden zu kalt! Man konnte darin umkommen!

Er war unbeabsichtigt zu Alices Füßen an Land geraten. Erst sah er sie nicht einmal. Er klapperte mit den Zähnen und hatte den Eindruck, daß ihm das Blut rasend schnell durch den Körper floß, einmal brennend heiß, einmal eiskalt. In gekrümmter Haltung blieb er stehen, schlotternd, und spürte, wie er sich blau verfärbte, buchstäblich blau, ohne jedoch dieser Farbe etwas abgewinnen zu können.

„Mein Gott!" sagte Alice. „Mein Gott, Sie sind ja verrückt, Charles. Dieses Wasser ist eiskalt, Sie zittern ja, setzen Sie sich!"

Er ließ alles mit sich geschehen und setzte sich mit einer Geste der Erleichterung ins Gras, während Alice ihm mit dem Badetuch energisch Schultern, Kopf, Oberkörper und Beine abrieb. Sein ganzer Körper wurde gestriegelt, geschrubbt von diesen so langen, so sanften Händen, von denen er so sehr geträumt hatte und deren Berührung er nicht einmal genießen konnte, weil er ganz mit Zittern beschäftigt war, mit dieser jähen Fast-Ohnmacht, deren Ursache er nicht kannte. Waren es die zwei Pastis, war es das Wasser, die Hitze – oder gar das Alter? Bei diesem Gedanken hätte er plötzlich losheulen, den nassen Kopf an Alices Schulter lehnen mögen, die so warm, so sanft wirkte, und ihr wimmernd versichern, daß dieser Wildbach im Frühling wirklich zu kalt war, nicht geeignet für einen Menschen.

„Mein Gott“, sagte Alice, „haben Sie mir Angst eingejagt! Aber was für eine Idee auch, dieser Sprung ins Wasser, Sie hätten zuerst den Fuß reinstecken müssen!“

„Wenn ich den Fuß reingesteckt hätte“, sagte Charles, „wäre ich nie reingegangen.“

„Eben“, erwiderte Alice, „das sage ich doch! Sie sind verrückt, Charles! Bleiben Sie jetzt ein wenig in der Sonne, entspannen Sie sich.“

Sie dachte offenbar nicht mehr an ihre spitzen Knochen und ihre bleiche Haut. Sie hatte sich um ihn gekümmert, hatte ihn getätschelt, und dieser Umstand hatte ihr Sicherheit oder vielmehr eine neue Rolle verliehen, jene mütterliche Rolle, die es ihr erlaubte, ihre Rolle als Najade zu vergessen. Und plötzlich entzückt, streckte Charles sich neben ihrem Badetuch aus, verschränkte die Hände im Nacken und schloß die Augen.

Er beobachtete sie zwischen den Wimpern hindurch mit seinem alten Jägerblick, aber ohne innere Überzeugung, denn der Jäger war nicht da, und wenn das Wild ausnahmsweise einmal schon auf dem Präsentierteller lag, so war *er* dieses Wild. Er war sich darüber im klaren, hatte damit gerechnet. Er liebte schon bis zum Wahnsinn Alices breite, aber schlanke Schultern, ihre Brüste, die lange Linie ihres Oberkörpers und dann diese so zarte Taille und auch diese schmalen Hüften und diese langen Beine und diesen langen Hals. Alles an ihr war so langgestreckt . . . Alles an ihr erinnerte an diese bizarren Tiere, die Giraffen, von deren Existenz er auf der Schule erfahren und deren Gestalt ihn immer fasziniert hatte. Lamarck oder Darwin, er wußte es nicht genau, aber einer von den beiden behauptete, das komische Aussehen dieser Giraffen, ihr langer Hals, ging auf ihren geschmäcklerischen Appetit zurück, auf ihre Vorliebe für besonders leckere Blätter, die aber ganz oben an den Bäumen wuchsen und sie gezwungen hatten, ihren ursprünglich kümmerlichen Hals immer länger zu strecken. Alice hatte außerdem von Geburt an die grazilsten und reizvollsten Hände, Ellenbogen und Knie, die man sich denken konnte. Und er sah auch, selbst durch den Jerseystoff des züchtigen Badeanzugs, die gerade Linie des Hüftbeins, seines Lieblingsknochens bei den

Frauen, jenes Knochens, der auf jeder Seite die Hüfte begrenzte und an den er nach dem Liebesakt seinen Kopf lehnte, regungslos und träumerisch. So konnte die Hand der Frau, ohne daß diese sich bewegen mußte, zufällig in sein Haar greifen, und er selbst, auf halbem Weg zwischen den beiden Polen, den beiden brennendsten Punkten dieses Körpers, fühlte sich höchst vorübergehend, aber intensiv als dessen Besitzer und Sklave.

Sie schwiegen einen Augenblick, aber der Akazienstrauch verbarg sie nicht mehr und fehlte ihnen seltsamerweise, dem einen so sehr wie dem anderen, wie eine jener so lästigen und doch so wertvollen dritten Personen, vor denen man versteckte Andeutungen viel eher von sich geben kann, als man es offen unter vier Augen wagen würde.

„Möchten Sie eine Zigarette?" fragte Charles. „Ich hole welche, aber es sind schwarze, vielleicht etwas stark für Sie."

„Ja, gern", sagte Alice mit geschlossenen Augen.

Sie folgte mit dem Blick der Silhouette von Charles, der ganz ruhig ausschritt, als wäre er völlig bekleidet. Diese körperliche Ungezwungenheit, diese Selbstsicherheit, so sehr im Gegensatz zu dem Umstand, daß er sich seiner Schönheit nicht bewußt war, riefen bei Alice ein wenig Neid hervor. Die leiseste Selbstgefälligkeit hätte sie an Charles der Gipfel des Grotesken gedünkt – wie übrigens der geringste Komplex der Gipfel des Lächerlichen. Er schritt dahin wie einer jener sehr jungen und sehr schönen Jünglinge, die sie an italienischen Stränden gesehen hatte, unbeteiligte, von ihrer Schönheit so wenig wie möglich berührte Wesen, bei denen man aber an der Gewandtheit oder der Nonchalance ahnte, daß sie sich intuitiv ihrer Muskeln, ihrer Reflexe, der geschmeidigen und schnellen Mechanik ihrer Körper erfreuten. Diesem merkwürdigen, von der Keuschheit doch so weit entfernten Charles haftete eine Art Unschuld an. Da kam er schon wieder zurück, lächelnd, setzte sich zu Alice, zündete zwei Zigaretten an und reichte ihr eine davon, wobei er sie zum ersten Mal seit ihrem Eintreffen an diesem ländlichen Ort richtig ansah. Und dieser

Blick war so voller Wohlgefallen, so zufrieden mit dem, was er sah, daß sie sich eher beruhigt als verwirrt oder verlegen fühlte. Sie zog an ihrer Zigarette, sog in Mundhöhle und Kehle einen herben, kräftigen, nicht unangenehmen Rauch ein, der sie überraschte und den sie sogleich wieder durch den Mund ausstieß.

„Ich hatte seit zwei Jahren nicht mehr geraucht", sagte sie. „Man hat es schnell wieder gelernt."

„Das ist wie mit dem Fahrrad", lachte Charles. Er selbst tat einen langen Zug an seiner Zigarette und sog den Rauch genießerisch ein.

Letzten Endes war dieser Charles eine Art photographische Platte, ein Chamäleon, ein Barometer. Etwas in ihm signalisierte, daß es warm oder kalt, die Luft von Duft erfüllt und der Wein gut war, und das war letztlich anziehend. Leise schüttelte Alice den Kopf. So war sie nun hier, um Charles dazu zu bringen, sein friedliches Haus in eine verbotene Durchgangsstation, seine Fabrik in ein Versteck und seine Freizeitbeschäftigungen in gefährliche Missionen umzuwandeln. Nun, das würde schwierig werden, zumal in dieser Ferienstimmung hier auf dem Land. Sie suchte nach einem Umweg, einem Vorwand, aber Charles kam ihr, wie auf geheimnisvolle Weise verständigt, zuvor.

„Ich möchte mich wegen heute morgen entschuldigen, wegen dieses Pom-pom-pom", sagte er.

Aber wie schon im Gespräch mit Jérôme kam sein Pom-pom-pom so kraftlos, so kläglich heraus, daß er angesichts des verwirrten Gesichts von Alice hinzufügen mußte: „Ich meine, das Pom-pom-pom der deutschen Stiefel, nachts, auf der Straße."

„Sie brauchen sich nicht zu entschuldigen!" sagte Alice in lebhaftem Ton. „Ich, ich habe mich lächerlich benommen. Ich . . ."

Charles unterbrach sie: „Ich hatte keine Ahnung, daß Sie Juden waren, Sie oder Ihr Mann – ich weiß nicht mehr genau, was Jérôme gesagt hat –, aber ich versichere Ihnen, auch so konnte ich nicht wissen, daß Sie das so erschüttern würde."

Charles hatte sehr schnell gesprochen und hob den Blick erst am Ende des Satzes. Alice blickte ihn an, und wie ihm schien, war in ihren Augen eher Überraschung als Groll zu lesen.

„Nein, das konnten Sie nicht ahnen“, sagte sie langsam, während sie ihn fest ansah. „Fayatt ist ein englisch klingender Name, aber Gerhardt Fayatt, mein Mann, mein geschiedener Mann, ist Jude.“

„Das hat Ihnen wohl viele Unannehmlichkeiten bereitet, nicht?“ sagte Charles. „Hier bei uns erfährt man nichts“, fuhr er mit ganz neuer Bitterkeit fort.

„Es war vor allem schlimm für Gerhardt“, sagte Alice. Sie wartete darauf, daß er ihr eine direkte Frage nach ihrer Herkunft stellte, denn Jérôme hatte sich da absichtlich vage ausgedrückt, um zu sehen, wie Charles reagierte, aber er schwieg.

„Er war der beste Chirurg von Wien, von Europa, glaube ich. Sein Vater und sein Großvater waren auch große Chirurgen, und die Familie genoß großes Ansehen. Unser Glück war, daß die Nazis das wußten, und da einige von ihren wichtigeren Leuten Probleme mit der Gesundheit hatten, sind wir nicht gleich im ersten Monat geschnappt und deportiert worden wie drei Viertel unserer jüdischen Freunde.“

„Sie deportieren Frauen?“ fragte Charles ungläubig.

„Ja, Frauen und auch Kinder“, sagte Alice, und da er sie mit jener fassungslosen Miene ansah, der man noch bei einigen Menschen in Europa begegnete, bei den Engländern zum Beispiel oder bei einigen in abgelegenen Provinzen lebenden Franzosen wie Charles, fügte sie hinzu: „Sie deportieren sogar die Säuglinge. Das habe ich mit eigenen Augen gesehen.“ Sie hatte in knappem Ton gesprochen, dem Ton, den sie für diese beiden Sätze immer gebrauchte, die sie immer aneinanderhängte, hinderte doch der zweite den Gesprächspartner daran, die so gräßliche Wahrheit des ersten anzuzweifeln – zumindest in ihrer Gegenwart. Aber Charles vergaß selbst da nicht, wer ihm am nächsten stand. Offensichtlich interessierten ihn die Kinder nicht.

„Sie schleppen wirklich die Frauen fort, diese Mistkerle? Wie sind Sie ihnen denn entkommen?“

Und da er ihr noch immer nicht die wichtige Frage stellte, trotz der zahlreichen Vorwände, die sie ihm dazu

Fünftes Kapitel

Am selben Abend, ein wenig später, saß sie vor ihrem Spiegel und betrachtete ihr schon etwas gebräuntes, noch etwas gerötetes Gesicht unter der schwarzen Masse ihres Haares. Sie musterte das gesunde Aussehen, den wachen Ausdruck und den leicht spöttischen Blick dieser Frau dort, der Frau, die so offenkundig begehrt und so offensichtlich geachtet wurde von dem schönen Charles Sambrat, diesem schlichten, sensiblen, tolpatschigen und zärtlichen Charles, von dem sie am Tag zuvor noch nichts wußte und den sie heute fast auswendig kannte . . .

Sie trug einen Faltenrock mit schwarzen und weißen Streifen, eine graue Hemdbluse, ein Kollier und goldene Ohrringe mit graublauem Stein. Sie entdeckte sich wieder als elegante Erscheinung, ohne dies erstrebt zu haben, aber auch ohne bewußt darauf verzichtet zu haben. Jérôme klopfte und trat gleich ein. Sie erkannte, daß er schlecht gelaunt war, und versuchte, ihn aufzuheitern.

„Was haben Sie heute nachmittag gemacht?" fragte sie mit einer Besorgnis, die ihr verlogen vorkam.

„Ich habe zwei Höfe aufgesucht: einer stand leer, und in dem anderen wohnt ein älterer Mann namens Gélot, der uns seinerzeit das Angeln beigebracht hat. Weil er im Krieg 14–18 einen Arm verloren hat, ist er auf die ‚Boches', wie er sagt, nicht gut zu sprechen. Er versteckt jeden, wie und wann, ganz egal . . . Dann habe ich mit Charles' Werkmeister gesprochen, den ich auch gut kenne. Wenn sie Papiere haben, wird er unsere ‚Durchreisenden' unterbringen und ihnen sogar völlig plausible Anstellungen besorgen können. Unter der Bedingung natürlich, daß Charles seinen Leuten das alles erlaubt."

gegeben hatte, und weil es ihr plötzlich möglich erschien, daß sie endlich auf einen Menschen gestoßen war, dem das Wort „Jude" genauso viel oder genauso wenig bedeutete wie „kastanienbraun", sagte Alice schließlich: „Zum einen brauchten sie Gerhardt, zum anderen schleppten sie in Wien nur die jüdischen Frauen gleich fort. Nicht die ‚mit Juden verheirateten' Frauen. Und ich komme aus einer katholischen Familie."

„Ah gut!" sagte Charles. „Dann sind Sie also keine Jüdin!" Er nickte mit einer beifälligen Miene, und Alice erschrak. Dann warf er ihr einen befriedigten und zuversichtlichen Blick zu. „Ich wollte Ihnen das nicht sagen", fuhr er erleichtert fort, „aber das ist mir lieber, ehrlich gesagt . . ."

Es trat ein kurzes Schweigen ein. Alice spürte, wie ihr das Blut zum Herzen zurückströmte, wie ihr der Zorn in den Adern an Handgelenken und Schläfen trommelte. Sie hielt den Blick gesenkt, um etwas auf der Erde zu suchen – einen Stein, einen Stock –, womit sie diesen stinkigen und heuchlerischen Mann, diesen falschen guten Kerl schlagen konnte. Sie mußte zurück nach Hause, sagte sie sich, und zwar schnell. Sie erhob sich langsam und hörte ihre Stimme, obwohl ihr nach Schreien zumute war, ganz ruhig fragen: „So, so . . . Und warum ist Ihnen das lieber?"

„Na, ganz einfach, weil das heißt, daß Sie weniger in Gefahr sind!" sagte Charles. „Wenn sie Sie in eines ihrer Lager brächten, das wäre mir gar nicht recht, und ich würde dabei übrigens nicht tatenlos zusehen, das kann ich Ihnen versichern!" fügte er energisch hinzu. „Aber du lieber Gott, Sie sind ja ganz blaß, Alice! Setzen Sie sich wieder. Was diese Schweine Ihnen für Angst eingejagt haben müssen, ich könnte sie umbringen!"

Alice ließ sich zurückfallen und hielt sich einen Augenblick lang die Hände vors Gesicht, erstaunt über die Freude und Erleichterung, die sie nun verspürte. Sie hätte es also nicht ertragen können, wenn Charles verabscheuenswert gewesen wäre, und das erstaunte sie angesichts eines Menschen, den sie erst seit vierundzwanzig Stunden kannte. Sie nahm die Hände vom Gesicht, sah Charles' auf sie gerichteten beunruhigten Blick und schämte sich plötzlich, daß sie so niedrig hatte von ihm denken können.

„Verzeihen Sie mir“, stammelte sie. „Es ist gräßlich, aber als Sie das sagten . . ., als Sie sagten, es sei Ihnen lieber, daß ich keine Jüdin bin, da habe ich gedacht, Sie gehörten zu den Leuten, die . . .“

„Die was?“ fragte Charles. „Zu den Antisemiten? Aber Sie machen wohl Witze, Alice! Was für eine absurde Idee! Wissen Sie, ich hatte einen ziemlich dummen Vater, aber einen sehr klugen Onkel. Er ist vor zwei Jahren gestorben, und für ihn bin jetzt ich in der Fabrik. Der hat einmal mit mir darüber gesprochen. Seit wir ein wenig unsere Geschichte zurückverfolgen können, seit Karl dem Großen, hat er mir erklärt, hätte jeder Mensch, ob bekannt oder nicht, zum Beispiel der Nachkomme von Ludwig dem Sechzehnten, mindestens zwanzig Millionen Vorfahren, zwangsläufig, automatisch, nicht mitgerechnet die unbekannten Völkerschaften und alle die Affen noch früher. Und er hat mir gesagt, wenn irgendwer mir versichern könnte, daß es unter seinen zwanzig Millionen Vorfahren nicht eine Ururgroßmutter gegeben hätte, die von einem Juden verführt worden wäre, oder daß nicht ein einziger seiner Ururgroßväter ein jüdisches Mädchen geheiratet hätte – bei all den Völkerwanderungen und Bevölkerungsbewegungen, die es seit zwanzig Jahrhunderten gegeben hat –, wenn einer mir schwört, er sei Arier, dann solle ich ihm einen Tritt in den Hintern geben, denn das sei ein Dummkopf! Ich fand, mein Onkel hatte recht, oder? Das ist verrückt, diese Idee, dieser Antisemitismus.“

„Vielleicht verrückt, aber wahr“, sagte Alice. Sie streckte sich wieder auf dem Rücken aus und schloß die Augen, während Charles sich in respektvoller Entfernung auf den Ellenbogen stützte. Er kaute an einem Grashalm, und sein Blick wanderte über das Wasser, die Bäume. Als er zu Alice zurückkehrte, hatte sie die Augen aufgeschlagen und sah ihn auch an. Eine unbestimmte Flüssigkeit quoll aus ihrer Pupille, sammelte sich am äußersten Rand des Auges und glitt ihr sehr langsam über die Schläfe. Charles brauchte einen Moment, bis er sich bewußt wurde, daß man diese Flüssig-

keit eine Träne nannte, und darüber bestürzt war. E suchte instinktiv Alices Hand, die sie ihm überließ un auf die er einen zärtlichen, warmen Mund drückte, z einem nicht im geringsten zweideutigen Kuß. Es wa wohl das erste Mal, daß sie einen Mann in Badezeug a einem ländlichen Ort die Hand einer weinenden Fra küssen sah.

Doch weit davon entfernt, das Lächerliche dies Szene zu empfinden, nahm sie nur deren Zärtlichke wahr. Jérômes Vorhaben erschienen ihr auf einmal er setzlich, ungerecht, unanständig. Es konnte nicht me in Frage kommen, diesen sensiblen und zartfühlend Menschen, diesen guten Menschen seinen Freuden, se nen täglichen Wonnen zu entreißen. Davon mußte s nun ihrerseits Jérôme überzeugen, sagte sie sich, wä rend sie sich erhob, aber sie wußte schon, daß ihr Aufb gehren nur ein vorübergehendes war und daß sich Cha les gleich den anderen zwischen die Henker von heu und die Opfer von morgen stellen mußte, selbst wen seine Haut dunkel gebräunt, sein Haar seidig, sein He offen war, und selbst wenn sie langsam wirklich so etw wie eine Neigung für ihn verspürte.

So setzte sie sich denn, als sie nach dem Ankleiden en deckten, daß das Hinterrad von Alices Fahrrad völlig d fekt war – Charles hatte es beim Zigarettenholen f nützlich gehalten, die alte Kriegslist anzuwenden –, setzte sie sich also ohne Argwohn und sogar mit ein vagen Erregung und einem gewissen Vergnügen auf d Lenkstange von Charles' Rad, und so spürte sie währe der nur wenige Kilometer langen Fahrt, wie er sein G sicht in ihr vom Wind bewegtes Haar tauchte und sog den Oberkörper an ihren Rücken preßte, wenn er m vielleicht überflüssiger Energie in die Pedale trat un sich dabei vorbeugte. Die Landschaft war wie ihre Wa gen rosig, als sie beim Haus ankamen. Und Jérômes sa kastische Bemerkungen über ihre Fahrradpanne ärgerte Alice zu Unrecht. Sie wußte ja nicht, daß geplatzte Re fen bei den unschuldigen Liebesabenteuern der beide Jungen in ihrer unruhigen Pubertät ein beliebter Tric gewesen waren.

„Ich glaube, er ist auf dem besten Weg dazu", sagte sie lächelnd und sah Jérôme dabei ins Gesicht (zum ersten Mal, sagte sie sich, seit er hereingekommen war).

Jérôme begann seinerseits zu lachen, aber es war ein eigenartiges Lachen, ein gezwungenes Lachen, ein Lachen, das man „gelb" nennen konnte, während Charles „rot" lachte, dachte Alice ganz plötzlich und erschrak über ihren bizarren Einfall. Sie litt in letzter Zeit wieder unter diesen Stimmungswechseln, die verschwunden gewesen waren seit ihrer Krise und die aus ihr sehr schnell eine der launigsten und meisthofierten jungen Frauen von Paris und Wien gemacht hatten. Ihre Heiterkeit von damals hatte etwas Bizarres, Ausgelassenes, Drolliges gehabt, eine Mischung aus kühlem Humor und lebhafter Phantasie, die manche Leute aus der Fassung brachte.

Aber wie es nun auch um seine Farbe bestellt war, Jérômes Lachen klang nicht heiter und brach jäh ab. Sie blickten einander starr an, wie zwei Fremde (sie, die sich seit drei Jahren hundertmal, tausendmal lange angesehen hatten, sie ihn fragend, eine große Lebensangst im Blick, er sie mit einer Anteilnahme, einer Zärtlichkeit ohnegleichen). Das muß aufhören, dachte Alice, da geht etwas Gräßliches vor, das schnellstens gestoppt werden muß.

„Sie haben Charles erobert, davon bin ich überzeugt", sagte Jérôme. „Das mit dem geplatzten Reifen deutet bei ihm auf wirkliche, ernsthafte Gefühle hin."

„Wieso das?" fragte Alice verwirrt.

Ihre Stimme klang zerstreut, aber sie war vor dem Spiegel erstarrt, den Lippenstift in der Hand, einer gleichzeitig zielgerichteten und regungslosen Hand wie in der Großaufnahme eines plötzlich angehaltenen Films, einer Hand, die nur die Antwort Jérômes wieder in Bewegung setzen konnte.

„Als wir damals anfingen, uns für Mädchen zu interessieren, Charles und ich", erklärte Jérôme, „da hatten wir nicht gleich so großen Erfolg und halfen Gott Amor mit zahlreichen Tricks nach: ein geplatzter Reifen zum Beispiel sollte die jungen Damen in Verwirrung bringen. Man setzte sie dann auf die Lenkstange, man atmete ihr

Haar ein, rieb sich an ihrem Rücken, und das verfehlte nicht seine Wirkung – zumindest nicht auf uns. Das war natürlich keine besonders raffinierte Werbung, aber . . ."

„Nein?!" rief Alice mit blitzenden Augen aus. „Nein! Sie wollen mir doch nicht sagen, Charles sei mit meinen fünfzig Kilo zusätzlich auf der Lenkstange diesen langen Hang hinaufgestrampelt, nur um des Vergnügens willen, mein Haar ‚einzuatmen'! Das ist wirklich zu rührend."

„Das ist zweifellos rührend bei einem Jungen von siebzehn", sagte Jérôme sarkastisch, „aber bei einem Mann von dreißig . . ."

„Aber da ist es das doch noch mehr!" rief Alice aufgeregt. „Zum einen ist Charles mit dreißig nicht mehr so sportlich wie mit siebzehn, und zum anderen, jetzt, da er ein Erwachsener ist und einer mit vielen Frauen dazu, da finde ich das viel verdienstvoller als bei einem unerfahrenen Jüngling, der einem Traum nachhängt. Nein, nein, mein lieber Jérôme, ich finde Ihren schönen Industriellen Charles Sambrat absolut heroisch."

Und als Jérôme, für ihren Humor offenbar nicht empfänglich, ihr in strengem Ton widersprechen wollte, erinnerte sich Alice plötzlich einer alten, weniger naiven Methode, die zu den klügsten ihrer Art gehörte: des Gegenvorwurfs.

„Wirklich, Jérôme!" sagte sie in indigniertem Ton, „Sie wollen mir doch nicht sagen, daß Sie auf Charles eifersüchtig sind, daß Sie mir vorhalten, mit ihm zu flirten? Also wirklich, wofür halten Sie mich? Was denken Sie von mir?"

In ihrer Stimme lag sogar ein melodramatischer Ton, der ihr keineswegs mißfiel. Dieser alte Machiavellismus – dem Ankläger die Anklage zurückzugeben, kurz, ihn der Anklage anzuklagen – fand sie wieder einmal genial. Leider war Jérôme für solche Subtilitäten nicht empfänglich.

„Ja", sagte er, „ja, ich bin eifersüchtig auf Charles. Als ich euch beide auf diesem Rad ankommen sah, so nahe beieinander, so heiter und so glücklich . . ."

Da die tugendhafte Empörung nicht gewirkt hatte, wandte sich Alice instinktiv einer anderen Technik zu, die sentimentaler, aber vielleicht klüger war: „Aber Sie gegeben hatte, und weil es ihr plötzlich möglich erschien, daß sie endlich auf einen Menschen gestoßen war, dem das Wort „Jude" genauso viel oder genauso wenig bedeutete wie „kastanienbraun", sagte Alice schließlich: „Zum einen brauchten sie Gerhardt, zum anderen schleppten sie in Wien nur die jüdischen Frauen gleich fort. Nicht die ‚mit Juden verheirateten' Frauen. Und ich komme aus einer katholischen Familie."

„Ah gut!" sagte Charles. „Dann sind Sie also keine Jüdin!" Er nickte mit einer beifälligen Miene, und Alice erschrak. Dann warf er ihr einen befriedigten und zuversichtlichen Blick zu. „Ich wollte Ihnen das nicht sagen", fuhr er erleichtert fort, „aber das ist mir lieber, ehrlich gesagt . . ."

Es trat ein kurzes Schweigen ein. Alice spürte, wie ihr das Blut zum Herzen zurückströmte, wie ihr der Zorn in den Adern an Handgelenken und Schläfen trommelte. Sie hielt den Blick gesenkt, um etwas auf der Erde zu suchen – einen Stein, einen Stock –, womit sie diesen stinkigen und heuchlerischen Mann, diesen falschen guten Kerl schlagen konnte. Sie mußte zurück nach Hause, sagte sie sich, und zwar schnell. Sie erhob sich langsam und hörte ihre Stimme, obwohl ihr nach Schreien zumute war, ganz ruhig fragen: „So, so . . . Und warum ist Ihnen das lieber?"

„Na, ganz einfach, weil das heißt, daß Sie weniger in Gefahr sind!" sagte Charles. „Wenn sie Sie in eines ihrer Lager brächten, das wäre mir gar nicht recht, und ich würde dabei übrigens nicht tatenlos zusehen, das kann ich Ihnen versichern!" fügte er energisch hinzu. „Aber du lieber Gott, Sie sind ja ganz blaß, Alice! Setzen Sie sich wieder. Was diese Schweine Ihnen für Angst eingejagt haben müssen, ich könnte sie umbringen!"

Alice ließ sich zurückfallen und hielt sich einen Augenblick lang die Hände vors Gesicht, erstaunt über die Freude und Erleichterung, die sie nun verspürte. Sie hätte es also nicht ertragen können, wenn Charles verabscheuenswert gewesen wäre, und das erstaunte sie angesichts eines Menschen, den sie erst seit vierundzwanzig Stunden kannte. Sie nahm die Hände vom Gesicht, sah Charles' auf sie gerichteten beunruhigten Blick und schämte sich plötzlich, daß sie so niedrig hatte von ihm denken können.

„Verzeihen Sie mir", stammelte sie. „Es ist gräßlich, aber als Sie das sagten . . ., als Sie sagten, es sei Ihnen lieber, daß ich keine Jüdin bin, da habe ich gedacht, Sie gehörten zu den Leuten, die . . ."

„Die was?" fragte Charles. „Zu den Antisemiten? Aber Sie machen wohl Witze, Alice! Was für eine absurde Idee! Wissen Sie, ich hatte einen ziemlich dummen Vater, aber einen sehr klugen Onkel. Er ist vor zwei Jahren gestorben, und für ihn bin jetzt ich in der Fabrik. Der hat einmal mit mir darüber gesprochen. Seit wir ein wenig unsere Geschichte zurückverfolgen können, seit Karl dem Großen, hat er mir erklärt, hätte jeder Mensch, ob bekannt oder nicht, zum Beispiel der Nachkomme von Ludwig dem Sechzehnten, mindestens zwanzig Millionen Vorfahren, zwangsläufig, automatisch, nicht mitgerechnet die unbekannten Völkerschaften und alle die Affen noch früher. Und er hat mir gesagt, wenn irgendwer mir versichern könnte, daß es unter seinen zwanzig Millionen Vorfahren nicht eine Ururgroßmutter gegeben hätte, die von einem Juden verführt worden wäre, oder daß nicht ein einziger seiner Ururgroßväter ein jüdisches Mädchen geheiratet hätte – bei all den Völkerwanderungen und Bevölkerungsbewegungen, die es seit zwanzig Jahrhunderten gegeben hat –, wenn einer mir schwört, er sei Arier, dann solle ich ihm einen Tritt in den Hintern geben, denn das sei ein Dummkopf! Ich fand, mein Onkel hatte recht, oder? Das ist verrückt, diese Idee, dieser Antisemitismus."

„Vielleicht verrückt, aber wahr", sagte Alice. Sie streckte sich wieder auf dem Rücken aus und schloß die Augen, während Charles sich in respektvoller Entfernung auf den Ellenbogen stützte. Er kaute an einem Grashalm, und sein Blick wanderte über das Wasser, die Bäume. Als er zu Alice zurückkehrte, hatte sie die Augen aufgeschlagen und sah ihn auch an. Eine unbestimmte Flüssigkeit quoll aus ihrer Pupille, sammelte sich am äußersten Rand des Auges und glitt ihr sehr langsam über die Schläfe. Charles brauchte einen Moment, bis er sich bewußt wurde, daß man diese Flüssigkeit eine Träne nannte, und darüber bestürzt war. Er suchte instinktiv Alices Hand, die sie ihm überließ und auf die er einen zärtlichen, warmen Mund drückte, zu einem nicht im geringsten zweideutigen Kuß. Es war wohl das erste Mal, daß sie einen Mann in Badezeug an einem ländlichen Ort die Hand einer weinenden Frau küssen sah.

Doch weit davon entfernt, das Lächerliche dieser Szene zu empfinden, nahm sie nur deren Zärtlichkeit wahr. Jérômes Vorhaben erschienen ihr auf einmal entsetzlich, ungerecht, unanständig. Es konnte nicht mehr in Frage kommen, diesen sensiblen und zartfühlenden Menschen, diesen guten Menschen seinen Freuden, seinen täglichen Wonnen zu entreißen. Davon mußte sie nun ihrerseits Jérôme überzeugen, sagte sie sich, während sie sich erhob, aber sie wußte schon, daß ihr Aufbegehren nur ein vorübergehendes war und daß sich Charles gleich den anderen zwischen die Henker von heute und die Opfer von morgen stellen mußte, selbst wenn seine Haut dunkel gebräunt, sein Haar seidig, sein Herz offen war, und selbst wenn sie langsam wirklich so etwas wie eine Neigung für ihn verspürte.

So setzte sie sich denn, als sie nach dem Ankleiden entdeckten, daß das Hinterrad von Alices Fahrrad völlig defekt war – Charles hatte es beim Zigarettenholen für nützlich gehalten, die alte Kriegslist anzuwenden –, so setzte sie sich also ohne Argwohn und sogar mit einer vagen Erregung und einem gewissen Vergnügen auf die Lenkstange von Charles' Rad, und so spürte sie während der nur wenige Kilometer langen Fahrt, wie er sein Gesicht in ihr vom Wind bewegtes Haar tauchte und sogar den Oberkörper an ihren Rücken preßte, wenn er mit vielleicht überflüssiger Energie in die Pedale trat und sich dabei vorbeugte. Die Landschaft war wie ihre Wangen rosig, als sie beim Haus ankamen. Und Jérômes sarkastische Bemerkungen über ihre Fahrradpanne ärgerten Alice zu Unrecht. Sie wußte ja nicht, daß geplatzte Reifen bei den unschuldigen Liebesabenteuern der beiden Jungen in ihrer unruhigen Pubertät ein beliebter Trick gewesen waren.

Fünftes Kapitel

Am selben Abend, ein wenig später, saß sie vor ihrem Spiegel und betrachtete ihr schon etwas gebräuntes, noch etwas gerötetes Gesicht unter der schwarzen Masse ihres Haares. Sie musterte das gesunde Aussehen, den wachen Ausdruck und den leicht spöttischen Blick dieser Frau dort, der Frau, die so offenkundig begehrt und so offensichtlich geachtet wurde von dem schönen Charles Sambrat, diesem schlichten, sensiblen, tolpatschigen und zärtlichen Charles, von dem sie am Tag zuvor noch nichts wußte und den sie heute fast auswendig kannte . . .

Sie trug einen Faltenrock mit schwarzen und weißen Streifen, eine graue Hemdbluse, ein Kollier und goldene Ohrringe mit graublauem Stein. Sie entdeckte sich wieder als elegante Erscheinung, ohne dies erstrebt zu haben, aber auch ohne bewußt darauf verzichtet zu haben. Jérôme klopfte und trat gleich ein. Sie erkannte, daß er schlecht gelaunt war, und versuchte, ihn aufzuheitern.

„Was haben Sie heute nachmittag gemacht?" fragte sie mit einer Besorgnis, die ihr verlogen vorkam.

„Ich habe zwei Höfe aufgesucht: einer stand leer, und in dem anderen wohnt ein älterer Mann namens Gélot, der uns seinerzeit das Angeln beigebracht hat. Weil er im Krieg 14–18 einen Arm verloren hat, ist er auf die ‚Boches', wie er sagt, nicht gut zu sprechen. Er versteckt jeden, wie und wann, ganz egal . . . Dann habe ich mit Charles' Werkmeister gesprochen, den ich auch gut kenne. Wenn sie Papiere haben, wird er unsere ‚Durchreisenden' unterbringen und ihnen sogar völlig plausible Anstellungen besorgen können. Unter der Bedingung natürlich, daß Charles seinen Leuten das alles erlaubt."

„Ich glaube, er ist auf dem besten Weg dazu", sagte sie lächelnd und sah Jérôme dabei ins Gesicht (zum ersten Mal, sagte sie sich, seit er hereingekommen war).

Jérôme begann seinerseits zu lachen, aber es war ein eigenartiges Lachen, ein gezwungenes Lachen, ein Lachen, das man „gelb" nennen konnte, während Charles „rot" lachte, dachte Alice ganz plötzlich und erschrak über ihren bizarren Einfall. Sie litt in letzter Zeit wieder unter diesen Stimmungswechseln, die verschwunden gewesen waren seit ihrer Krise und die aus ihr sehr schnell eine der launigsten und meisthofierten jungen Frauen von Paris und Wien gemacht hatten. Ihre Heiterkeit von damals hatte etwas Bizarres, Ausgelassenes, Drolliges gehabt, eine Mischung aus kühlem Humor und lebhafter Phantasie, die manche Leute aus der Fassung brachte.

Aber wie es nun auch um seine Farbe bestellt war, Jérômes Lachen klang nicht heiter und brach jäh ab. Sie blickten einander starr an, wie zwei Fremde (sie, die sich seit drei Jahren hundertmal, tausendmal lange angesehen hatten, sie ihn fragend, eine große Lebensangst im Blick, er sie mit einer Anteilnahme, einer Zärtlichkeit ohnegleichen). Das muß aufhören, dachte Alice, da geht etwas Gräßliches vor, das schnellstens gestoppt werden muß.

„Sie haben Charles erobert, davon bin ich überzeugt", sagte Jérôme. „Das mit dem geplatzten Reifen deutet bei ihm auf wirkliche, ernsthafte Gefühle hin."

„Wieso das?" fragte Alice verwirrt.

Ihre Stimme klang zerstreut, aber sie war vor dem Spiegel erstarrt, den Lippenstift in der Hand, einer gleichzeitig zielgerichteten und regungslosen Hand wie in der Großaufnahme eines plötzlich angehaltenen Films, einer Hand, die nur die Antwort Jérômes wieder in Bewegung setzen konnte.

„Als wir damals anfingen, uns für Mädchen zu interessieren, Charles und ich", erklärte Jérôme, „da hatten wir nicht gleich so großen Erfolg und halfen Gott Amor mit zahlreichen Tricks nach: ein geplatzter Reifen zum Beispiel sollte die jungen Damen in Verwirrung bringen. Man setzte sie dann auf die Lenkstange, man atmete ihr

Haar ein, rieb sich an ihrem Rücken, und das verfehlte nicht seine Wirkung – zumindest nicht auf uns. Das war natürlich keine besonders raffinierte Werbung, aber . . ."

„Nein?!" rief Alice mit blitzenden Augen aus. „Nein! Sie wollen mir doch nicht sagen, Charles sei mit meinen fünfzig Kilo zusätzlich auf der Lenkstange diesen langen Hang hinaufgestrampelt, nur um des Vergnügens willen, mein Haar ‚einzuatmen'! Das ist wirklich zu rührend."

„Das ist zweifellos rührend bei einem Jungen von siebzehn", sagte Jérôme sarkastisch, „aber bei einem Mann von dreißig . . ."

„Aber da ist es das doch noch mehr!" rief Alice aufgeregt. „Zum einen ist Charles mit dreißig nicht mehr so sportlich wie mit siebzehn, und zum anderen, jetzt, da er ein Erwachsener ist und einer mit vielen Frauen dazu, da finde ich das viel verdienstvoller als bei einem unerfahrenen Jüngling, der einem Traum nachhängt. Nein, nein, mein lieber Jérôme, ich finde Ihren schönen Industriellen Charles Sambrat absolut heroisch."

Und als Jérôme, für ihren Humor offenbar nicht empfänglich, ihr in strengem Ton widersprechen wollte, erinnerte sich Alice plötzlich einer alten, weniger naiven Methode, die zu den klügsten ihrer Art gehörte: des Gegenvorwurfs.

„Wirklich, Jérôme!" sagte sie in indigniertem Ton, „Sie wollen mir doch nicht sagen, daß Sie auf Charles eifersüchtig sind, daß Sie mir vorhalten, mit ihm zu flirten? Also wirklich, wofür halten Sie mich? Was denken Sie von mir?"

In ihrer Stimme lag sogar ein melodramatischer Ton, der ihr keineswegs mißfiel. Dieser alte Machiavellismus – dem Ankläger die Anklage zurückzugeben, kurz, ihn der Anklage anzuklagen – fand sie wieder einmal genial. Leider war Jérôme für solche Subtilitäten nicht empfänglich.

„Ja", sagte er, „ja, ich bin eifersüchtig auf Charles. Als ich euch beide auf diesem Rad ankommen sah, so nahe beieinander, so heiter und so glücklich . . ."

Da die tugendhafte Empörung nicht gewirkt hatte, wandte sich Alice instinktiv einer anderen Technik zu, die sentimentaler, aber vielleicht klüger war: „Aber Sie

haben doch immer gesagt, Sie wollten mich vor allem heiter und glücklich sehen!"

„Nun, dann hatte ich mich eben getäuscht", sagte Jérôme schroff. „Ja, ich wollte, daß Sie heiter und glücklich sind, aber mit mir. Nicht mit einem Charles."

Kaum hatte Jérôme diese Worte gesprochen, wurde ihm klar, wie egoistisch und verletzend sie waren. Alice hatte sich mit einem Bürstenstrich die Fülle ihres schwarzen Haars übers Gesicht gekämmt, und er konnte die Tränen in ihren Augen nicht erkennen. Schweigen breitete sich aus.

„Ich begreife das nicht. Ich verstehe Sie nicht, Jérôme", sagte Alices Stimme schließlich hinter dem Haarvorhang. „Sie haben mich beauftragt, Ihren Freund zu überzeugen, also zu erobern, nicht? Sie haben das alles beschlossen. Sie haben mich hierher gebracht, nicht? Und mich in die Wildnis hinausgeschickt mit einem als Schürzenjäger bekannten Mann, nicht? Und selbst wenn er naiverweise einen Reifen zerstochen hat, um mein Haar einatmen zu können, scheint mir das unwichtig angesichts der Risiken, denen Sie mich ausgesetzt haben, als Sie mich mit ihm fahren ließen! Ich finde, Sie sind sehr ungerecht, Jérôme, ungerecht und undankbar."

Und damit warf sie ihr Haar zurück und verließ schnell das Zimmer, ehe Jérôme das Vorhandensein oder das Fehlen einer Träne hätte feststellen können. Er war ein Idiot und gemein, sie hatte recht, und er konnte sich das nicht verzeihen. Er machte sich eine Viertelstunde lang Vorwürfe, ehe er, noch immer beschämt, zu Alice und Charles in den Salon ging. Als Verstandesmensch maß Jérôme letztlich seinen Eindrücken und Instinkten, seinen Befürchtungen und Ängsten keinerlei Gewicht bei. Er glaubte nur an seinen Intellekt, seine Urteilskraft, und das war ihm schon teuer zu stehen gekommen.

Alice und Charles saßen vor dem Feuer auf dem Teppich und spielten Rommé. Alices Lachen beruhigte Jérôme zunächst, was mögliche Nachwirkungen ihrer Szene betraf, fachte aber sehr schnell seinen Zorn wieder an.

Was war eigentlich mit ihm los? Er hatte fünfzehn schreckliche Minuten hinter sich, eine Mischung aus Scham und Reue bei der Erinnerung an seine törichten Bemerkungen und Vorwürfe. In diesen fünfzehn Minuten hätte er alles dafür gegeben, daß er ihr nicht unnötig weh getan hätte – was für ihn das Greulichste war, das er sich denken konnte. Und jetzt, da sich ihr Lachen eingestellt hatte, beruhigender Beweis dafür, daß sie nicht bekümmert war, hätte er alles dafür gegeben, sie irgendwo in Tränen aufgelöst vorzufinden und sie selber trösten zu können. Er ertrug es einfach nicht, daß Alice lachen konnte, da sie gewissermaßen noch zerstritten waren.

„Sie sehen gar nicht gut aus, Jérôme", sagte Alice, während sie sich zu ihm umdrehte und ihn musterte, als wäre nichts geschehen. Und er senkte rasch die Lider, damit sie seinen Blick nicht sah, der der eines Verrückten oder eines Geisteskranken sein mußte.

Sie spielten weiter, ohne sich über seine Blässe aufzuhalten, und Alice lachte jetzt alle Augenblicke über eine Albernheit von Charles, der im übrigen nicht mehr wußte, was er tat; dieser gefürchtete Spieler, in den gesamten Alpen und der Dauphiné bekannt für seine Gelassenheit und Waghalsigkeit beim Pokern, spielte auf einmal wie ein vierjähriges Kind – noch dazu wie eines, das für sein Alter nicht sonderlich begabt war. Er verlor, ja, aber das war ihm egal, denn Alice lachte, und Charles wußte oder dachte, daß man eine Frau, die man verführen wollte, zuvor zum Lachen bringen mußte. Dies war zwar eine recht probate Technik, auf die er aber wegen seines blendenden Aussehens hätte verzichten können. Nichtsdestoweniger spielte er den Verlierer und gab sich als jemanden aus, der sich von Frauen abweisen und von Männern vermöbeln ließ und stets der Trottel vom Dienst war. Das verlieh ihm einen gewissen bizarren Charme – denn der Kontrast zwischen seiner äußeren Erscheinung und diesem angeblichen ewigen Pech hatte etwas Unwiderstehliches.

Alice also lachte. Sie räkelte sich vor dem Fenster wie eine Katze, streckte sich auf dem Teppich aus, streifte die Schuhe von den Füßen wie in einem Landhaus, in dem sie seit ihrer Kindheit wohnte. Jérôme, der sie kannte, wie sie sich in ihrem Zimmer verkroch, wie sie die Gänge entlangschlich mit der Ängstlichkeit eines geprügelten Hundes, staunte über dieses zufriedene, träge Gebaren einer Katze, einer Katze, die sich amüsierte und glücklich war. So hatte er sie noch nie gesehen. Er konnte sich nicht vorstellen, daß dieses Haus mit seinen vorgetäuscht rustikalen Stilmöbeln, die Charles' Groß- und Urgroßeltern mit einem eindeutig schlechten Geschmack angesammelt hatten, in irgendeiner Weise auf Alice die Wirkung eines Kokons ausüben sollten. Dieses Haus war eine gräßliche und bisweilen feierliche Rumpelkammer, die ihre Reize haben mochte für einen, der sie von Kindheit an kannte wie er und Charles, Reize sozusagen der Erinnerung, aber keinesfalls solche des Neuen und der Gegenwart. Alice veränderte sich jedoch seit dem Morgen mit verblüffender Geschwindigkeit: sie hatte keine Angst mehr, sie klopfte nicht mehr an seine Tür, wie sie sich auch nicht mehr an seine Schulter lehnte, sie nahm nicht mehr seine Hand, um sie mit ihren leicht zitternden Händen festzuhalten und zu umklammern, so wie man einen Balken, ein Stück Holz umklammert, um nicht zu ertrinken. Alice hatte sich verändert, schrecklich verändert innerhalb eines einzigen Tages. Konnten vierundzwanzig Stunden auf dem Land eine sensible, verängstigte, rätselhafte, sanfte und zarte Frau verwandeln? Konnten sie sie verwandeln in eine noch rätselhaftere, aber wagemutige, heitere, ironische und unabhängige Frau? Nein, es war nicht das Haus, und es war auch nicht Charles Sambrat, trotz seiner instinktiven Eifersucht, die eine rein männliche war, sagte sich Jérôme jetzt immer wieder und wieder voller Entschiedenheit, es war nicht Charles, der Alice verändern konnte. Charles konnte ihr bestenfalls gefallen und sie ihm nehmen, eines Abends, anderswo und sogar erst später, aber jedenfalls nicht, solange Jérôme unter seinem Dach weilte. Das würde Alice nicht dulden, aus Achtung vor ihm. Auch nicht irgendwo im Grünen, weil Alice keine Frau war, die sich im Grünen hingab. Er riskierte also nichts, er riskierte nur ein Ausbleiben von

Alices Aufmerksamkeit. Und zu dieser Aufmerksamkeit würde sie von selbst zurückfinden, wenn sie erst wieder in den düsteren und nächtlichen Kampf hinabtauchten, in die Katakomben, als die sich die Résistance darstellte und in die er sie, das wußte er jetzt, würde mitnehmen müssen. Nicht um seinetwillen, sondern um ihretwillen, damit sie wieder wurde, was sie gewesen war während der letzten drei Jahre. Er mußte sie mitnehmen, er würde sie vor allem beschützen, außer vor sich selbst ... natürlich, aber vor sich selbst hatte er sie schließlich schon einmal gerettet. Jérôme hatte Alice vor der Traurigkeit gerettet, warum sollte er sie nicht vor der Leichtfertigkeit retten?

Jérôme vergaß eines: er hatte von Kindheit an jene Traurigkeit gekannt, jenes Leiden am Leben, von dem er Alice geheilt hatte; und war es auch leichter, die Krankheiten zu heilen, die man kennt, so war es sehr schwierig, die anderen zu heilen. Jérôme für seine Person war nie leichtfertig, unbekümmert oder verrückt vor Lebenshunger gewesen. Frohlocken war in seinen Augen nur ein Wort, ein Wort, das in Büchern vorkam, während Alice vor ihrer Krankheit als Mädchen und dann als junge Frau ein in das Leben verliebtes Geschöpf gewesen war. Sie hatte jene Augenblicke der Lebensbegeisterung, jene Momente irren Glücks, jene unbegreiflichen Euphorien erfahren, mit denen das Leben bisweilen einen Menschen überhäufen kann. Und diese privilegierten Augenblicke im Vorübergehen würde Jérôme so wenig erkennen können, wie sie ihnen würde ausweichen können. So wie ein Blindgeborener einen durch einen Unfall Erblindeten, dem er begegnet, verstehen, ihm sogar helfen kann, seine Blindheit zu ertragen, so wird er ihn, wenn dieser Erblindete sein Augenlicht zurückerlangt, nicht daran hindern können, aufzuspringen und auf die Sonne zuzueilen.

„Du lieber Gott!" rief Charles und blickte zur Tür hin. „Blitz!" Einer seiner Hunde kam herein, hinkend, mit kläglicher Miene, und trottete auf ihn zu. Charles hatte sofort Karten, Alice, Jérôme und alles übrige vergessen. Er beugte sich über seinen Hund, hieß ihn sich auf den Rücken legen, ergriff die eine Pfote und betastete sie mit der Fingerspitze, bis der Hund ein leises Stöhnen ausstieß. Dabei sprach er leise auf das Tier ein: „Was hast du denn da wieder angestellt, du alter Schlingel? Armer Kerl, warte, Augenblick, da, da, tut es da weh? Nein. Etwas weiter? Da? Ah ja, da. Ja, da ist es, aber das haben wir gleich. Bist mal wieder im Gestrüpp herumgerannt, was? Das war klug! Das war aber schlau! Oh, pardon, das ist ja gar kein Dorn, das ist ein . . . Ja, was ist denn das? Sieht aus wie ein Nagel . . . Kriegst du jetzt Nägel in die Pfoten? Wie ein alter Fahrradschlauch? Aber Blitz, mein lieber, alter Blitz, da muß man aufpassen! Warte einen Augenblick! Eine Sekunde! Eine Sekunde!“

Charles zog ein Schweizer Messer aus der Tasche – wie ein Pfadfinder, dachte Alice –, klappte eine kleine Pinzette heraus, beugte sich über den Hund, doch der heulte so jämmerlich, daß Alice zusammenfuhr und auf die beiden zustürzte.

„Halten Sie ihm die Hinterpfoten fest“, sagte Charles in einem knappen Befehlston, den man an ihm nicht vermutet hätte. Und Alice nahm die zitternden Schenkel des Hundes und hielt sie fest. Sie sah, wie Charles sich vorbeugte, etwas Schwarzes in der rosigen und schwarzen Pfote des Hundes packte und mit einem kurzen Ruck herauszog. Der Hund schüttelte sich und sprang mit einem Satz auf. Er trabte auf die Tür zu, machte dann aber beschämt kehrt und legte den Kopf zuerst auf Charles' Knie und dann im Vorübergehen eine Sekunde lang auf die von Alice, ehe er endgültig hinauseilte.

„Dieser Hund hat wirklich Benimm“, bemerkte Jérôme sarkastisch. „Zuerst sein Herrchen, dann die Krankenschwester. Mir als Assistenten hätte er ein kleines Trinkgeld geben können.“

„Du hast Tiere nie geliebt“, sagte Charles in unfreundlichem Ton.

„Doch, doch, ich liebe Tiere“, widersprach Jérôme, „aber ich ziehe die Menschen vor. Ich mißtraue denen, die die Tiere vorziehen.“

„Das ist bei mir nicht der Fall“, sagte Charles lachend. Und sein Lachen entspannte die Atmosphäre. „Eigentlich“, fügte Charles hinzu, wobei er Jérôme ansah,

„eigentlich müßtest du bei deinem englischen Aussehen eine Leidenschaft für Tiere haben! Nicht wahr, Alice?"

„Ich habe noch nie an Jérômes englisches Aussehen gedacht", gestand Alice lächelnd. „Apropos England – können Sie hier BBC London empfangen?"

„BBC London? Aber sicher. Alle Franzosen ziehen auf die Minute die Übergardinen zu und setzen sich Ellenbogen an Ellenbogen an den Tisch, um zu hören, wie Franzosen zu Franzosen sprechen. Keiner denkt jetzt mehr daran, Tische zu rücken und Verstorbene anzurufen. Man ruft Lebende an, das ist lustiger! Aber das weißt du doch!"

„Ich bin mir nicht so sicher, leider!" sagte Jérôme.

„Aber ich schwör's dir!" Charles lachte jetzt. „Nur die richtigen Widerstandsleute hören London nicht, aus Vorsicht! Geh mal abends durch unser Dorf, wo wegen der Hitze die Fenster offenstehen, da hörst du nur BBC London! Mein Radio ist drüben in der Bibliothek, und wenn es soweit ist, setzen wir uns auch davor. Hörst du London jeden Abend?"

„Wenn ich kann, ja", sagte Jérôme. „Aber heute abend müssen wir unbedingt einschalten, es könnte eine Nachricht für uns dabeisein, etwas, das uns betrifft. Ich höre mir die Sendung jedenfalls an, auch wenn ihr weiter Rommé spielt . . ."

Aber seine leicht bissige Bemerkung fand keine Beachtung.

Sechstes Kapitel

Pünktlich hatten sie sich alle drei vor dem Rundfunkempfänger versammelt, aus dem Stimmen freier Menschen drangen, die von einem freien Land aus sprachen. Charles saß in seinem Sessel, leicht gebeugt von den Anstrengungen des Fahrradausflugs am Nachmittag; sein Blick ruhte auf Alice. Er rauchte eine alte Zigarre, die er irgendwo im Haus entdeckt hatte, und ihm wurde jeden Abend die Zeit ein wenig lang, während diese gleiche so junge Stimme, die von so weit her kam, ihre kleinen poetisch-schwachsinnigen Botschaften herüberschickte, welche seine derzeitigen Gäste auch nicht für besonders interessant hielten. Deshalb war er überrascht, als Jérôme aufsprang, so bleich, wie er ihn noch nie gesehen hatte. Die Stimme im Lautsprecher wiederholte ruhig und völlig unbeteiligt: „Die Hirten sind fort, und die Herde erwartet ihn. Wir wiederholen: Die Hirten sind fort, und die Herde erwartet ihn. Die Taube hat ihr Netz über die Bäume gestreift. Wir wiederholen . . .“

Aber für Jérôme handelte es sich offensichtlich nicht um eine Taube. Er blieb stehen, und Alice hatte sich auch erhoben, stand dicht bei ihm. Sie war zu ihm getreten, und Charles existierte offenkundig für sie nicht mehr.

Eine Art Übelkeit, geboren nicht aus Eifersucht, sondern aus einem Gefühl der Zurückweisung, überfiel ihn, während er sich seinerseits nun langsam erhob, aus Höflichkeit, als hätte man plötzlich in seinem Hause unverhofft die Marseillaise gespielt.

„O Gott, o Gott!“ murmelte Jérôme. „Haben Sie gehört, Alice? Haben Sie das auch gehört?“

„Ja“, sagte Alice mit ebenso leiser Stimme.

Sie ließ sich langsam in ihren Sessel sinken und schlug sich die Hände vors Gesicht, während Jérôme ihr den

Rücken kehrte, sich vors Feuer stellte und mit den Fäusten gegen den Marmor des Kamins hämmerte.

„Es hieß doch . . .", sagte er, als frage er sich selbst, „es hieß doch: die Herde, die Hirten . . ." Und ohne darauf zu warten, daß Alice oder irgendwer ihm antwortete, drehte er sich mit einem Ruck zu dem regungslosen Charles um, der ihn verblüfft ansah. Denn die zusammengebissenen Kinnbacken, der harte Blick und die hohlen Wangen machten Jérôme schön, wie Charles wider Willen erkannte. Er ist schön im Zorn, er ist schön in Aktion, er ist vielleicht auch schön im Bett, dachte Charles, und seine Eifersucht erstaunte ihn. Aber Jérômes Hand hatte ihn an der Jacke gepackt und schüttelte ihn mit einer Kraft, die ihm Charles nicht zugetraut hätte.

„Hör gut zu, Charles, du mußt mir deinen Wagen leihen. Ich muß telefonieren, aber nicht von hier aus. Es wird eine Stunde dauern, vielleicht zwei. Alice, Sie bleiben hier. Ich vertraue sie dir an, Charles. Wenn ich in fünf Stunden nicht zurück bin, vergeßt mich eine Weile. Ich vertraue sie dir an, Charles, aber ich werde lange vorher wieder da sein."

Und er fing die Schlüssel auf, die Charles ihm zuwarf, und verließ das Zimmer. Gleich darauf fuhr der Wagen los.

Und nachdem das Geräusch des Holzvergasers in der Nacht verklungen war, setzten die Grillen ihr Konzert fort. Alice starrte ins Feuer. Ihr Gesicht hatte einen entrückten, etwas traurigen Ausdruck.

„Können Sie mir erklären . . .?" begann Charles sehr behutsam.

„Ja", sagte Alice, wobei sie ihn ansah und ihn doch nicht sah, wie er bekümmert bemerkte. „Ja, das kann ich. Dieser Satz, den Sie gehört haben, bedeutet, daß drei Mitglieder der Widerstandsgruppe verhaftet worden sind, sich in den Händen der Deutschen befinden und vielleicht jetzt in diesem Augenblick gefoltert oder erschossen werden, ich weiß es nicht. Es waren Freunde, in erster Linie Jérômes, aber auch ein wenig meine. Und das heißt weiter", fuhr sie langsamer fort, „das heißt weiter, daß alle Juden oder Nichtjuden, die uns erwarten und zu uns und zu sonst niemanden Vertrauen haben, Gefahr laufen, am Treffpunkt keinen anzutreffen, den Kopf zu verlieren und vielleicht gefaßt zu werden. Das heißt, daß sie, wenn ein anderer als Jérôme oder ich einen neuen Treffpunkt mit ihnen ausmacht, an eine Falle glauben und nicht hingehen, und da Jérôme nicht mehr nach Paris fahren kann, weil jetzt bestimmt überall nach ihm gefahndet wird, heißt das . . ., heißt das, daß ich selbst hinfahren werde. Ich werde mich zum Treffpunkt begeben, um sie zu verständigen und ihnen einen anderen Tag zu nennen und eine andere Person, die sie über die Grenze bringt. Ja. Ja, das heißt das alles. Ich muß nach Paris fahren, sofort, morgen. Die Polizei kennt mich nicht, die Gestapo auch nicht, ich habe nie etwas getan. Ich riskiere nichts", fügte sie lächelnd hinzu, weil er bleich geworden war.

Zu ihrer großen Überraschung begann er zu toben. „Glauben Sie, das ist Ihre Rolle, statt seiner dahin zu fahren? Glauben Sie, Jérôme schickt eine Frau los, damit sie von diesen Irren geschnappt und durch die Mühle gedreht und getötet wird? Wenn Jérôme das tut, dann ist er verrückt, dann ist er ein Schwein! Die Rolle der Frauen, das habe ich Ihnen schon gesagt, Alice, die besteht für mich nicht darin, daß sie nähen oder Kinder kriegen, die Rolle der Frauen besteht darin, daß sie leben, daß sie schön sind, jung sind, daß sie wie Sie sind, Alice. Alice . . ., die Männer schicken keine Frauen an ihrer Stelle in den Tod! Ich würde Jérôme umbringen, wenn er Sie reisen ließe! Ich dulde das nicht, Alice, Sie werden nicht statt seiner nach Paris fahren!"

Sie sahen sich an. Sie waren gar nicht mehr Freunde, sie waren zwei Fremde, ein Mann und eine Frau.

„Hören Sie, Charles", sagte sie, „es wird mir schon schwer genug fallen, Jérôme zu überzeugen. Seit einem halben Jahr weigert er sich, mich einzusetzen. Aber in diesem Fall jetzt weiß ich, wo der Treffpunkt ist, und ich kenne auch den Zeitpunkt. Und glauben Sie mir, Charles, ob er es will oder nicht, ob Sie es wollen oder nicht, ich werde hinfahren. Ich komme mir dabei überhaupt nicht als Heldin vor, es besteht keine Gefahr. Und außerdem sind dort Frauen, Kinder und Männer, die darauf warten, daß jemand sie mitnimmt und vor der Vernichtung rettet. Es ist ganz einfach, glauben Sie mir, ja, glauben Sie mir." Sie begann zu lachen. „Glauben Sie mir, ich kümmere mich endlich einmal nicht um mich selbst, sondern um andere. Ich bin endlich einmal zu etwas nütze, ich kann helfen, anstatt mir immer nur helfen zu lassen; und anstatt einem Mann, der in mich verliebt ist, das Leben schwerzumachen, kann ich den Tod von unbekannten Menschen verhindern, glauben Sie mir, Charles. Lassen Sie mich bitte in Ruhe. Ich warte in meinem Zimmer auf Jérômes Rückkehr. Bitte, verzeihen Sie, Charles", sagte sie leise auf der Schwelle, während er zurückblieb, benommen, erstaunt, hochrot, verstört und wütend, die Hände um den Kaminsims gekrampft.

Einen Augenblick lang sagte sich Alice, daß Charles Sambrat, wenn er aus einem guten Grund zornig und empört war, ein sehr gefährlicher Gegner sein mußte – oder ein sehr wertvoller Bundesgenosse. Seit vierundzwanzig Stunden beobachtete sie diesen Verführer, den sie erobern sollte, diesen netten Jungen, der ein wenig zu schön war, ein wenig zu sehr auf Frauen eingestellt, beobachtete ihn mit einem jeder Sinnlichkeit baren ästhetischen Vergnügen. In diesem Augenblick sah sie in ihm zum ersten Mal nicht den Schauspieler in einer altmodischen und grotesken Boulevardkomödie, sondern vielleicht einen eventuellen Kampfgefährten. Deshalb begriff sie nicht, weshalb sie, kurz vor der Tür und im Begriff, ihn zu verlassen, von einer Woge heftigen, schamlosen und so unzweideutigen Verlangens überflutet wurde, daß sie ein wenig schwankte, als sie, ebenfalls mit brennenden Wangen, das Zimmer verließ.

Als Jérôme drei Stunden später zurückkam, mitten in der Nacht, erwartete ihn Charles Sambrat schon an der Tür. Sie führten eine lange Diskussion, unterbrochen bisweilen von Schimpfworten, bisweilen von Versicherungen der Freundschaft. Jedenfalls traf Alice, als sie am nächsten Morgen die Treppe herunterkam, einen Jérôme an, der ihr mit präziser und klarer Stimme erklärte, daß die Rolle der Mätresse eines Industriellen der Lederbranche, der wegen eines technischen Angestellten nach Paris fuhr, der ideale Deckmantel für die angehende Widerstandskämpferin sei, die sie war; und daß er, Jérôme, Charles dafür zu Dank verpflichtet sei, daß er sie nach Paris begleiten und wieder zurückbringen würde. Charles sagte nichts, sondern hörte Jérôme nur zu, blickte Alice nicht einmal an, aber eine Art Gloriole ging von ihm aus, eine Art von Vibrieren in der Luft, das Alice kannte, das sie bei gewissen Personen schon wahrgenommen, bisweilen sogar selbst empfunden hatte und das gleich der Sonne von Austerlitz die blasse Leuchtspur des Glücks war.

Siebentes Kapitel

Die Fahrt in einem überfüllten Zug war anstrengend gewesen, und als sie endlich abends bei Regen eintrafen, war die Stadt Charles dunkel, düster vorgekommen, widerhallend nur vom Schritt deutscher Streifen. Selbst sein Hotel in der Rue de Rivoli, das in seinen Augen immer etwas vom 18. Jahrhundert gehabt hatte, zwischen Prunk und Boheme, erschien ihm heute trist und altmodisch. Vielleicht hatte Jérôme doch recht, wenn er den Abzug dieser „Hunnen" beschleunigen wollte. Dennoch hatte Charles, da der Ehebruch offenbar der beste Deckmantel für eine angehende Widerstandskämpferin war, für Alice und für sich zwei auf die Tuilerien hinausgehende Zimmer mit Verbindungstür genommen. Und an diesem Morgen hatten eine strahlende Sonne über den Tuileriengärten, die Süße der Luft, jener leichte Wind, den man nirgendwo sonst antraf, Charles das sommerliche Paris wiedergeschenkt, das er so sehr liebte, das Paris der endlosen Tage, der lauen und blauen Abende, der leeren Avenuen, der Bäume und Statuen, die alle Zeugen seiner Vergnügungen und Träumereien waren.

Am Abend würde er Alice sein Paris zeigen, am Abend würde er versuchen, ihr zuzuhören, mit ihr zu sprechen, sie zu erheitern, sie von allem abzulenken: vom Krieg, von den Juden, den Nazis, von Jérôme, von ihrer Vergangenheit und sogar von ihm selbst. An diesem Abend würde er ihr sein Verlangen verbergen, würde er ihr alles bieten und nichts fordern. Es war wahrscheinlich das erste Mal, daß Charles Sambrat einen Abend dieser Art ins Auge faßte, denn er hatte sich stets mehr um das Vergnügen der Frauen als um ihr Glück gekümmert. Vielleicht weil er glaubte, er vermöchte das erstere eher zu geben und zu teilen als das letztere. Es hatte Alices bedurft, um ihm den Unterschied wieder deutlich werden zu lassen: Es ist nicht nur, daß sie mir gefällt, ich könnte sie sogar lieben, sagte er sich, und in ihm lösten Hochstimmung, Erschrecken, Ungläubigkeit und Erregung einander ab. War er im Begriff, sich in eine in seinem Alter alberne Gefühlsduselei zu stürzen? Kehrte er in die erhabenen Landschaften der Liebe zurück, die er seit seiner Pubertät vergessen glaubte? Wurde er jünger – oder ging er der Verkalkung entgegen?

Er kleidete sich mit großer Sorgfalt an, warf sich in einen seiner teuren Anzüge, der, kurz vor dem Krieg angefertigt und daher noch fast neu, leicht tailliert war und ihm, als Alice die Tür öffnete, einen lächelnden Blick eintrug, den er in seinem Elan der Bewunderung zuschrieb. Wenn Alice ihn bis jetzt für einen Provinzler gehalten hatte, ha, dann sollte sie ihr blaues Wunder erleben!

„Haben Sie gut geschlafen?" erkundigte er sich, durchquerte das Zimmer und warf einen müßigen Blick auf die Tuilerien, ehe er sich umdrehte.

„Mein Gott, Sie sehen ja blendend aus", sagte er mit veränderter Stimme.

Denn auf Alice, die das Licht im Rücken gehabt hatte, als sie ihm öffnete, lag jetzt die ganze Sonnenhelle. Die Alice, die vor ihm stand, war himmelweit von der Alice in Strickjacke und Rock aus der Dauphiné entfernt, und er entdeckte eine andere Frau. Sie trug ein Kleid aus blaßgelber leichter Seide, war stärker geschminkt und älter und begehrenswerter. Ihre Augen wirkten größer, ihr Mund war röter, ihr Körper sichtbarer. Und Charles dachte plötzlich daran, daß er sich im Zimmer der Geliebten von Jérôme befand und daß dieser nicht da war. Sein Blick begegnete dem Alices, die nach ihrer Tasche griff und so geziert wie möglich zur Tür schritt.

„Mein Kleid gefällt Ihnen?" sagte sie. „Es ist ein Kleid von Grès, glaube ich. Es ist sehr leicht, was bei dieser Hitze sehr gut ist", fuhr sie in entschuldigendem Ton fort, als müßte sie sich wegen der nackten Arme, des nackten Halses und des ganzen unter dem Kleid fast nackten Körpers rechtfertigen. „Sie gehen aus, Charles?"

„*Wir* gehen aus. Sie nehmen doch nicht an, daß ich Sie

allein lasse in Paris, mit diesem Kleid . . . Sie sehen übrigens sehr gut aus. Sie sind etwas braun geworden."

Er redete einfach darauf los, aber er war so voller Lebensfreude, daß Alice sich von seinem Elan anstecken ließ. Sie nahm die lautlose und lächerliche Komödie hin, die er mit dem Portier spielte, als er ihm ihre zwei Schlüssel gab, sie wußte sogar die Pantomime der Diskretion und Resignation zu schätzen, die er mit Gesicht und Stimme vollführte, als er dem Mann auf die entsprechende stumme Frage antwortete: „Ja, wir behalten die zwei Zimmer für heute nacht."

Er ist wirklich rührend, dachte sie mit einer Anwandlung von Zärtlichkeit, selbst in diesem bizarren Anzug, in dem er wie ein reich gewordener Zirkusreiter wirkte. Er konnte blendend aussehen, gut gekleidet, in einem Tweedanzug, braun und schwarz wie seine Augen, wie seine Haut, oder in einem sehr gerade geschnittenen Smoking, der seine athletische Erscheinung zur Geltung brachte, die straffe Haltung von Körper und Kopf. Charles, so schien ihr, „schritt" jedesmal, wenn er einen Raum betrat oder verließ, während die anderen Männer eher hinein- oder hinausglitten. Sie wunderte sich, daß sie keinerlei Angst vor dem Treffen verspürte, das sie am Morgen vereinbart hatte und das sie vielleicht trotz allem in eine Falle führte; nichts war mehr sicher, unter diesen Umständen. Doch Charles' Gegenwart ließ jeden Gedanken an Gefahr absurd erscheinen. Ihr Aufenthalt in Paris würde wunderbar werden, und die Gewißheit, mit der er daran glaubte und die er zur Schau stellte, erwies sich als ansteckend.

Zum Mittagessen führte er sie in ein vornehmes Restaurant, das einmal für seinen großen Chic bekannt gewesen war, in dem man jetzt aber ein armseliges Essen servierte. Charles, für den Lebensmittelmarken in seiner stillen Provinz ein abstrakter Begriff geblieben waren, beschwerte sich lebhaft bei einem Ober, der sehr gekränkt war. Das brachte Charles vollends zur Verzweiflung. Alice lachte, aber er nahm sich fest vor, sie am Abend in eines der teuren Etablissements des Schwarzmarkts zu führen . . .

Vor dem Lokal blickten sie sich lächelnd an. Das Wetter war so schön, wie es in Paris im Frühsommer sein kann.

„Was machen Sie heute nachmittag?" fragte er.

„Besorgungen", sagte sie in ausweichendem Ton. „Wir treffen uns nachher wieder im Hotel, ja?"

„Fein. Plündern Sie nicht alle Geschäfte aus", fügte er schalkhaft hinzu.

Denn er wußte, daß das Treffen Alices mit ihren Mitverschworenen an diesem ersten Tag in einem kleinen Lokal stattfand. Aber in welchem? Nach dem Telefongespräch, das er am Morgen mitgehört hatte, mußte es das sein, in dem Jérôme seinen letzten Geburtstag gefeiert hatte, eine recht rätselhafte Adresse, so rätselhaft, daß er gezwungen sein würde, Alice zu folgen, wie ein Detektiv jener Agentur Dubly, die ihn während seiner ganzen Kindheit fasziniert hatte. Um drei Uhr verabschiedeten sie sich also herzlich voneinander, und Alice war ein wenig schockiert, als sie ihn so fröhlich zu seinen geschäftlichen Verabredungen davonziehen sah, wo doch die Möglichkeit bestand, daß er sie nicht mehr wiedersah. Er war doch sehr oberflächlich, dieser gute Charles Sambrat; verliebt, ja, aber jedenfalls ein großer Egoist. Sie ging auf Umwegen zum Hotel zurück, das sie durch die Hintertür verließ. Schließlich saß sie auf der Terrasse des Café des Invalides, wo Jérôme und sie im Freundeskreis seinen dreißigsten Geburtstag begangen hatten. Es war ein friedliches Café, sehr sonnig und sehr warm, und an diesem Mainachmittag schienen einige müde Pariser, zwei Provinzler und ein deutscher Soldat gleichermaßen benommen in die Betrachtung ihres lauwarmen Getränks vertieft zu sein. Es war eigenartig, wie wenig unter der Hitze Nationalität oder Personenstand bedeuteten. Die wenigen Gäste schienen eine kleine Familie von Provinzlern zu bilden, welche die hohen Temperaturen hierher verschlagen hatte, und der junge Mann in Feldgrau, der zusammen mit ihnen schwitzte, wurde dadurch fast zu einem entfernten Angehörigen.

Ihr Denken stumpfte langsam ab in diesem Café, die Minuten verstrichen, und allmählich stellte sich bei ihr Unsicherheit ein, gefolgt von ihrem Weggenossen, der

Angst. Es war vier Uhr zwanzig, Carnot hatte jetzt fünfzehn Minuten Verspätung, und das hieß in allen Widerstandsgruppen der Welt: verduften. Aber Alice konnte sich nicht dazu entschließen. Der Gedanke, nach Paris gekommen zu sein, um nichts zu erledigen, sich umsonst bemüht und aufgeregt zu haben, war ihr plötzlich ein Greuel. Sie, die so verzweifelt das Dunkel, die Anonymität liebte, ertrug diese nicht mehr. Auf einmal traten ihr Tränen in die Augen, und als sie sich dann doch erhob, gab sie nicht der Angst vor der Gestapo nach, sondern der Furcht, sich lächerlich zu machen.

Auf der Straße ging sie zur École Militaire hinüber; durch ihre Tränen hindurch schwankte die große Esplanade in der Sonne. Sie stolperte. Eine Hand legte sich auf ihren Arm, hielt sie an, und sogleich erkannte sie Sambrat, ohne noch die Zeit gehabt zu haben, einen anderen Zugriff zu argwöhnen. Es war Charles in seinem albernen Anzug, mit seinem albernen Schönlingsgesicht und seinem albernen zufriedenen Lächeln. Es war Charles, der ihr natürlich gefolgt war und ihren richtigen „Schatten" beunruhigt hatte – den Mann, der auf Anweisung Jérômes und gemäß der üblichen Taktik ihre eventuellen Verfolger ausspähte. Es war Charles, der das erste Treffen verdorben hatte und sie jetzt zwang, sich zu einem zweiten Treffpunkt zu begeben, dort wieder zwanzig Minuten zu warten, dann vielleicht zu einem dritten, wenn ihre Kontaktperson sich nicht sicher genug fühlte, um sich ihr zu nähern. Plötzlich verabscheute sie Charles.

Charles war sehr mit sich zufrieden. Nicht nur war es ihm gelungen, ihr von fern zu folgen, nicht nur hatte er von dem Café gegenüber aus ihr langes Warten beobachtet, das in ihm den Gentleman schockierte und den Verliebten zur Verzweiflung brachte, er war jetzt auch zur Stelle, um sie in aller Sicherheit heimzugeleiten, fort von diesen unzuverlässigen und kompromittierenden Clowns. Deshalb verwirrten ihn zunächst Alices plötzlich bleiches Gesicht unter der leichten Bräune und ihr kalter Blick, bis ihn gleich Schlägen ihre Worte trafen, die eine unbekannte Stimme zu sprechen schien (die

Stimme, die in gewissen Filmen der reiche Kaufmann im Umgang mit dem braven Armen gebraucht oder der böse Industrielle gegenüber dem ergebenen Gärtner), eine Stimme jedenfalls, die er bei Alice nicht vermutet hatte.

„Was fällt Ihnen ein?" herrschte sie ihn an. „Sind Sie verrückt geworden?" Und sie setzte sich auf die nächste Bank, zu der er ihr verblüfft folgte. Sie atmete lange und tief, ehe sie mit nur mühsam im Zaum gehaltener und nach Verachtung klingender Stimme fortfuhr: „Wie soll mich denn jemand ansprechen, wenn man Sie überall hinter mir herschleichen sieht, als wäre ich ein Laufmädchen? Wir befinden uns im Krieg, Charles, auch wenn Sie das nicht wahrhaben wollen, trotz der Verdunkelung, trotz der niedergeschlagenen Gesichter, trotz dieser widerwärtigen Schilder da, da und da!"

Und sie deutete auf die deutsch beschriebenen Holztafeln, von denen es in Paris tatsächlich wimmelte und die er tatsächlich noch nicht gesehen hatte. Und was konnte er ihr darauf erwidern? Nichts, außer daß er nur sie gesehen hatte und daß er, wenn er morgen mit ihr nach Cannes führe, dort für das Meer genausowenig Augen haben würde wie heute in Paris für die Deutschen.

„Aber ich wollte Sie doch nur beschützen", stammelte er, „sicher sein, daß Ihnen niemand folgt, daß . . ."

„Mischen Sie sich da nicht ein, Charles. Es ist sehr lieb, daß Sie mich begleiten, aber wenn das mehr eine Behinderung ist als eine Hilfe, komme ich auch sehr gut ohne Sie aus."

Und sie erhob sich. Sie hatte wieder ein wenig Farbe bekommen, und vom Pariser Himmel, vom Invalidendom hob sich ihre elegante, schlanke Gestalt ab wie ein unerreichbarer Gegenstand. Die milde Ironie, die darauf ihre Stimme veränderte, machte die Sache auch nicht besser: „Besuchen Sie Ihre Geschäftspartner oder einen alten Freund. Und heute abend gehen wir essen in einem sehr teuren Restaurant, wo man die Steaks unter dem Salat versteckt und wo wir sehr laut lachen. Aber alles übrige ist nicht Ihre Angelegenheit."

Und sie ging sogleich davon, ohne sich auch nur umzudrehen, sicher, vollkommen sicher, daß er ihr nicht folgen würde, sicher seiner Reue, sicher seiner erzwungenen Zustimmung zu ihren kriegerischen Abenteuern. Er kehrte ins Hotel zurück, um allein die bitteren Früchte seiner Aufopferung zu kosten.

Dieser Abend, den er sich sentimental, wenn nicht voller Liebesglück gewünscht hatte, erwies sich in der Tat als sentimental, aber im unglücklichen Sinn. Er konnte sich nur noch betrinken, was er vergeblich versuchte mit Hilfe des abscheulichen und sündhaft teuren Kognaks, den ihm der Portier besorgt hatte. Er ging früh zu Bett und schrieb, verzweifelt klar im Kopf, an Alice drei Entschuldigungsbriefe: einen leidenschaftlichen, einen sarkastischen und einen wehklagenden. Er zerriß alle drei und spitzte die Ohren.

Alice kam gegen Mitternacht zurück und sagte ihm nicht gute Nacht. Charles wartete eine halbe Stunde im Dunkeln, bis er im Zimmer nebenan nicht mehr das leiseste Geräusch hörte. Dann erhob er sich, trat auf den Gang hinaus und klopfte bei ihr an die Außentür, selbst entsetzt über sein Tun. Alice gab keine Antwort, stellte sich zweifellos schlafend, und er war ihr nachher dafür dankbar. Aber auf diesem trüb erhellten Flur, zugleich schwitzend und schlotternd vor der Tür einer Frau, die er belästigte, wurde sich Charles Sambrat mit Schrecken bewußt, daß dieser selbe Sambrat sehr wohl bei anderer Gelegenheit die Nacht damit verbringen mochte, an eine Tür zu trommeln und laut einen Vornamen zu rufen, anstatt sich sehr schnell und leise wieder schlafen zu legen, wie er dies heute tat. In jener Nacht würde ein anderer Sambrat geboren werden, den er, Charles, nicht schätzte und den er sogar im voraus verabscheute.

Achtes Kapitel

Am nächsten Morgen hatte sich das Wetter gleich seiner Stimmung verschlechtert. Charles fühlte sich traurig, als er aufwachte, wunderte sich darüber und brauchte einige Augenblicke, bis er sich erinnerte. „Madame ist heute morgen sehr früh ausgegangen, Monsieur Sambrat", sagte der Portier am Telefon mit einer Theaterstimme, aus der Charles in weniger besessener Verfassung vielleicht alle Nuancen herausgehört hätte. Das ironische und komplizenhafte „Madame", das alleinstehende „Madame" anstelle des üblichen „Madame Sambrat" deutete Bewunderung, sogar Wertschätzung an für Alice, die der Portier instinktiv als eine Frau von Welt erkannte. Das „ist heute morgen sehr früh ausgegangen" enthielt ein Element des Zweifels, der Beunruhigung, ja des Sarkasmus. Meistens, ob aus übergroßer Müdigkeit oder aus übergroßer Begeisterung, verließen Monsieur Sambrats Eroberungen erst nach ihm das Zimmer. Und endlich schloß das feierliche und pompöse „Monsieur Sambrat" am Schluß ein gewisses Mitgefühl, ein Lebewohl an siegreiche Tage ein und eine Spur von Teilnahme, von Bedauern angesichts einer Vergangenheit, die nicht mehr war. Dem Unglück zollt man Respekt, und vor allem quittiert man den Erfolg mit scheelem Blick; das Glück der einen ist den anderen bald ein Ärgernis, und alle Großzügigkeit Charles' konnte nicht verhindern, daß der Portier neidisch war. Im übrigen war nicht alles in seinem Ton so falsch: die Bewunderung galt Alice, und der Zweifel wie auch das Mitgefühl bezogen sich auf Charles. Der einzige Fehler des Portiers, sein großer Irrtum, war jene Heiterkeit, die das Bild einer unbeschwert auf der Suche nach Geschmeide oder Pelzen in Paris umherlaufenden leichtfertigen Frau heraufbeschwor. Denn das war nicht der Fall: Alice hatte sehr schlecht geschlafen, hatte Alpträume, hatte Angst gehabt, und sie war eher eiligen als unbeschwerten Schrittes zu einem Ziel aufgebrochen, an dem vielleicht ihr Schicksal wartete. Sie hatte dennoch Jérômes Anweisungen Punkt für Punkt befolgt, hatte den Verbindungsmann einer anderen Gruppe angerufen, nachdem das erste Treffen durch Charles' Dummheit gescheitert war, war zu dem zweiten Treffen gegangen und dabei schließlich einem Widerstandskämpfer begegnet, einem Freund von Jérôme, dem sie das Problem geschildert hatte. Es war vereinbart worden, daß er sich am nächsten Morgen ganz in der Nähe des Treffpunkts aufhalten sollte, damit sie ihn, wenn es sich um keine Falle handelte, holen und den Leuten vorstellen konnte, die auf sie beide warteten. Diese Leute waren seit so langer Zeit auf der Flucht, waren so oft unter Gefahr hierhin und dorthin geschleust worden, in einem in Flammen stehenden Europa, daß sie behutsam behandelt werden mußten, und Alice fragte sich zunächst, ob sie diese Leute dazu würde überreden können, sich an einen anderen Ort zu begeben. Schon die Tatsache, daß Jérôme nicht dabei war, würde die Zwischenlösung noch beunruhigender, suspekter erscheinen lassen in den Augen all der Leute, die ihn kannten, die mit ihm Verbindung aufgenommen hatten, die aber in Alice an seiner Seite eher eine Freundin als eine Gehilfin gesehen hatten.

Am Treffpunkt angekommen, ging Alice dreimal um den Häuserblock herum und betrat dann eine Drogerie, um sich Nagellack zu kaufen, obwohl sie eigentlich keinen brauchte, aber die simple Tatsache, daß sie im letzten Augenblick etwas so Unwichtiges kaufte (denn wer würde sich darum kümmern, ob sie lackierte Nägel hatte, wenn sie mit einem Tuch vor den Augen an den Erschießungspfahl gebunden wurde), allein die simple Tatsache, daß sie sich zu einer oberflächlichen Vergangenheit hin flüchtete, bedeutete ihr eine Beruhigung. Und dann wandte sie sich entschlossenen Schrittes dem Haus mit der Nummer 34 zu und trat ein.

Sie stand in einem langen Gang, von dem zu beiden Seiten Türen abgingen und an dessen Ende unter der

Pariser Sonne Klatschmohn und andere Feldblumen aufleuchteten, die ein poetisch veranlagter Hausmeister dort angepflanzt hatte. Alice ging mit langsamen Schritten auf diesen dürftigen Garten zu, der ihr phantastisch erschien, das schönste, das farbenglühendste aller Bilder von Henri Rousseau, während ihr vor jeder der Türen war, als müsse einer der Männer herauskommen, von denen sie schon nachts zu träumen begann. Beim Garten angelangt, mußte sie sich einfach bücken und eine Mohnblume pflücken, dem Hausmeister, der ganzen Welt, dem Tod zum Trotz. Und sie klopfte dreimal, dann zweimal, dann dreimal an die kleine hölzerne Tür, an die mit vier Reißnägeln das Namensschild des Mieters, Monsieur Migond, geheftet war. Nach einer kurzen Pause wiederholte sie das Zeichen, dann noch einmal. Sie wußte wohl, daß das so üblich war, fürchtete aber dennoch, daß man ihr nicht öffnete, und aus einem alten, sehr alten Reflex von der Vorkriegszeit heraus klopfte sie schließlich in nervöser Hast. Die Tür ging mit einem Ruck auf, und sie machte einen Satz rückwärts. Vor ihr stand ein kleiner Mann mit weißen Haaren und Brille, der sich tief verneigte, sich als Monsieur Migond, Mieter dieser Behausung, vorstellte, ihr zulächelte und ihr mit einer Bewegung der linken Hand bedeutete, einzutreten. Sie schritt über die Schwelle und erblickte sodann jene, deren Tod zu verhindern sie gekommen war. Es waren acht Personen, nein, es waren zehn, nein, es waren zwölf; sie vermochte sie nicht mehr zu zählen, und ihr Blick irrte von einem zum anderen. Es waren zwölf schweigende Personen, fast geschlechtslos, alterslos, gesichtslos, so sehr hatten Angst, Grauen und Überlebenswille sie ausgezehrt. Es waren die zugleich erschreckendsten und schönsten Gesichter, die Alice je gesehen hatte. Eine Sekunde lang war sie versucht, auf die Knie zu fallen und sie um Vergebung zu bitten, demütig, lange, für einen jeden, der, in Frankreich, in Deutschland oder anderswo, diese Menschen für anders hielt als sich selbst. Ein Reflex von Schüchternheit und Selbstachtung hinderte sie glücklicherweise daran, und sie fühlte Blicke voller Ehrerbietung und Vertrauen auf sich gerichtet.

„Erkennen Sie mich wieder?“ fragte sie. „Ich bin die Frau von Jérôme.“

Sie hörte sich „die Frau“ sagen, wunderte sich über diesen bourgeoisen Zungenschlag, wurde sich aber sogleich bewußt, daß dies das einzige Mittel war, sie ein wenig zu beruhigen, und daß selbst in dieser Zeit, da alles wankte, da alles zerstört wurde, da alle Kartenhäuser der sozialen Gesetze, der menschlichen Gesetze, der Tabus und der Kriterien einstürzten, da das Wort Anstand, das Wort Tugend vollkommen überholt waren, unangebracht und einer Frau soviel nütze wie einem Soldaten ein Gänseblümchen an seinem Stahlhelm – daß es unter diesen Umständen besser war, wenn diese Leute sie für Jérômes Frau und nicht für seine Geliebte hielten.

„Ich wußte gar nicht, daß Jérôme schon geheiratet hat, ich bin ja so froh! Er hat immer davon geträumt, er hat mir so oft, so oft von Ihnen erzählt, Alice, mir und Jean-Pierre.“ Es war eine sehr hübsche junge Frau, die auf ihren Gatten zeigte, einen großen, hageren Mann – Alice erinnerte sich, daß Jérôme von ihm als dem besten Architekten von Paris gesprochen hatte.

„Aber wo ist Monsieur Jérôme?“ fragte eine dicke Frau, die plötzlich auf sie zukam und wie zum Beweis ihrer Wichtigkeit an der Hand zwei kleine Kinder hinter sich her zog, die, nach ihren Gesichtern zu urteilen, einen Schnupfen hatten. „Er hat gesagt, er rettet meine Kinder! Er hat es mir versprochen! Wenn er sie nur rettet – mir ist egal, ob ich sterbe . . .“ Damit ließ sie sich auf einen Stuhl fallen und begann zu schluchzen, wie es schien zur großen Beschämung der anderen, ihrer Kinder und des Hausherrn.

„Nun, nun“, sagte Alice in autoritär-überlegenem Ton, der keineswegs ihrer inneren Verfassung entsprach, „wir haben Ihnen unser Wort gegeben, Madame, und wir werden es halten. Jérôme ist mit einer größeren Operation beschäftigt, und ich habe den Auftrag, mich um Sie zu kümmern. Wir haben also die Anweisungen geändert, um sicher zu sein, daß Ihnen nichts geschieht. Sie bekommen einen anderen Führer, der Sie über die Grenze bringt. Ich werde ihn gleich holen und Ihnen vorstellen, wenn Sie einverstanden sind. Alles in Ordnung jetzt? Sind Sie alle beruhigt?"

Sie lächelte, lächelte vor allem der jungen Frau zu, der Jérôme so viel von ihr erzählt hatte, von ihr und ihrer möglichen Heirat. Dieser seltsame Jérôme, sonst so verschlossen und hier, einer dritten Person gegenüber, so voller Vertrauen, voller Hoffnung. Sie vermochte sich nicht als die Frau Jérômes zu sehen, auch nicht als die Frau eines anderen. Es war eigenartig. Was machte sie hier, was war das für eine ausgefallene Situation, was hatte sie hier zu schaffen? Was war das für ein Wahnsinn? Alles drehte sich in ihrem Kopf, alles war zu verrückt, die Knie begannen ihr zu zittern. Die junge Frau mußte ihren Zustand bemerkt haben, denn sie schob ihr rasch einen Stuhl hin, legte ihr beide Hände auf die Schultern.

„Sie müssen ganz erledigt sein!" sagte sie. „Ich bin übrigens Lydia Strauss. Jérôme hat Ihnen gewiß von mir erzählt."

„Ja, ja, natürlich", sagte Alice, entschlossen lügend und die Augen schließend.

„Sie müssen todmüde sein, und wir stehen herum und bieten Ihnen nicht einmal etwas zu trinken an!" rief der alte Monsieur Migond tief bekümmert, trippelte zu einem Büfett und holte eine Flasche Bordeaux heraus, die, nach dem Staub zu urteilen, der sie bedeckte, älter sein mußte als er.

„Jetzt trinken wir alle ein Gläschen."

„Ein sehr guter Gedanke", sagte Alice. „Stoßen wir an! Das Schwierigste ist jetzt geschafft. Alles ist jetzt organisiert, und die Hauptsache ist, daß wir uns heute hier zusammengefunden haben." Sie sagte das gerade noch, bevor sie sich nach vorn neigte, sogar den Kopf auf den Tisch legte: sie hatte zu sehr Angst gehabt, dessen wurde sie sich jetzt bewußt, sie hatte das Gefühl, ihr ganzer Körper verflüssige sich, die Haare lösten sich ihr vom Schädel, die Haut werde ihr abgerissen von unsichtbaren Händen, und sie spürte sanft, wie sie gleich das Bewußtsein verlieren würde.

„Mein Gott", sagte Lydia, „Jean-Pierre, hilf mir . . ."

Sie richteten ihren Kopf auf, betupften ihr die Stirn

mit Wasser, die dicke Frau tätschelte ihr die Hände, und die rotznasigen Kinder musterten sie voller Mitgefühl. Nein, diese Leute waren nicht viel schöner als die anderen, waren nicht viel gewitzter, waren nicht viel besser, waren überhaupt nicht viel irgend etwas; diese Leute waren wie sie, Alice, Leute wie sie, nur vielleicht weniger lächerlich und offensichtlich weniger vom Glück begünstigt. Sie lächelte aufs Geratewohl. Leise begannen die Anwesenden zu ihrer großen Überraschung alle zu lachen, ganz leise zuerst, dann ein wenig lauter, dann vielleicht sogar ein wenig zu laut, denn der liebenswürdige Monsieur Migond ließ Flasche und Gläser stehen, stürzte in die Mitte des Zimmers, stellte sich auf die Zehenspitzen und hob die Arme über den Kopf, wie ein Dirigent, der sein Orchester bittet, das Konzert sofort einzustellen.

Das Wetter blieb den ganzen Tag unbeständig. Regengüsse und Sonnenschein lösten sich so schnell ab, Licht und Schatten folgten einander so rasch, daß ganz Paris im Schatten eines Zebras zu liegen schien. Wo hatte er das gelesen? Die Liebe machte aus ihm einen recht matten Verführer und einen recht dürftigen Poeten.

Charles war offiziell in Paris, um sich um die Entlassung eines seiner Werksingenieure zu kümmern, der in deutscher Kriegsgefangenschaft war. Er lief von einer Dienststelle zur anderen mit einer bärbeißigen Miene, die ihn bei seinen Bemühungen schneller voranbrachte als sonst, was ihn empörte, als er sich dessen bewußt wurde. Wenn man jetzt bellen mußte wie diese Teutonen und gleich ihnen mit den Hacken knallen, um erfolgreich Geschäfte zu tätigen, dann hatte Jérôme tatsächlich recht: man mußte die Besatzer schleunigst vor die Tür setzen. Und was er auch drei Tage zuvor behauptet haben mochte, die Anwesenheit dieser Soldaten, Ordonnanzen und Wachposten auf der Straße, in Schilderhäuschen und auf den Fluren von Ministerien ging ihm immer mehr auf die Nerven. Man gewöhnte sich einfach nicht daran, stieß sich ständig daran, fühlte sich vor allem in seinem Stolz verletzt. Die natürliche Arroganz der Deutschen fand Charles weniger demütigend als ihre vorgetäuschte Höflichkeit. Sie hatten jedenfalls etwas, ob es nun ihre innerste Natur war oder ganz einfach ihre Uniform, das ihn gräßlich ins Schwitzen brachte und bewirkte, daß er völlig schlapp war, wenn er ihre Amtszimmer verließ. Eine simple Angelegenheit, bei der es um eine vorzeitige Entlassung aus Kriegsgefangenschaft ging, rechtfertigte bei ihm nicht einen solchen körperlichen Zustand. Wütend und erbittert kehrte er ins Hotel zurück.

Es ist sechs Uhr, und Alice ist natürlich noch nicht da, dachte Charles mürrisch, wobei er vergaß, daß Alice allenfalls dem Portier diese Uhrzeit genannt hatte, was sie wohl zu einer gewissen Verspätung berechtigte. Um halb sieben und dann um Viertel vor sieben begann er aber unruhig zu werden. Sie mußte sich auf etwas Törichtes eingelassen haben, und trotz ihrer „Freunde" war sie vielleicht schon im Gefängnis und irgendeiner Soldateska ausgeliefert. Als Charles sich des besonders eisigen Gesichts eines Wachpostens erinnerte, erfaßte ihn eine Art kalte Übelkeit, so daß er sich, zitternd wie ein kleines Mädchen, aufs Bett setzen mußte. Wo ist sie nur? fragte er sich, um gleich darauf hinzuzufügen: Was ist nur mit mir? Wo ist sie nur – was ist nur mit mir? Und diese beiden Fragen stellten sich etwa mit der gleichen Unerbittlichkeit. Er zündete sich mit bebender Hand eine Zigarette an, als die Tür des Nachbarzimmers auf- und zuging und Alices Schritte zu hören waren. Da tat Charles einen tiefen Zug, ließ sich auf das frische Kopfkissen sinken, schloß die Augen, und das abgebrannte Streichholz fiel auf den Bettvorleger. Er konnte sich nicht erinnern, in seinem Leben je eine solche Angst und eine solche Erleichterung verspürt zu haben, obwohl letztere verfrüht war, denn nur auf eine seiner zwei Fragen hatte er eine Antwort erhalten: wußte er jetzt, wo sich Alice aufhielt, so wußte er noch nicht, was mit ihm war.

Und jetzt rauchte er stumm, gleichgültig gegenüber Alices Anwesenheit nebenan, gegenüber ihren Plänen, ihrem Schicksal, ihrer beider Schicksal. Er fühlte sich müde und abgeklärt wie ein alter Mann, obwohl er kein anderes Verlangen hatte, als zehn Jahre alt und bei seiner Mutter zu sein, auf der Wiese hinter dem Haus. Sein ganzes Leben danach war in jeder Hinsicht eine Farce gewesen, und als an die Tür geklopft wurde, verspürte er eine unbestimmte Verärgerung. Als er aufblickte, fand er Alices Gesicht, Alices Blick wieder und die Annehmlichkeit, ein Mann und erwachsen zu sein. Gleichzeitig verspürte er ein schreckliches Gefühl der Ohnmacht, des Aufbegehrens, als er Alice sein Zimmer betreten sah, womit sie wie jedesmal die tausend Alicen zerstörte, die in ihrer Abwesenheit seine Erinnerung, seine Phantasie und sein Verlangen heraufbeschworen hatten, diese tausend solcherart zugänglich gewordenen Alicen. Alle diese Alicen aus Gips wurden albern, öde angesichts der schönen, der klar umrissenen, greifbaren, unberechenbaren Alice. Ah, die da, die schnappe ich mir eines Tages! dachte er plötzlich in einer bei ihm sehr seltenen Regung von Ungeduld und Trivialität – selten bei ihm, der so wenig zu solch lässiger Geringschätzung der Frauen neigte, die er bei anderen Männern so sehr verabscheute. Aber er machte es sich nicht einmal zum Vorwurf. Er war schon weit fort, entfloh, wohin, wußte er nicht genau, aber sehr schnell.

„Sie fühlen sich wohl, Charles?"

Alices Stimme klang ein wenig verwirrt, beunruhigt. Er lächelte sie an und spürte doch, wie ihm eine eigenartige Verkrampfung den unteren Teil des Gesichts verzog zu einer fast schmerzhaften Falte, sehr ähnlich der häßlichen Grimasse, die bei allen Menschen, vom Säugling bis zum Greis, die gleiche ist und die den Tränen vorausgeht.

Er war bei ihrem Eintreten vom Bett aufgestanden, setzte sich aber wieder, nachdem er ihr den Sessel neben dem Kamin angeboten hatte. Seine Hände lagen auf den Knien. Er machte den Eindruck eines ausgescholtenen oder zumindest beschämten Schülers. Alice, die das Gefühl hatte, endlich etwas geleistet zu haben, war ganz Nachsichtigkeit. Sie lächelte ihn an. „Erfolg gehabt, Charles? Haben Sie etwas über Ihren Ingenieur erfahren?"

„Ja, ich glaube, es wird klappen", sagte er mit so ernster und vertraulich klingender Stimme, daß sie beide nicht über das Ungereimte dieses Tons hinweggehen konnten und sich verlegen ansahen, Alice dem Lachen, Charles der Verwirrung nahe.

„Was ist denn passiert?“ fragte sie.

„Nichts“, sagte er, während er aufstand und sich mechanisch reckte, als wäre er allein. Und als wäre er allein, fügte er auch hinzu: „Nichts, außer daß ich begriffen habe, daß ich Ihretwegen sehr unglücklich werden könnte. Und daß das keine Rolle spielt . . ., daß das für mich nichts ändern würde.“

„Wieso soll das keine Rolle spielen?“ Alice lachte, ganz Koketterie. „Wieso nicht? Sie, der Sie für das Glück geschaffen sind! Es wäre mir ein Greuel, Sie unglücklich zu sehen.“

„Beweisen Sie es“, sagte Charles in keineswegs anmaßendem, eher sanftem Ton.

Und er öffnete die Tür, trat zur Seite, um sie vorausgehen zu lassen. Die automatische Treppenhausbeleuchtung erlosch, ehe sie den Aufzug erreicht hatten. Im Halbdunkel drehte sich Alice zu Charles um und wich erstaunt, fast erschrocken zurück, als sie ihn so dicht bei sich sah. Er reagierte auf diese abwehrende Geste nur mit dem ein wenig traurigen Lächeln eines Hilflosen, das Alice nun doch beunruhigte. Sie wollte keinen Charles auf der Verliererseite, keinen Charles, der unglücklich war. Das machte ihr angst, das bereitete ihr Kummer, das enttäuschte sie. Sie hatte sich schnell, vielleicht zu schnell angewöhnt, sich gegen Charles' Charme zu wehren, gegen sein Verlangen nach ihr. Dieser jetzt hilflose Gegner brachte sie aus der Fassung. Sie benahm sich wirklich wie ein kleines Mädchen! Sollte sie nicht entzückt darüber sein, daß er endlich vernünftig geworden war? Und sie wurde sich bewußt, daß sie nie seine Neutralität gewünscht hatte, daß ihr diese Neutralität sogar im höchsten Grade mißfallen würde. Dieser Kleinbürger, so entwaffnend und naiv in seinem Zynismus des erwachsenen Mannes, dieser so sehr auf seine Bequemlichkeit und seine Spielchen bedachte Kleinbürger stellte für sie auf einem sehr schmalen Gebiet, auf dem sie bis jetzt noch nie gespielt hatte, nämlich dem der körperlichen Lust – ja, dieser Kleinbürger stellte für sie das Abenteuer dar . . .

Das Hotel mit seinem Pseudoprunk, mit seinen dunklen Fluren, seinem schmierigen Portier, seinen zu großen Betten und seinen billigen Imitationen galanter Stiche aus dem 18. Jahrhundert – dieser ganze Dekor, der eine wahrhaft freie und vorgetäuscht poetische Bourgeoisie evozierte, verwirrte sie. Und er verwirrte sie noch mehr als jene Dekors, die sie bis dahin kennengelernt hatte, verfeinertere und natürlichere, von jenem Raffinement, wie es nur viel Geld dem Prunk, und von jener Natürlichkeit, wie sie nur viel Geld der Natur abringen kann. Von jenem Raffinement, das Palaisflure hervorbringt, wo man einander begegnen kann, unsichtbares und diskretes Personal, Teppichböden dicker als Betten, Limousinen, deren Türen sich hinter anonymen Fahrgästen schließen, und jungfräuliche Strände; ja, wenn es eines großen Vermögens bedurfte, um die Öffentlichkeit zu interessieren, so bedurfte es eines noch viel größeren, um sich bei ihr vergessen zu machen. Sie kam nicht aus dem gleichen Milieu wie Charles, und ihr wurde dies tatsächlich zum ersten Mal bewußt, mitten im Krieg und in der Not. Bei Jérôme hatte sie nie daran gedacht, aber das rührte daher, daß Jérôme auf Äußerlichkeiten keinen Wert legte – weder auf die seines Milieus noch auf die der anderen. Wenn sie sich auch nur einen Moment lang um solche Dinge gesorgt hätte, würde sie sich gesagt haben, daß sie Jérôme überallhin mitnehmen konnte und Charles vielleicht nicht . . . Indessen liebte sie Charles' Haarsträhne im Wind, sie liebte seinen Stolz, seine Freude darüber, ihr dieses Hotel bieten zu können, und sogar seine Eitelkeit, die ihn zu diesem gräßlichen taillierten Jackett greifen ließ. Was tat es, ob das, was er liebte, von gutem oder schlechtem Geschmack zeugte, wenn er es nur mit aller Kraft liebte! Und da war er jetzt bereit, nichts mehr zu lieben und ihretwegen zu leiden. Das war ein Irrtum des Schicksals . . ., wenn es nicht der raffinierte Trick eines Verführers war. Jedenfalls, sie begehrte nicht lange auf, als er ihr nach einer geheimnisvollen Beratung mit seinem schrecklichen Komplizen von der Rezeption verkündete, sie würden heute abend ganz groß ausgehen. Sie war sogar bereit, in ihrem Koffer nach einem sehr tief ausgeschnittenen Abendkleid zu suchen, wie Charles es liebte, und es anzuziehen, während er sich voller Vorfreude in einen Smoking warf, den ihm der beste Schneider von Valence nach Maß angefertigt hatte.

Neuntes Kapitel

Das „Aiglon“ in der Rue de Berri war dem Hotelportier und der Ansicht der Pariser Gazetten zufolge *das* Nachtlokal. Ein gut geführtes Orchester spielte dort die verschiedensten Rhythmen, und ein herrlicher Geiger, der sich nur als Ungar bezeichnete, in dem man aber den Zigeuner ahnte, obwohl er das unverständlicherweise heftig abstritt, trieb einem die Tränen in die Augen. Die Berühmtheiten des Tages, Stars von Film, Theater, Literatur und Presse, zeigten sich hier regelmäßig, als wollten sie sich den Ausweis ihres Startums abstempeln lassen. Höhere deutsche Offiziere zeigten sich mit ihren französischen Eroberungen, und so verbrachte unter dem besänftigenden Einfluß der Musik alles, was in Paris Rang und Namen hatte, hier herrliche Abende. Im letzten Augenblick noch einen Tisch zu bekommen hatte ein kleines Vermögen gekostet, aber Charles, von Natur aus schon recht ausgabenfreudig, hätte sein letztes Hemd geopfert, um mit Alice tanzen, um Alice zwei Minuten lang in den Armen halten, ihren Körper an dem seinen spüren, ihre Schritte nach seinem Rhythmus und dem des Orchesters lenken zu können. Er träumte schon davon.

Er träumte davon, doch seit er Alice hatte aus ihrem Zimmer kommen sehen in einem Abendkleid vom Blaugrau ihrer Augen, einem hautengen Kleid, das eine Schulter und einen Arm entblößte, hatte sein Traum genauere Formen angenommen, viel zu genaue sogar; er war das Opfer eines brutalen, fast schmerzhaften animalischen Verlangens, das ihn benommen machte und das jedes Wort, jede Geste, jeder Blick Alices noch zu verstärken schienen. Ein der Sprache Beraubter betrat das Nachtlokal, folgte, hinter dem Ober, Alice zwischen den Tischen hindurch. Die Stimmen, das Lachen, die Musik, die Kristallgläser, die deutschen Uniformen, die Smokings, die Frauen waren nur belanglose und geräuschvolle Kulisse, nur abstrakter Dekor, aufs Geratewohl drapiert um das einzig Reale und Greifbare dieses Abends: Alice, wie sie vor ihm herschritt, dann Alice, wie sie ihm gegenübersaß, Alice, die er, wenn sie sich ihm nicht sehr bald ergab, früher oder später vielleicht doch mit Gewalt erobern mußte. Er klappte mit bebenden Händen die Speisekarte auf und bot ihr ein so mitgenommenes, so bleiches Gesicht, daß sie ihn abermals besorgt ansah. „Fehlt Ihnen etwas, Charles?"

Aber da er dürftige Entschuldigungen stammelte, vergaß sie die Sache erneut, denn sie hatte ihrerseits mit einem Unbehagen zu kämpfen, das zwar weniger physischer Natur, aber ebenso heftig war, wie das seine. Sie begann nämlich, diesen Ort zu verabscheuen, bekam sogar Angst davor.

An dem Tisch, der neben dem ihren stand, dem Tisch gleich hinter Charles, saßen zwei deutsche Offiziere, ohne Begleitung und sehr friedlich wirkend, verglichen mit ihren Landsleuten. Sie sprachen, wie sie feststellte, ein sehr gewähltes Deutsch, und als sie leicht den Kopf hob, bemerkte sie, daß sie beide recht gutaussehende Männer waren, daß ihr Blick weder Arroganz noch Geringschätzung ausdrückte und daß sie, wenn sie sich zu langweilen schienen, dies zumindest höflich zu unterdrücken versuchten. Charles' Blick dagegen floh den ihren hartnäckig seit fast einer Stunde, genauer gesagt, seit sie sich umgekleidet hatten.

„Mißfällt Ihnen mein Kleid so sehr?" fragte sie lächelnd, aber doch verunsichert. Und als Charles sie ob solcher Vorstellung entrüstet anblickte, setzte sie rasch hinzu: „Sie sprechen nicht mehr mit mir, seit ich dieses Kleid angezogen habe – gefällt es Ihnen also nicht?"

„Es gefällt mir zu gut", sagte Charles brüsk. „Alice, entschuldigen Sie, ich weiß, ich habe mich wie ein Idiot benommen. Ich bin nicht an Frauen gewöhnt, nicht an Frauen wie Sie, und ich bin nicht gewöhnt, mich in sie zu verlieben", fügte er hinzu, wobei er zu lachen versuchte und ein Glas Weißwein an die Lippen hob – es war das fünfte seit zehn Minuten und würde wahrscheinlich genauso wenig Wirkung zeigen wie die vorausgegangenen.

„Aber Sie waren doch schon einmal verliebt, oder?“ sagte Alice, die jetzt auch nur mit Mühe lächelte, denn sie fühlte, wie der Blick des einen deutschen Offiziers auf ihr ruhte.

„O ja, natürlich“, erwiderte Charles, „ich glaube es zumindest, aber dabei hatte ich keine Angst.“

„Weil Sie sicher waren, ans Ziel zu kommen?“ fragte sie. In ihrer Stimme lag eine traurige Ironie, die ihn plötzlich betrübte. Sie hielt ihn wirklich für einen Weiberhelden.

„Aber nein“, sagte er schroff. „Ich war mir nicht sicher, wiedergeliebt zu werden. Wer ist das schon? Aber ich wußte, ich kann mich sehr schnell zurückziehen.“

„Und jetzt bin ich es, die sich zurückziehen würde, ist es das?“ fragte Alice, einen Konditional gebrauchend, den er für eine sehr nahe Zukunft hielt, wie sie an seinem Blick erkannte, und wider Willen legte sie ihre Hand auf die seine. „Ich würde gehen, selbst wenn ich Sie liebte, Charles, ich würde gehen müssen, das wissen Sie.“

„O nein“, sagte er mit Entschiedenheit. „Wenn Sie mich auch liebten, würden Sie nicht gehen. Ich glaube einfach nicht, daß Frauen eine Idee einem Mann vorziehen können! Umgekehrt, ja, weil die Männer dumm sind, aber die Frauen – nein!“

„Sie täuschen sich“, sagte sie, aber nur ganz leise, denn der Offizier von nebenan hatte sich erhoben und kam auf ihren Tisch zu. Er blieb vor ihnen stehen und verbeugte sich.

„Darf ich um diesen Tanz bitten?“ sagte er mit einem leichten Akzent und in sehr höflichem Ton.

Charles blickte ihn verblüfft an. Tatsächlich, das Orchester spielte, und es wurde getanzt, und er hatte es nicht einmal gemerkt. Er erhob sich seinerseits. „Madame ist mit mir zusammen“, sagte er in knappem Ton..

Der Offizier wandte sich zu ihm um, musterte ihn. Er war ein gutaussehender Mann, blond, mit einer traurigen, aber doch arroganten Miene, und Charles hatte plötzlich Lust, sich mit ihm zu schlagen. Während des kurzen Schweigens, das eintrat, wurde Alice leichenblaß.

„Wenn Madame mit Ihnen zusammen ist", entgegnete der Offizier, „sehr schön. Ich wollte sehen, ob Sie sie verdienen. Ihre Landsleute leihen uns manchmal ihre Begleiterin aus. Ich bitte tausendmal um Entschuldigung, Madame." Und er verneigte sich vor Alice und kehrte zu seinem Platz zurück.

Charles setzte sich wieder, überrascht und irgendwie enttäuscht. Er warf Alice einen Blick zu. „Er hat völlig recht", sagte er, „tanzen wir. Ich hatte Sie nicht einmal aufgefordert."

Seit er alt genug war, um sich auf Tanzflächen zu tummeln, galt Charles Sambrat wenn nicht als brillanter Tänzer, so doch zumindest als angenehmer Partner. Er floß über von Schwung, wenn auch nicht von Grazie, von Kraft, wenn auch nicht von Technik. Er vermied Zusammenstöße, verzichtete auf komplizierte Schritte und tanzte ganz offenkundig im Gedanken weniger an die Bewunderung der Menge als an das Vergnügen seiner Partnerin. Doch Alice lief Gefahr, über diesen seinen Ruf in Unkenntnis zu bleiben und ihn erst recht nicht bestätigen zu können. Er stolperte, als er sie an sich drückte, und hielt sie anschließend mit unglücklicher Miene auf Armeslänge von sich. Er atmete mühsam durch den Mund, und er pflügte über die Tanzfläche wie ein alter Bauer, von links nach rechts, von der Mitte nach außen, unablässig, mehr oder weniger schnell, je nach dem Tempo des Orchesters. Alice hatte wohl versucht, beim ersten Tango eine Art argentinische Figur anzudeuten, hatte sich sogar leicht zurückgeneigt am Arm von Charles, doch sie hatte, zuerst zu ihrer Verwunderung, dann zu ihrem Schrecken erleben müssen, daß er sich über sie neigte, sich gleichzeitig mit ihr vorbeugte, und sie hatte ihren gemeinsamen Sturz nur durch eine eigentlich unmögliche Rückenverrenkung abwenden können. Danach hatte sie es aufgegeben und durchschritt fügsam in der Diagonalen die gleiche Distanz wie ihr Partner.

Sie legten, so schätzte sie, auf diese Weise gute fünf,

sechs Kilometer zurück, anderen Paaren entschuldigend zulächelnd, die Charles anrempelte, der auf seiner Bahn offenbar keine Hindernisse duldete. Dieser Gewaltmarsch begann Alice schließlich zu ärgern, und sie hob den Kopf zu Charles empor: er pfiff die Melodie von „Cerisiers roses et pommiers blancs“ vor sich hin, während sich die vibrierenden Geigen des Orchesters zum vielleicht zehnten Mal „Je suis seul ce soir“ vornahmen. Um die Aufmerksamkeit dieses entfesselten Taubstummen zu erwecken, umkrallte sie seinen Ärmel und stellte ihre Pumps über Kreuz, und Charles sah sie verstört an, bremste langsam und blieb auf der Stelle stehen, mitten auf der Tanzfläche, während einige Paare, die er bereits mit seinen Dreschbewegungen belästigt hatte, ihnen feindselige Blicke zuwarfen.

„Was sagten Sie?“ fragte Charles. „Ich habe Sie nicht verstanden.“

„Ich sagte“, Alice mußte schreien, um das laute Orchester zu übertönen, „wenn wir bei einer Ihrer Arabesken getrennt werden, dann treffen wir uns am Tisch wieder, ja? Was meinen Sie?“

Er nickte ernst. Er verstand nicht, was Alice sagte. Seit fast einer halben Stunde versuchte er ihr die peinliche Erregung seines ungebärdigen Körpers zu verheimlichen, versuchte er den Zustand eines frustrierten Gymnasiasten vor dieser zarten Frau zu verbergen. Er kam sich unanständig und lächerlich vor. Dieser Abend würde wie der ganze Pariser Aufenthalt eine Katastrophe werden.

Er hatte bis dahin darauf geachtet, nur die Wände des Lokals anzustarren, und zögerte, die Augen zu senken, hinunter zu diesem ruhigen, so vertrauensvoll zu ihm erhobenen Gesicht. Jetzt warf er ihr einen kurzen Blick zu, wie ein erschrecktes Pferd, und fixierte dann mit einem einfältigen, hingerissenen Lächeln das Orchester. „Das verstehe ich nicht“, stammelte er. „Sie mögen meine Arabesken nicht? Sind sie vielleicht nicht mehr modern?“

Alices schallendes Lachen erstaunte ihn. Sie war buchstäblich herausgeplatzt, und jetzt, noch immer von Lachen geschüttelt, gluckste sie, den Kopf an seiner Brust:

„Das war doch Spaß, das war doch Spaß! Arabesken? O Gott, das war doch Spaß, Charles! Welche Arabesken denn? Wir marschieren seit einer Viertelstunde von West nach Ost und von Nord nach Süd!“

Sie lachte so sehr und so herzlich, daß Charles sich plötzlich entspannte und seinerseits von einem zugleich nervösen und erleichterten Lachen erfaßt wurde, und in stillschweigendem Einverständnis begaben sie sich zu ihrem Tisch zurück und ließen sich auf ihre Stühle fallen. Der eine wußte nicht recht, worüber der andere eigentlich lachte, aber sie lachten über sich selbst, über diese zwei verpatzten und ihnen beiden verhaßten Tage. Sie lachten, weil sie sich wiedergefunden hatten, und Charles lachte vor allem, weil er sich selbst, Sambrat, als glücklichen Menschen wiedergefunden hatte. Er grollte sogar dem wegen nichts erschreckten und gedemütigten Sambrat, der er gewesen war, so wie er einem völlig fremden Menschen gegrollt haben würde. Obwohl zu seinem Groll eine Art Erschrockenheit hinzukam, denn seine ganze augenblickliche Klarsichtigkeit würde – ganz gleich, wann, wie und wo – nicht verhindern können, daß sein lächerlicher und eingeschüchterter Doppelgänger sich wieder einfand und seinen Platz einnahm.

Alice lachte wie ein Kind, wie ein begehrenswertes Kind, natürlich, aber doch wie ein Kind, das er wie ein Kind verblüffen mußte. Und seltsamerweise fühlte sich Charles, nachdem seine Virilität endlich vergessen war, wieder als Mann. Er trank, er tanzte, er sang, er berührte mit den Lippen Alices Haar, ihre Schulter, ihre Wange. Kurz, er flirtete nach allen Regeln der Kunst und voller Begeisterung, und seine Vergangenheit und Gegenwart taten sich zusammen, um ihm gute Ratschläge zu erteilen. Und Alice genoß alles. Alice war beschwipst. Alice stützte sich beim Tanzen auf seinen Arm. Alice hatte vom Alkohol geweitete Augen und einen leicht geschwollenen Mund. Alice würde bald ihm gehören, heute abend oder an einem anderen Abend, wenn er nicht in seine lächerlichen Phantasmen zurückfiel, wenn er nicht vergaß, daß sie eine Frau wie jede andere war, der er zudem, wie es schien, nicht zu sehr zu mißfallen schien.

Das Orchester spielte zum Schluß alte Weisen der dreißiger Jahre, Melodien ihrer Kindheit und ihrer ersten Liebschaften, bald zehn Jahre alte Melodien, Weisen, die in ihnen Nostalgiegefühle erweckten; anonyme und unbestimmte Nostalgiegefühle, wie sie nur die glücklichere Gegenwart zuläßt und bei denen man weniger der Vergangenheit vorwirft, so weit fort zu sein, als der Gegenwart, so spät gekommen zu sein. Nostalgiegefühle, bei denen man seine Jugend tanzen zu sehen glaubt, irgendwo, glücklich und traurig zugleich, allein, jenes Partners beraubt, der inzwischen da war, der aber den Fehler beging, diese Jugend nicht mit einem zu teilen. Sentimentale und ungerechte Nostalgiegefühle, so egoistisch, daß sie einen zu dem jetzt gegenwärtigen Menschen – und ohne jeden Zynismus – jenen Satz sagen lassen, der in seiner Banalität dennoch der Gipfel der Unaufrichtigkeit ist: „Warum warst du damals nicht da?“ Einen Satz, mit dem man seinem neuen Partner die Freuden der glücklichen Stunden vorwirft, die man einst mit einem anderen teilte, als ob da, sozusagen, bei ihm ein Versagen vorgelegen hätte und nicht vielmehr ein Irrtum unsererseits und als ob er in seiner retrospektiven Eifersucht die Schuld nur bei seiner Verspätung zu suchen hätte und nicht bei unserer Voreiligkeit. Eine Unaufrichtigkeit, die durchaus unbewußt bleibt und im übrigen völlig natürlich ist, denn sobald man gefunden hat, sobald man gesättigt ist, erinnert man sich nicht mehr, gesucht und Hunger gehabt zu haben. Man erinnert sich seiner selbst als eines zerstreuten, einsamen wilden Tieres, das mehr oder weniger mit seinem Einverständnis von einem anderen verfolgt und aufgespürt wurde. Man erinnert sich nie daran, auch der Jäger gewesen zu sein. Und man vergißt, daß es, wenn man die Jagd mit der Liebe vergleicht, oft einen Augenblick gibt, da die Rolle des wilden Tieres und die des Jägers sich umkehren, und dies im allgemeinen zum größten Vergnügen beider Teile.

Zehntes Kapitel

Wegen der Sperrstunde schloß das Kabarett eine Viertelstunde vor Mitternacht, und da es bis zum Hotel nicht weit war, beschlossen Alice und Charles, zu Fuß zu gehen. Die Nacht war von klarem Blau, und auf den Champs-Elysées waren alle Gebäude dunkelgrau und wie überrascht, diese zwei einsamen fröhlichen Fußgänger vorbeikommen zu sehen. Die Avenuen lagen verlassen da, und es roch nach freiem Land, denn auf Paris waren stürmische Regengüsse niedergegangen, während sie getanzt hatten, und sie durchschritten jetzt eine frische, neue und leuchtende Stadt. Der Wind mußte sogar heftig geweht haben, denn die Kastanienbäume hatten junge Blätter fallen lassen, die jetzt, auf die feuchten Bürgersteige geklatscht, dem Himmel ein empörtes zartes Grün zukehrten.

Alice hatte sich ganz natürlich bei Charles untergehakt, und sie gingen im gleichen Schritt, wie ein altes Paar, durch diese leere Stadt. Paris gehörte ihnen, die Champs-Elysées fielen gemächlich zu ihrem Hotel hin ab.

Sie glitten in der Stadt dahin, die Füße ermüdet von zuviel Tanzen, die Stimme von zuviel Lachen, das Ohr von zuviel Musik, nicht zu vergessen die Augen und die Lippen von zuviel Rauch und schlechtem Kognak. Sie riefen sich unter Lachen die Geschehnisse des Abends ins Gedächtnis zurück, die Arroganz einzelner Gäste, die Unterwürfigkeit einzelner Kellner, die Erregtheit, die Gezwungenheit gewisser Frauen und die völlige Natürlichkeit und Lässigkeit gewisser anderer. Abgesehen von der ausgefallenen Aufforderung dieses Offiziers fand Charles das Auftreten der Deutschen relativ korrekt, während sich nach Alices Ansicht letztlich nur dieser Offizier korrekt benommen hatte. Aber sie mochte nicht darüber streiten: sie hatte sich seit Jahren nicht mehr so gut amüsiert, nicht mehr so jung, so heiter gefühlt. Es waren natürlich der Alkohol und die wiedergefundene gute Laune von Charles, diesem Unbekannten ohne Hintergedanken, denen sie dies verdankte, doch kein Alkohol – so schien ihr – und kein Charles hätten noch vor einem Jahr dergleichen zuwege gebracht. Sie wurde gesund, sie wurde zusehends gesund, sie würde davonkommen! Oder es war, vielleicht, das gute Gewissen, das Risiko, das sie eingegangen war an diesem düsteren Ort, die Minute der großen Furcht vor dieser verschlossenen Tür, ihre erste Tat, ihre erste Anstrengung, die erste, die nicht ihr selbst, sondern anderen galt, etwas anderem als diesem angsterfüllten und wuchernden Magma, zu dem ihr Geist geworden war.

Wie entsetzlich! Wie hatte sie sich so lange ertragen können? Wie hatte es irgendwer mit ihr aushalten können? Wie hatte Jérôme sie lieben, den Masochismus so weit treiben können, sie zu lieben? Und sie haßte sich dafür, daß sie an Masochismus oder Exzentrizität dachte bei dieser ungeheuren Zärtlichkeit, dieser unendlichen Geduld, die doch, wie sie wußte, eine wunderbare Liebe waren, so wie sie sich vorhin leise dafür verachtet hatte, daß sie mit soviel Elan Charleston tanzte, wo sie wußte, daß Tolpin, Faroux und Dax tot waren. Sie waren die drei besten Helfer von Jérôme gewesen, aber sie waren für sie nur flüchtig wahrgenommene Gesichter, Silhouetten jener Männer mit den weißen und grauen Gesichtern gewesen, die Jérômes einzige Freunde geworden waren. Männer, die man jetzt erschossen hatte. Wie sollte sie das Jérôme mitteilen? Zumindest hätte auch sie diesmal unter ihnen sein können, aber daß sie sich weniger schuldig fühlte, machte den Tod der Kameraden für Jérôme nicht erträglicher. Sie durfte schließlich nicht ihre kleinen Euphorien oder ihre kleinen Depressionen mit dem Schicksal ihres Landes verwechseln, was sie gerade, gegen ihren Willen, tun wollte. Nach der klagenden Alice würde sie zur lächerlichen Alice werden! Oh, warum hörte sie nicht einmal für einen Augenblick auf, an sich zu denken, immer nur an sich! Warum konnte sie diese quengelnde Nabelschau nicht lassen! Warum ... Sie riß sich zusammen, um zu hören, was Charles gerade sagte.

„Wenn wir durch einen wunderbaren Zufall davonkommen", sagte seine Stimme neben ihr, „schleppe ich Sie noch einmal in dieses Lokal, aber dann trinken wir richtigen Champagner. Nur zweifle ich sehr daran, daß wir das überleben ..."

„Aber warum sollten Sie das nicht überleben?" fragte Alice, plötzlich schockiert, ja entsetzt über Charles' düster-überzeugten Ton. Wie konnte dieser Optimist, der zudem mit diesem Krieg nichts zu schaffen haben wollte, für sie beide ein so baldiges Ende voraussehen?

„Warum?" sagte er. „Nun, weil auch ich nur ein Mensch bin – wie Sie wissen", fuhr er lachend fort, „und so etwas allenfalls ein Kamel übersteht."

Sie warf ihm einen verblüfften Blick zu. „Aber wovon reden Sie da?" fragte sie mit zitternder, angstvoller Stimme, der Stimme einer alten Frau, einer senilen und plötzlich sich verzweifelt ans Leben klammernden Stimme.

„Natürlich von diesem fürchterlichen Zeug, das man uns als Kognak serviert hat", sagte Charles. „Wir haben zu zweit fast die ganze Flasche getrunken, haben Sie das nicht gemerkt?"

Und er mußte ihre Erleichterung deutlich spüren, denn er faßte sie wieder am Arm und zog sie mit einem knappen „Na, gut!" weiter, hervorgebracht von einer mitfühlenden Stimme, die nur ganz leicht belustigt klang und Alice beinahe veranlaßt hätte, sich mit Tränen in den Augen ihm an den Hals zu werfen, sie beinahe dazu gebracht hätte, zu Charles zu sagen, „ich habe solche Angst gehabt, und ich habe noch immer Angst, ich habe solche Angst", wie eine Heldin im Fortsetzungsroman. Und Alice wunderte sich ganz naiv darüber, daß sie plötzlich in sich eine Abneigung gegen den Verlust dieses Lebens entdeckte.

Zu dem Zwischenfall kam es an der Ecke Place de la Concorde und Rue Royale. Vom einen Augenblick zum anderen war es mit der Stille und der Dunkelheit der Stadt vorbei. Wie auf der riesigen Szene eines tobsüchtig gewordenen Regisseurs erhellten Lichtkegel anonyme Komparsen, Lastwagen heulten um den Obelisken, Schüsse, anstößig bei Nacht wie bei Tag, peitschten in Richtung Seine und verwandelten diese friedliche und bukolische Gegend – seit zwei Jahren den Fußgängern und Kutschern, der Gemächlichkeit von 1900 zurückgegeben – in eine moderne Großstadt, in Krieg und Gefahr. Charles packte Alice am Handgelenk und registrierte entgeistert, wie ein Lastwagen mit seinen blendenden Scheinwerfern auf sie zurollte. Er kam gerade noch dazu, sich im letzten Augenblick zwischen Alice und die Scheinwerfer zu stellen. Zwei Soldaten in feldgrauer Uniform sprangen ab, die Waffen auf sie gerichtet. Schrille Pfiffe, jetzt hinter ihnen, veranlaßten sie, sich umzudrehen: eine andere Streife näherte sich, „auch wie Idioten brüllend", fand Charles, die Waffen diesmal nicht auf sie, sondern auf eine dunkle Gestalt gerichtet, von der sie kurz darauf nur das blutige Gesicht und die auf dem Rücken gefesselten Arme sahen. Dieser Unbekannte taumelte von einem Soldaten zum anderen, jeder stieß ihn heftig fort unter Lachen und einer Art von befriedigtem Bellen, wie Hunde bei einer Hetzjagd. Nach einem besonders brutalen Stoß stolperte er und stürzte vor zwei Offizieren zu Boden, was die Meute zum Strammstehen veranlaßte. Alice hatte den Blick gesenkt. Sie war bleich, sie umkrampfte Charles' Hand, und sie schien auf etwas zu lauschen, das von weit her kam, etwas viel Erschreckenderes als alles, was sich vor ihnen abspielte, etwas, das sie jedenfalls schon seit langem kannte.

„Papiere, schnell", sagte der Offizier. „Sie waren mit diesem Mann da verabredet, wie, nein? Sie Terroristen? Einsteigen, schnell, schnell . . ."

„Aber nein, nein, wir kommen vom Tanzen", sagte Charles gereizt. „Wir kommen gerade aus dem ‚Aiglon'! Sie brauchen nur dort anzurufen. Wir sind auf dem Weg in unser Hotel, Rue de Rivoli. Hier sind meine Papiere."

„Einsteigen, schnell, schnell, einsteigen, schnell", brüllte der Blonde plötzlich wütend. Er hatte gerade Alice entdeckt, die er bis dahin in der Dunkelheit hinter Charles nicht bemerkt hatte, und bei dem Anblick dieser jungen Frau, ihrer Schönheit und ihrer Teilnahmslosigkeit schien er außer sich zu geraten. Und da Charles noch zögerte und Alice fragend anblickte – als ob es noch eine Wahl gegeben hätte –, machte der Offizier eine Bewegung mit dem Kinn, und seine Schergen stürzten sich auf sie beide. Sie packten Charles an den Ellenbogen, und da er sich wehrte, warfen sie ihn vor Alice zu Boden, gleichzeitig mit dem Unbekannten, diesem Terroristen, der in Charles' Augen jetzt in der Tat ein solcher geworden war, denn er hatte alles zerstört, alles: ihr fröhliches Einvernehmen, den Umstand, daß Alice fast eingestanden hatte, sich zu ihm hingezogen zu fühlen – und seine noch schwächere Hoffnung, die Nacht mit ihr verbringen zu können, in dem ganz weißen Bett ihres Hotels, das Fenster geöffnet zu den Kastanien der Tuileriengärten und dem jungen Morgen hin, der links heraufdämmern würde, über dem Pont de Tolbiac. Der junge Morgen ihrer ersten schlaflosen Nacht, der Morgen, den sie gemeinsam begrüßen würden, ans Balkongeländer gelehnt, vor Kälte schlotternd, ermüdet und entspannt, einander tausend solcher Morgen gelobend. Ja, das alles hatte der arme Kerl, ohne es zu wollen, zunichte gemacht, er und diese Schläger mit dem Hakenkreuz.

Der Lastwagen roch nach Benzin, nach feuchtem Stoff, nach Erbrochenem. Er stank nach Angst, ein Geruch, den Charles sofort wiedererkannte: es war der Geruch des Bauernhofs, in den er und seine Abteilung geflüchtet waren, nachdem sie törichterweise diesen Panzer herausgefordert hatten, der Geruch des Bauernhofs, in dem Lechat gestorben war.

Die Kaserne an der Place Saint-Augustin war ein scheußliches, aber feierliches Bauwerk, in dem man selbst zu dieser späten Stunde auf den Fluren nur glattrasierte Gesichter sah, nur blanke Stiefel knallen hörte. Sie schritten endlose Gänge entlang, durchquerten Hallen, stiegen Treppen hinauf, immer umgeben von der waffenstarrenden Meute, die sie schließlich in ein Zimmer mit einem Schreibtisch unter einem Hitlerbild führte. Ein Soldat wies ihnen Stühle an, und sie setzten sich auf die Kante, während der Terrorist zu Boden gestoßen und dann an den Füßen in ein anderes Zimmer gezerrt wurde. Sie sahen ihn, wie er vorübergeschleift wurde, von den Schlägen entstellt, die Kleidung zerrissen, die Brust in den Armen bergend. Charles hielt ihm eine Zigarette hin, nach der er zu greifen versuchte, mit einem Lächeln, das ihm die Kinnlade offensichtlich nicht erlaubte.

„Haben Sie Schmerzen?“ fragte Alice. Der Wachposten brüllte etwas auf deutsch, und Alice zuckte die Achseln. Aber da kam auch schon der Offizier herein, begleitet von einem Hauptmann, der älter war, ruhiger, aber auch beunruhigender. Er musterte Charles geringschätzig, wie Vieh. Alice dagegen gab er einen ironischen und altmodischen Handkuß.

„So“, sagte er und setzte sich an den Schreibtisch, „da verkleidet man sich als Mann von Welt, als Gesellschaftslöwe, um sich mit seinen terroristischen Freunden zu treffen?“ Diese Worte waren an Charles gerichtet. „So ist es doch, die Champs-Elysées bei Nacht, wie? Ihre Papiere sind hervorragend, mein Kompliment. Sie stellen, glaube ich, auch Schuhe aus Pappe her, ja?“ fragte er plötzlich.

„Seit Sie hier sind, ja, in der Tat“, sagte Charles. Er begann diesen Menschen zu hassen und mochte nicht länger ruhig bleiben trotz Alices stummer Bitte. Die Nacht war ohnehin verloren, da konnte er sich auch auf Kosten dieser Kloben ein wenig amüsieren.

„Sie sind schon verheiratet, Madame?“

„Ja.“

„Ja, mein capitaine“, sagte der Mann mit sanfter Stimme. Denn er war sanft, zu sanft; seine Stimme, seine Gesten, sein Blick waren zu sanft.

„Aber nicht mit diesem Herrn hier? Und auch nicht mit dem, der fort ist.“ Er zeigte auf Charles und auf die Blutspur des Terroristen auf dem Fußboden.

„Nein“, sagte sie.

„Nein, mein capitaine. Aber das macht nichts, nicht wahr?“ sagte der Mann und zündete sich eine Zigarette an. „Sie treiben sich mit diesem Herrn hier herum, und das stört Ihren Mann nicht, nein? Oder ist er nicht unterrichtet?“

„Ich bin geschieden“, sagte Alice kühl, „und mein Mann lebt in den Vereinigten Staaten . . ., mein capitaine.“

„Warum haben Sie einen Amerikaner geheiratet, wo es so viele Europäer gibt, die Sie hier verehren würden? Nicht wahr, Monsieur . . ., Monsieur Sambrat“, sagte er, in Charles’ Ausweis blickend. Charles atmete flach, um sich zu beruhigen. „Ich selbst“, sagte der Offizier, „ich würde gern . . ., und jeder hier würde gern Sie heiraten, nicht? Also warum haben Sie einen Amerikaner geheiratet?“

Was will dieser starrköpfige Klotz mit seinen spitzfindigen Bemerkungen von mir, fragte sich Alice, plötzlich am Ende ihrer Kräfte und Nerven. Sie dachte weder an die Widerstandsgruppe noch daran, daß sie nach außen hin die Alice Fayatt bleiben mußte, für die einige des Aufruhrs und des persönlichen Muts unverdächtige, aber für ihre Eitelkeit bekannte und deshalb in dieser Welt hochgestellte Snobs bürgen würden. Sie war erschöpft, und der Gedanke, daß sie jetzt neben Charles hätte liegen können, in dem lächerlichen, großen und schnörkelverzierten Hotelbett, durchfuhr sie wie ein Blitz. Sie warf ihm einen Blick zu, sah sein verkrampftes, angespanntes Gesicht, seinen finsteren Blick und fand ihn schön.

„Mein Mann war kein Amerikaner, er war Österreicher“, sagte sie mit müder Stimme.

„So, da läßt dieser Österreicher eine hübsche Frau wie Sie allein in Wien zurück mit seinen Walzern? Deshalb wohl die Scheidung?“

Er lachte, aber nicht fröhlich, und sein Scherz schien sich so peinlich auszusprechen wie anzuhören. Fast aus Mitleid erwiderte Alice: „Mein Mann war Österreicher, aber er war auch Jude. Verstehen Sie, mein capitaine?“

Diesmal entstand ein etwas längeres Schweigen. Der Hauptmann schien sich fassen zu müssen. „Arierzeugnis“, sagte er schließlich, gar nicht mehr scherzend, mit schroffer Beamtenstimme. Alice, das Gesicht plötzlich entspannt, öffnete ihre Handtasche, nahm ein langes gestempeltes und mit Dienstmarke versehenes Blatt Papier heraus und reichte es dem Soldaten, der neben ihr stand.

Der Offizier las es aufmerksam durch, ohne sie ein einziges Mal anzusehen. Und ohne sie anzusehen, sagte er, während er das Blatt vor sich auf den Tisch legte: „Ich hoffe, Sie ziehen jetzt die Arier vor! Oder fehlt Ihnen diese kleine Narbe, dieser kleine Unterschied der jüdischen Männer? Nein? Haben Sie sie deshalb geliebt? Oder war es ihr Geld? Das, was in den Hosentaschen ist, das ist für die Frauen immer gleich, wie? Achtung!" brüllte er, als Charles von seinem Stuhl aufsprang und ihn über den Schreibtisch hinweg am Hals packte.

Es gab ein heftiges Handgemenge, bei dem Charles natürlich unterlag, aber erst nach einigen Sekunden. Alice hatte beim ersten Hieb, den Charles erhielt, die Hände vors Gesicht gehoben und nahm sie erst wieder herunter, als das keuchende Atmen der Männer, das Hämmern der Schläge auf einen wehrlosen Körper aufgehört hatten. Charles lag quer über dem Stuhl, den Kopf im Nacken, das Haar zerzaust. Er atmete rasselnd, keuchte ein wenig, und ein Faden Blut floß ihm zur Schläfe herab und verklebte das sonst so glänzende, so saubere, so glatte Haar. Und dieser so unbedeutende, seinem Äußeren zugefügte Schaden empörte Alice seltsamerweise mehr als sein schmerzverzerrtes Gesicht, sein Röcheln. Nachher, im Hotel, werde ich ihm den Kopf waschen, dachte sie verbissen. Der Portier wird mir gewiß heißes Wasser besorgen, denn das aus dem Hahn ist nur lauwarm, und ich werde ihm richtig das Haar waschen.

Die zwei Soldaten, deren Haar bei der Rauferei ebenfalls zerzaust worden war und von denen der eine bereits ein blaues Auge zur Schau trug, hielten Charles an den Schultern gepackt. Sie faßten fester zu, als Charles die Augen wieder aufschlug. Er erblickte Alice, während er das Bewußtsein wiedererlangte, und lächelte ihr mechanisch zu, ehe er den Offizier hinter dem Schreibtisch bemerkte und wie ein Schüler das Gesicht verzog. Diese Szene hat etwas Burleskes, dachte Alice, auch etwas Irreales.

„So", sagte der Hauptmann und kam auf Charles zu, „da versteht man keinen Spaß? Ist man vielleicht auch Jude? Mal sehen."

Und er winkte dem dritten Soldaten, der zu lachen begann, auf Charles zutrat und sich anschickte, ihm, obwohl er sich wehrte und laut fluchte, die Hose herunterzuziehen. Alice wandte das Gesicht ab: bei Charles' Wutschreien drohte ihr übel zu werden, und sie war verzweifelt.

„Schauen Sie hin, Madame, und vergleichen Sie ihn jetzt mit Ihrem Mann", sagte der Hauptmann, und als sie sich nicht rührte, fügte er hinzu: „Er bleibt so bis morgen früh, wenn Ihnen das lieber ist . . ."

Da wandte sie sich zu Charles um. Er stand halbnackt da, die Hose um die Knöchel, und die Soldaten zogen ihm Hemd und Smokingjackett nach hinten. Sie sah seine gesenkten Lider und sein gedemütigtes, schamvolles Gesicht. Da rief sie ihn beim Vornamen mit aller Verführungskraft in der Stimme, deren sie sich fähig fühlte. Als sie seinen ausweichenden Augen begegnet war, senkte sie die ihren bewußt zum unteren Teil seines Körpers und hob sie nur sehr langsam wieder. Und mit einem leichten, beifälligen Kopfnicken, einem Blick der unverhohlensten Wertschätzung warf sie Charles ein strahlendes, hingerissenes Lächeln zu, überfließend von den unzweideutigsten Versprechungen, kurz, ein Lächeln, unter dem Charles so fassungslos errötete wie seine Bändiger.

Sie wurden erst bei Morgengrauen entlassen, drei Stunden später, nachdem die einflußreiche Madame B. für Alice Fayatt und der Kabinettsekretär Sambrat in Vichy für seinen Neffen gebürgt hatten. Vor der Saint-Augustin-Kaserne erwischten sie wie durch ein Wunder eine Droschke, die sie aufnahm und zur Rue de Rivoli brachte.

Elftes Kapitel

Charles hatte während der ganzen Rückfahrt kein Wort gesprochen. Er hielt Alices Hand in der seinen und pfiff leise im Trauertakt „Cerisiers roses et pommiers blancs“ vor sich hin, wie fünf Stunden zuvor. Fünf Stunden, das war alles erst fünf Stunden her! Alice war benommen, aber doch noch klarsichtig genug, um Charles vor ihrer Tür an der Hand zu fassen, ihn hinter sich ins Zimmer zu ziehen, sich im Dunkeln an ihn zu pressen und mit zärtlicher, aber gebieterischer Stimme zu sagen: „Schlafen wir, bitte.“ So gebieterisch, daß er ihr zunächst eine Stunde lang gehorchen konnte, aber auch so zärtlich, daß er dann diesen Gehorsam aufkündigen konnte, als sein Körper wieder Vertrauen zu sich gefaßt hatte.

Es war heller Tag, als er sie weckte oder sie vorgab aufzuwachen, als sie die Augen zu den Augen von Charles aufschlug, die wieder entzückte Bewunderung ausdrükken konnten. Er lag ausgestreckt auf ihr, befragte sie mit dem Blick: ihre Augen, graublau, im Halbschatten, ihre wehrlosen Augen, erschreckt, aber einwilligend, hatten ihn gesehen, ihn, Charles, hatten ihn gesehen und akzeptiert. Er wußte jetzt, daß er sie eines Tages zur Freude führen würde, er wußte es und lächelte darüber vor Glück, frohlockte darüber im voraus. Charles liebte die Frauen zu sehr, als daß er in einem bestimmten Punkt der Eitelkeit erlegen wäre. Er hatte sich nie eingebildet, Alice – oder eine andere nur ein wenig feinfühlige Frau – gleich beim ersten Mal ganz befriedigen zu können. Er hatte vor allem befürchtet, Alice lieben zu müssen, ohne je „das“ mit ihr teilen und darüber mit ihr sprechen zu können. Die Vorkriegszeit hatte für die Sitten eine große Befreiung gebracht, aber war es heute auch weniger skandalös, wenn eine Frau sich einem

Mann hingab, so wie Alice sich ihm hingab, so galt doch weiter die Regel, daß man „nachher“ nicht über die empfundene Lust sprach, außer im emphatischen oder im derben Ton, und beides verabscheute er gleichermaßen. Und ein Versagen oder halbes Versagen wurde nicht eingestanden, und erst recht nicht wurde darüber geredet.

Aber Charles wußte schon, daß Alice, liebte sie ihn vielleicht auch noch nicht „deswegen“, doch auf jeden Fall die Liebe liebte. Eine Anwandlung von Eifersucht dämpfte für einen Augenblick sein Erobererglück, sein irres Glück: wer vor ihm, wer . . .? Jedenfalls, so beruhigte er sich grimmig, jedenfalls war es nicht Jérôme, der ihr Erfüllung gebracht hatte. Geringschätzung und Bosheit lagen in diesem Gedanken, doch die Vorstellung, sie habe unter Jérômes Liebkosungen stöhnen können, erschien ihm ebenso grotesk und verhaßt wie unwahrscheinlich. Die Männer waren Charles zuwider, das wurde schon gesagt, und Jérôme an erster Stelle; dieser Jérôme, den er seit der Kindheit kannte, den er zu gut kannte, mit seinem knochigen, großen Körper und seiner spärlichen Behaarung des Blondhaarigen. Und alle Erfolge, die sein Freund errungen haben mochte, gewiß weniger zahlreich, aber oft schmeichelhafter als die seinen, hatten ihn nicht vom Gegenteil überzeugen können. Alice und Jérôme zusammen waren für ihn unvorstellbar. Wie es auch Alice und jeder andere hätten sein sollen, doch da stieß er sich leider nicht mehr am Unvorstellbaren, sondern am Erlebten. Alles, was Alices Schönheit und Reiz ausmachten, alles, was außerdem ihre Fähigkeit zur Lust ausmachte, alles, was er schon wußte, alles, was er gerade entdeckt hatte, verdrehte ihm seit heute vor Wut und Verwirrung den Kopf.

Was Alice betraf, so wußte sie nach dieser ersten Nacht, daß sie es nicht würde ertragen können, Charles unglücklich zu machen – genausowenig wie Jérôme –, daß sie sich aber sehr wohl vorstellen konnte, ihn glücklich zu machen.

Gegen Mittag entdeckte er Alices ihm zugekehrtes schlafendes Gesicht. Und seine Überraschung wich sofort einem Glücksschauer. Eine Explosion von Adrenalin und Wonne ereignete sich in seiner Herzgegend, spritzte ihm das Blut in Arterien und Adern, daß es in seinen Schläfen, an den Handgelenken und am Hals klopfte – Blut, so flüssig, so leicht an diesem Morgen und so dickflüssig und unfolgsam am Vorabend im „Aiglon".

Auf dem Rücken ausgestreckt, die Augen weit geöffnet, zählte Charles immer wieder die Zierleisten der Zimmerdecke und gelangte zu dem gleichen unsicheren Ergebnis wie am Tag zuvor, als er sich aus der Tiefe seines Unglücks heraus mit solchen mechanischen Additionen beschäftigt hatte. Jetzt lächelte er diese Decke an, die plötzlich wieder wohlwollend aussah, wieder seinem Schicksal ähnelte. Er wäre in seinen glücklichen Schlaf zurückgesunken, wenn Alice, die gerade aus ihrem Schlaf emportauchte und mit den Wimpern seine nackte Schulter kitzelte, ihn nicht davon abgebracht hätte. Sie setzte sich mit einem Ruck im Bett auf und warf ihm einen so verstörten Blick zu, daß Charles, obschon auch beunruhigt, lachen mußte.

„Ja!" sagte er, ohne es recht zu wagen, sie anzusehen, „ja, wir sind in demselben Bett." Er hatte sich im letzten Augenblick für dieses neutrale „wir" entschieden und gegen ein „*Sie* sind in meinem Bett" oder ein „ich bin in Ihrem Bett", zwei gleichermaßen unangebrachte Formulierungen, wie ihm schien. Sie sagte eine ganze Weile nichts, und Charles erfaßte eine panische Angst. Blickte sie ihn bestürzt an? War sie in der Nacht so betrunken gewesen? War er ihr so sehr verhaßt? Empfand sie Abscheu vor ihm? Empfand sie Abscheu vor sich selbst? Hatte er etwas Schreckliches getan? Alle diese Fragen gingen ihm durch den Kopf, ehe die seidige und warme Masse von Alices Haar sich über sein Gesicht legte, sanfter, unerwarteter Vorhang, der, indem er sich senkte, paradoxerweise eine Fortsetzung ankündigte, einen zweiten Akt ihrer Geschichte. Er legte die Arme um sie.

Später, in einem jener Augenblicke innerer Ruhe, wie sie das körperliche Gesättigtsein begleiten, wenn man sich dem anderen am nächsten, sich aber auch am freiesten fühlt, wenn man den geliebten Körper ohne Erregung, ohne Andacht und ohne Schmerz, aber mit einer eigenartigen Zuneigung berühren kann, besaß Charles den Mut – oder die Unbefangenheit –, Alice von dem gerade erlittenen Schrecken zu erzählen. „Ich habe geglaubt, ich hätte danach schleunigst in meinem Zimmer verschwinden sollen“, sagte er. „Hätte nicht bleiben und mich dir aufdrängen sollen, mit meinem Verlangen und meiner Gegenwart.“

Er sprach ganz lässig, mit Alices Unterarm und Hand spielend, das Gelenk biegend, die Bewegung der Muskeln beobachtend, das Muster der Adern, ganz dem Glück dieser plötzlichen Objektivität hingegeben, die er tatsächlich errungen zu haben glaubte. Alice ließ ihn gewähren. Sie betrachtete selbst ihr vom Arm abgeknicktes Handgelenk wie einen fremden Gegenstand.

„Da hatten Sie unrecht“, sagte sie. „Wollen, begehren, wagen, das ist nicht schändlich. ‚Nicht mehr‘ begehren, ‚nicht mehr‘ wollen, ‚nicht mehr‘ wagen – das ist schändlich. Das Ungenügen ist gräßlich, nicht das Übermaß. ‚Zuviel‘ ist ein viel anständigeres Wort als ‚nicht genug‘. Glauben Sie, ich weiß es, ich habe sehr lange im ‚nicht genug‘ gelebt und schäme mich deswegen noch immer.“

Er ließ sich zurückfallen, schloß die Augen – Alice, so schien ihm, wandte sich zum ersten Mal an den Menschen in ihm und nicht an den Verführer. Von ihm zu ihr hin strömte eine Art Freundschaft, ein Gefühl, dem er nach dem Liebesakt schrecklich mißtrauisch gegenüberstand, doch dessen Zärtlichkeit er diesmal weder ausweichen konnte noch wollte.

„Warum sagst du das?“ fragte er. „An wen denkst du da? Denkst du an Jérôme oder an deinen Mann, diesen Gerhardt?“

„Ich denke an Gerhardt“, sagte sie.

Sie setzte sich im Bett auf, schlang die Arme um ihre Knie und legte dann den Kopf auf die Arme. Sie wirkte so wie ein Kind, und er hätte ihr sagen mögen, sie solle alles andere vergessen, diese Männer vergessen, die sie nicht oder nicht genug geliebt hatte oder die sie zu sehr geliebt hatten, was auch immer . . . Diese Männer, die sie jedenfalls nicht glücklich gemacht hatten und deren Unglück auf sich zu nehmen ihr jetzt gefiel.

„Erzähle", sagte er. „Erzähle mir alles, ich möchte, daß du mir alles erzählst. Seit du mein Haus betreten hast, möchte ich, daß du mir alles erzählst. Seitdem will ich, daß du schweigst, und dich gleichzeitig zum Sprechen bringen. Erzähl mir alles, Alice, ich bitte dich darum – aber darf ich überhaupt ‚du' zu dir sagen?"

„Sie können ‚du' zu mir sagen und alles mit mir machen, was Sie wollen", sagte sie mit einem leisen Lächeln. „Aber seien Sie mir nicht böse, wenn ich zu Ihnen noch ‚Sie' sage. Ich möchte Ihnen nicht weh tun, niemals möchte ich Ihnen weh tun, Charles, niemals. Das müssen Sie wissen. Ich möchte nicht, daß das noch einmal so geht wie mit Gerhardt."

„Wie ist es denn mit Gerhardt gegangen?" fragte Charles und wunderte sich, wie klar seine Stimme klang. Denn er haßte diesen Gerhardt, von Anfang an, diesen Mann, der die Stirn oder vielmehr die Feigheit besessen hatte, abzuhauen und seine Frau in dem von Deutschen, von Nazis, von Schweinehunden wimmelnden Land zurückzulassen, um sich gemächlich in einem Cottage auszuruhen, am Ufer des Mississippi, zweifellos . . .

„Es ist so gegangen, daß er mich liebte und ich ihn nicht mehr liebte", sagte Alice. „Ich glaube, ich habe Ihnen erzählt, wie man äußerlich mit ihm verfuhr. Eines Abends, eines Abends habe ich Gerhardt heimkommen sehen. Er hat die Tür aufgerissen, hat sie mit dem Fuß zugestoßen und ist sofort in die Küche gegangen. Dort hat er alles aus seiner Tasche, seinem Arztkoffer, in den Mülleimer geschüttet, alles, Spritzen, Medikamente, Stethoskop, Blutdruckmesser, alles, was drin war, ohne ein Wort zu sagen, ohne eine Erklärung. Und dann ist er auf sein Zimmer gegangen und hat den kleinen Koffer vor der Tür stehenlassen, aufgeklappt und umgestülpt. Ich glaube, er konnte nicht mehr. Er wartete wohl mit einer Art Hoffnung auf seine letzte Operation im nächsten Monat, nach der, das wußte er, man auch ihn in den Tod schicken würde. Wirklich, ich glaube, er hat das gehofft", sagte sie noch einmal.

„Und dann?“ sagte Charles.

„Dann ist Jérôme gekommen. Er hat das alles in die Hand genommen. Ich weiß nicht, ob Ihnen das bekannt ist oder nicht, Charles, aber Jérôme ist seit 1936 oder 1937 über alles unterrichtet, was in Deutschland vorgeht, über alles, was die Nazis seit 33 getan haben, und er rettet unter Lebensgefahr Menschen, bringt sie über die Grenze, versucht, ihnen das Schlimmste zu ersparen. Meistens sind es natürlich Juden. Er hat Gerhardt zufällig kennengelernt, in Bayreuth, glaube ich, und er mochte ihn sehr. Nun, er hat Gerhardt davon überzeugt, daß er fortgehen muß. Das ist ihm gelungen. Wir haben Wien eines Nachts verlassen, mit falschen Papieren, auf die banalste und unromantischste Art, die man sich denken kann, und Gerhardt konnte über Lissabon nach Amerika ausreisen.“

„Und Sie sind nicht mit ihm gegangen?“ fragte Charles, aus dieser offenkundigen Tatsache eine indiskrete Frage machend, der Alice aber nicht mehr auszuweichen gedachte. Der Umstand, daß sie Charles einmal des Antisemitismus angeklagt hatte, erzeugte in ihr zu starke Schuldgefühle, als daß sie ihm noch irgendwelche niederen Gedanken hätte zutrauen können. Er war in ihren Augen endgültig zu einem offenherzigen, guten Menschen geworden.

„Nein“, sagte sie. „Ich bin nicht mit ihm gegangen. Wir waren im Begriff, uns scheiden zu lassen. Das war übrigens der Grund, weshalb . . .“

Sie hielt inne, und es war Charles, der mit träumerischer Stimme fortfuhr: „Weshalb er seine Arzttasche in den Mülleimer ausgeleert hat und weshalb er dann allein auf sein Zimmer gegangen ist. Natürlich. Sie liebten ihn nicht mehr?“

„Ich habe . . . Es ist nicht so, daß ich ihn nicht mehr geliebt hätte – ich habe nie jemanden geliebt“, sagte Alice mit bekümmerter Stimme. „Ich habe vor allem mich selbst nicht mehr geliebt, und das ist schrecklich, glauben Sie mir. Ich weiß, wie Männer über die seelischen Depressionen von Frauen denken. Ich weiß, daß das lächerlich erscheint, wenn man jung und wohlhabend ist, nicht häßlich und mit jemandem verheiratet, der einem gefällt. Ich weiß, daß Verzweiflung in solchen Fällen grotesk ist, aber glauben Sie mir ..."

„Aber ich glaube Ihnen ja!" rief Charles mit einer Lebhaftigkeit aus, die Alice zusammenzucken ließ. „Ich glaube Ihnen vollkommen! Ich habe es Jérôme nicht gesagt, aber dieser Onkel, von dem ich Ihnen erzählt habe, Antoine – ich komme immer wieder auf diesen Onkel zurück, werden Sie sagen, es ist komisch, aber ich habe so vieles von ihm gelernt, daß es ihm manchmal gar nicht recht war –, mein Onkel Antoine, der hatte auch diese Depression. Und das war schrecklich. Ich glaube, daran ist er letztlich gestorben, denn man stirbt nicht an Bronchitis, wenn man am Leben hängt. Er ist aus Traurigkeit krank geworden, wie man bei uns zu Hause sagt. Er hat sich für nichts mehr interessiert, weder für seine Freunde noch fürs Wetter, noch für die Jagd – und er war ein großer Jäger vor dem Herrn, das können Sie mir glauben, auch ein großer Schürzenjäger. Und außerdem hat er die Arbeit geliebt!" fügte er wie bedauernd hinzu, als hätte sich diese eine Eigenschaft nicht auf ihn vererbt und als wäre dies sehr schade. Dann fuhr er fort: „Ich weiß, was diese Krankheit bedeutet, Alice, glauben Sie mir. Ich habe ihn gesehen, wie er stundenlang im Sessel gesessen und nur zum Fenster hinausgestarrt hat. Ich habe ihn gesehen, wie er sich verzweifelt abends hingelegt hat und morgens verzweifelt aufgewacht ist. Ich konnte nichts für ihn tun, gar nichts, ich konnte kaum mit ihm reden, spürte, daß ich ihm lästig war, und doch hat er auf der Welt nur mich geliebt. Ich habe ihn zerquält gesehen, ich habe gesehen, wie er behutsam mit dem Kopf gegen die Wände stieß, behutsam, denn es interessierte ihn nicht einmal mehr, sich weh zu tun. So ist das wohl, ja, man schafft es nicht einmal, sich umzubringen. Nein, glauben Sie mir, Alice, ich weiß, was diese Krankheit ist. Wenn ich mich auf dieser Erde vor etwas fürchte, dann davor, daß ich mich selbst nicht mehr liebe. Nicht daß ich mich besonders liebe", setzte er rasch hinzu, „aber ich lasse mich in Ruhe, lasse mich in Frieden, und manchmal lache ich ganz gern über mich."

Er hatte voller Eifer und Überzeugung gesprochen, aber dann fügte er mit leiser Stimme hinzu: „Ich weiß, ich schildere diese Krankheit nicht besonders gut, ich kann sie nicht richtig begreifen, solange ich sie nicht selbst gehabt habe, aber ich wollte Ihnen ersparen, mir davon zu erzählen. Ich dachte, so ist es Ihnen vielleicht weniger peinlich. Aber auch wenn ich mich nur schlecht ausdrücke, ich schwöre Ihnen, Alice, daß ich das nicht lächerlich finde: Ich finde das schrecklich."

Er hielt inne. Er kam sich in der Tat ein wenig lächerlich und ungeschickt vor, aber er wußte, daß er genau die richtigen unbeholfenen Formulierungen gebraucht hatte. Irgendwie war er stolz auf sich, zufrieden mit sich. Er hatte den seit langem vergessenen Eindruck, jemandem gutgetan zu haben, und so sehr er dies gegenüber seinen Hunden und Pferden, seinen Leuten, wie er sagte, seinen Bäumen und Wiesen gewohnt war, so wenig war er dies gegenüber den Frauen gewohnt. Nun ja, gegenüber seinen bisherigen Frauen, ehe diese Frau auftauchte und etwas ganz anderes verkörperte als dieser verschwommene Name, dieser eigenartige, fast intellektuelle Begriff besagte. Er hatte von den Frauen ein simples Bild gehabt, das nichts zu tun hatte mit diesem schweren und leichten Wesen, das leise bebend an seiner Schulter schnüffelte. Alice schlief wieder ein oder stellte sich schlafend, ohne seiner Beschreibung des Krankheitsbildes noch etwas hinzuzufügen. Nur drückte sie von Zeit zu Zeit die halb geöffneten Lippen an seinen Oberkörper, und jedesmal erschauerte er vor Glück, fühlte er seine Haut zucken.

Er glaubte, kurz eingeschlafen zu sein, und er mußte auch einige Minuten, einige lange Minuten geschlafen haben, denn als er die Augen wieder aufschlug, saß sie abermals in ihrer kindlichen Pose da, vor den grauen Augen das schwarze Haar, das sie von unten hochblies, wobei sie mit dem Mund eine lustige, freche Grimasse machte, die ihre Schönheit menschlicher, fehlbarer, zugänglicher erscheinen ließ.

„Woran denken Sie?" fragte er.

„Ich dachte an dich", antwortete sie, ohne ihn anzusehen, und dieses unerwartete, unverhoffte „du" versetzte Charles einen Schock.

„Woran denkst du?" wiederholte er langsam.

„Ich dachte an dich bei den Deutschen, heute morgen", sagte sie. „Ich dachte an dich . . .", und sie begann wider Willen wie ein Schulmädchen zu lachen.

„Ich habe schon ein hübsches Bild abgegeben, ja", sagte Charles. „Ich habe gedacht, daß du mich immer so vor dir sehen würdest, eine lächerliche Figur, die Hosen um die Knöchel. Was hast du da gedacht? Sag's mir!" setzte er in plötzlichem Zorn hinzu, und sie hörte auf zu lachen und legte die Hand auf Charles' Gesicht, den Daumen auf der Wange, die anderen Finger hinter dem Ohr, die Nägel in seinem Haar.

„Ich fand dich schön", sagte sie. „Dein Oberkörper war braungebrannt bis zu den Hüften, und du hast sehr gerade dagestanden. Mit diesem weißen Unterhemd und deinen braunen Oberschenkeln fand ich dich sehr verwirrend. Und wenn ‚mein capitaine' nicht gewesen wäre, hätte ich einen bewundernden Pfiff ausgestoßen. Das habe ich dich aber doch merken lassen, oder?"

„Ja, das stimmt", sagte Charles, halb schockiert, halb entzückt, „das stimmt, dieser Bursche hat auch seinen Augen nicht getraut. Hast du da beschlossen . . .!"

„Nein, nein", sagte Alice schnell und wenig überzeugend, „diesen Entschluß hatte ich beim Tanzen im Nachtlokal gefaßt."

Sie hatte sich wieder zurückfallen lassen, wirkte reserviert, entrückt. Sie machte sich zweifellos über sein Schamgefühl lustig, und das ärgerte ihn. Sie war in seinen Gedanken so weit von diesem geteilten Bett entfernt gewesen, und jetzt schien sie sich darin so wohl zu fühlen! Unter Charles' Damenbekanntschaften waren die „anständigen" Frauen genau das Gegenteil: so herausfordernd vorher wie scheu danach, verwandelten sie ihre schüchternen Freier von der ersten Nacht an in zynische Verführer. „Was wirst du jetzt von mir denken?" war eine der Fragen, die Charles in seinem Leben am häufigsten gehört hatte, und er gab nie eine Antwort darauf. Alice stellte diese Frage nicht, hatte sie nie gestellt, würde sie nie stellen.

„Ich habe Hunger", sagte sie und schlug die Augen auf. „Wo bleiben die denn mit ihrem gräßlichen Aufguß und ihrem zähen Toastbrot?" Aber da klopfte es schon an der Tür, und Charles rief in barschem Ton „herein“, während er das Bettuch über Alices nackte Schultern und ihr Gesicht hinaufzog. Der arme Kellner stellte sein Tablett ab, ohne es zu wagen, einen Blick auf das Bett zu werfen, und ging so gerade hinaus, wie er eingetreten war.

Sie fanden dann ihr Frühstück doch recht annehmbar; ebenso den Weißwein und die belegten Brote, die ihnen gegen drei Uhr der verbitterte, aber letztlich mehr habgierige als verbitterte Portier für teures Geld verschaffte; ebenso wie die zweite Flasche, die sie am Abend tranken. Ihre halb geleerten und vergessenen Gläser spiegelten die schräg einfallenden Strahlen der untergehenden Sonne, und die in ihren Bettlaken verstreuten Krumen trugen zu ihrem Wohlgefühl bei. Sie schliefen sehr spät ein, ohne aufgestanden zu sein, ohne auch nur daran gedacht zu haben, es zu tun, denn beide wußten in stillschweigendem Einverständnis, daß morgen der Tag der Rückreise war. Und als ob sie sich auf einem Bahnsteig begegnet wären, sprachen beide nur in der Gegenwart, ohne je die Zukunft zu gebrauchen.

So hörte Paris in Charles' Erinnerung auf, die Hauptstadt der Vergnügungen zu sein, um zu der des Glücks zu werden. Und so dachte Charles Sambrat bei dem Namen Paris nicht mehr an sonnenhelle Tage, Caféterrassen, Frauen ohne Zahl, Kastanienbäume, Orchester, Morgenröte, sondern nur noch an ein Hotelzimmer im Halbdunkel und das Profil einer einzigen Frau: das Herz ist ein schlechter Tourist.

Zwölftes Kapitel

Ihr Zug ging erst um Mittag, aber sie hatten Jérômes Anweisungen befolgt und waren schon um halb elf auf der Gare de Lyon eingetroffen, nicht ohne Schwierigkeiten. Sie waren sehr spät eingeschlafen, erschöpft und voneinander gesättigt, wie sie glaubten, aber der Instinkt der Liebe, dieses stets hungrige Wesen, hatte sie, in ihren Körpern, ihren Nerven auf der Lauer liegend, noch zweimal geweckt und einander in die Arme geworfen zu Vereinigungen, bei denen keiner von beiden wußte, wer die treibende Kraft war.

Mit zitternden Beinen, trockenem Mund und klopfendem Herzen waren sie halb im Traum die Bahnsteige und dann die Wagengänge entlanggeirrt, entlanggeschlichen, ehe sie aufs Geratewohl im Gepäcknetz eines Abteils einen Koffer mit gefälschten Ausweispapieren ablegten, der für Jérôme bestimmt war. Die Regel verlangte, daß man den Koffer irgendwo deponierte, und sie hatten die Regel ebenso gehorsam wie schuldbewußt befolgt.

Dann hatten sie sich in das düstere und schmutzige Bahnhofsbüfett geflüchtet, hatten zwei Zichorienkaffee bestellt, und jetzt sah jeder vor sich mit Verwunderung und Mitgefühl das bleiche und zerknitterte Phantom ihrer leidenschaftlichen nächtlichen Umarmungen. Aus der hintersten, verlassenen Ecke der Gaststätte sahen sie in der Ferne, am Ende der Bahnsteige, unter dem Glasdach eine gelbe, ländliche, unbekannte Sonne strahlen, bei der sie eher an weit zurückliegende Kindheitserinnerungen dachten als an die unmittelbare Zukunft. Und doch würden sie bald, sehr bald dieser Sonne, dem Grün, dem Sommer, dem Gras und den Flüssen entgegenfahren. Nur dachten sie nicht daran. Sie saßen erstarrt hinter ihrem Tisch und ihren Koffern, regungslos wie Nachtvögel, erschreckt und ungläubig, und ihre Erinnerung quoll über von überwältigenden Bildern, quoll über von Momentaufnahmen, von Einblendungen mit Bettlaken, Körpern, Gesichtern, Seufzern, Halbschatten und Aufblitzen von Dunkel und Wonne; ihre Erinnerung, zum Nachtwesen geworden, machte ihre Gegenwart, ihre Zukunft, ihre Phantasie, ihren Verstand, ja selbst diese strahlende Sonne dort hinten hinfällig, unvorstellbar.

Keiner von beiden hatte den Namen Jérômes erwähnt, doch die Lautsprecherstimme, die ankündigte, daß der Zug mit einer Stunde Verspätung abfahren würde, dünkte sie beide die Stimme eines barmherzigen Engels.

Sie waren zu zwölft in einem Abteil für sechs Personen, und der Zug schien von einem krampfartigen Schütteln erfaßt zu sein, das ihnen beiden wie ein Segen vorkam. Dennoch begann Charles, da er mit Alice nicht sprechen konnte und er sich mit etwas beschäftigen mußte, ernsthaft über sein weiteres Verhalten nachzudenken. Was sollte er tun? War es an ihm oder an ihr, mit Jérôme zu reden? Er konnte sich nicht vorstellen, daß er Jérôme gleich nach seiner Rückkehr beiseite nahm und von Mann zu Mann mit ihm sprach. Von Mann zu Mann! Was für ein Ausdruck! Und was sollte er ihm sagen? „Ich liebe deine Geliebte, die mich auch ein wenig liebt und die sich jedenfalls von mir lieben läßt." Diese Lösung, die er noch vor einem Monat gewählt hatte, als er in ländliche oder Lyoner Affären verstrickt war, erschien ihm jetzt unmöglich und plump. Es war natürlich an Alice, mit Jérôme zu sprechen: er selbst, glücklicher Rivale und nicht mehr zurückgewiesener Bewerber, wurde wieder zum brüderlichen Freund und fand zu der Zuneigung und dem Mitgefühl zurück, die ihm Jérôme und seine unglücklichen Liebschaften immer eingeflößt hatten. In Charles' Vorstellung war Jérômes Schicksal eine Art schmaler, sehr gerader, leuchtender und melancholischer Pfad. Jérôme war irgendwie für das Unglück begabt, und der Umstand, daß diesmal er selbst, Charles, es war, der es ihm brachte, war reiner Zufall, ein unerfreulicher, gewiß, aber doch nur ein Zufall. Auch ohne ihn hätte Jérôme Alice nicht auf Dauer an sich binden können; zum einen, weil die Frauen, die er liebte, nie bei ihm blieben, und zum anderen, aber diese Überlegung formulierte Charles nicht richtig aus, weil Alice bei niemandem bleiben würde. Das war eine Intuition, die Charles' Denken für Augenblicke quälte, aber sehr rasch vorüberging, sogar ganz verschwand, sobald er auf seiner Hand den Geruch von Alices Körper einatmete.

Er sagte sich wohl, daß er jetzt seinem besten Freund dessen große Liebe zurückbrachte, die er ihm geraubt hatte, aber er fühlte sich nicht im geringsten schuldig; er fühlte sich nur als Zeuge, als Zuschauer, als Pfleger Alices. Er fürchtete wirklich nur eines: nämlich daß Gewissensbisse die Anfänge ihres gerade erst geborenen Liebesglücks störten. Durch eine Lücke zwischen zwei Schultern, einem Nacken und einem Koffer fing er Alices Blick auf. Er schickte ihr ein beruhigendes, aufmunterndes Augenzwinkern, das Alice mehr als gesprochene Worte über seinen Seelenzustand unterrichtete. Nein, man durfte nicht darauf zählen, daß sich Charles quälte oder an Jérômes Stelle versetzte. Charles war unschuldig-naiv geboren, und er würde unschuldig-naiv sterben.

Er war sich nicht darüber im klaren, daß sie Jérôme alles verdankte. Er war sich nicht bewußt, daß Jérôme sich auf den ersten Blick wahnsinnig in sie verliebt und ihr sein Leben geweiht hatte, selbst als sie ihm keinerlei Hoffnung machte. Jérôme war es, der seit über zwei Jahren Stunden um Stunden über sie wachte, in Wien, in Paris, in den Zügen, in den Kliniken, überall. Jérôme war es, der ihr zugehört, sie entschuldigt, mit ihr gesprochen, sie losgesprochen hatte. Jérôme war es, der über sie gewacht hatte wie über ein kleines Kind, der ihrem Mann das Überleben ermöglicht hatte. Jérôme war es, der sie gerettet hatte, dem sie alles verdankte, der nie etwas von ihr gefordert hatte und der überglücklich gewesen war, als sie ihm das so flüchtige, so bescheidene Geschenk ihres Körpers gemacht hatte. Jérôme war es, der immer nur an ihr Wohl gedacht hatte und dem sie jetzt das Schlimmste antun würde, was man ihm antun konnte.

So sah sich Alice wieder einmal als die Gefangene ihrer Prinzipien. Ihr ganzes Leben war ein einziger

Kampf gewesen, ein Ringen zwischen den Konventionen und ihrer eigenen Natur. Von sich aus hätte Alice nichts zu Jérôme gesagt, sie hätte ihm zärtlich, zerstreut, liebevoll ihren Körper gewährt, geliehen, wie sie dies seit einem halben Jahr tat, und sie hätte Charles' Bett geteilt mit all der Sinnlichkeit, all der Neugierde, all der Heiterkeit und sogar Hochschätzung, die dieser Mann in ihr erweckte. Jérôme wäre nicht verzweifelt gewesen, sie hätte nicht darunter gelitten, sie hätte sich nicht schuldig gefühlt, und das Leben wäre harmonisch verlaufen. Nur – und das war der Haken –, keiner dieser beiden angeblich toleranten, intelligenten Männer, der eine Libertin, der andere Humanist, keiner dieser beiden Männer würde eine solche Situation ertragen. Sie sich zu teilen würde ihnen unmöglich erscheinen. Welche Absurdität! Um etwas oder jemanden zu teilen, muß man es oder ihn besitzen, und sie mußten, der eine wie der andere, wissen, daß sie sie nicht besaßen. Man besitzt nie einen anderen. Es kommt vor, daß man an jemandem hängt und daß dadurch dieser Jemand an einem hängt, solange dieses Gefühl für ihn anhält. Aber besitzen – nein! Jérôme und Charles jedoch, die bereit waren, ihre Wertschätzung, ihre Zärtlichkeit, ihre Zuneigung zu teilen, weigerten sich, ihren Körper zu teilen, als ob ihr Körper wichtiger gewesen wäre als ihre Gefühle. Deshalb würde sie jemanden verletzen müssen, den sie hochschätzte, deshalb würde sie aus „Anstand" grausam sein müssen.

Ja, ihr ganzes Leben hatte nur aus Verstellungen bestanden. Aus Neugierde hatte sie ihren ersten Liebhaber gehabt und nicht aus Liebe. Aus Ungeschick, Unkenntnis war sie von Gerhardt geschwängert worden und nicht, weil sie Mutter werden wollte. Aus Rücksicht auf ihre Familie hatte sie ihn geheiratet und nicht aus dem Verlangen, sein Leben zu teilen. Ein Unfall war an ihrer Fehlgeburt schuld gewesen und nicht Absicht oder Widerwille. Um ihn nicht zu bekümmern und nicht, weil sie Österreich liebte, war sie nach Wien gezogen. Aus Liebenswürdigkeit, fast aus Höflichkeit hatte sie sich einen Geliebten genommen und nicht aus Sinnlichkeit. Aus Lebensleidenschaft, einer enttäuschten Leidenschaft, hatte sie diese seelische Depression erlitten. Aus Feigheit und aus Angst, sich weh zu tun, hatte sie nicht Selbstmord begangen und nicht aus Liebe zum Leben. Aus Horror vor der Einsamkeit hatte sie sich von Jérôme lieben lassen und nicht, um ihn ihrerseits zu lieben. Aus Angst vor Amerika, vor dem Unbekannten war sie in Europa geblieben und hatte beschlossen, im Widerstand mitzukämpfen, nicht aus Mut oder Aufbegehren gegen die Brutalitäten der Nazis. Und aus Erschöpfung hatte sie sich eines Abends Jérôme hingegeben, nicht aus Zärtlichkeit oder Neigung. Schließlich hatte sie bisher nur eines aus echtem Antrieb getan: aus körperlichem Verlangen, weil er ihr gefiel und sein Verlangen sie ansteckte, hatte sie mit Charles geschlafen.

Und weil er ihr noch immer gefiel, weil er sie zum Lachen brachte und ihr Vertrauen gab, würde sie bei ihm bleiben. Ja, zum ersten Mal würde sie etwas tun, worauf sie Lust hatte. Um der Freude willen, die sie bei einem Leben mit Charles haben würde, und nicht aus Unbarmherzigkeit würde sie Jérôme verlassen. Nein, das niemals! Die Grausamkeit dessen, was sie ihm antun würde, machte sie erbleichen, und sie haßte die Gesellschaft, die ihr diese Grausamkeit aufzwang, die jedes Teilen als ungeheuerlich abstempelte. Aber wenn sie ungeheuerlich war, dann sei's drum! Alice war eine sensible und sanfte Frau, das konnten alle ihre Freunde, ihre Angehörigen, ihr Mann, ihre wenigen Liebhaber beschwören, aber keiner ahnte, welche Entschlossenheit dem kleinen Kopf auf diesem zarten Hals innewohnte. Alice würde sich nie täuschen lassen noch sich bewußt über sich selbst täuschen, weder in ihren Gefühlen noch in ihrem Denken. Und manchmal lachte sie über sich, manchmal brach in ihr ein kühler Humor auf wider das, was sie diesen Makel nannte, diese anmaßende Naivität, die sie schon zur Verzweiflung gebracht hatte, die um so tiefer reichte, als sie sich von sich selbst nährte und nur die Freude und das Lachen, ihrem Wesen nach unkontrollierbar und absurd, ihrer Wachsamkeit entgingen. Zu ihrem Glück hatte Alice irisches und ungarisches Blut in den Adern, das ihr diese beiden Ventile öfter bot als anderen Frauen.

Der Zug fuhr jetzt ruhiger. In anderthalb Stunden würden sie die Demarkationslinie erreichen. Die Nachricht war von Wagen zu Wagen, von Abteil zu Abteil geeilt, als wäre der ganze Zug ein einziger langer Kerker mit dem Gemurmel und der inneren Spannung eines Gefängnisses. Die Reisenden wurden unruhig, sahen auf ihre Uhren, ihre Koffer, sahen einander mit neuen Augen an; nicht mehr mit dem müden, überdrüssigen Blick dessen, dem seine Mitmenschen lästig sind, sondern mit dem besorgten, mißtrauischen Blick dessen, den diese selben Mitmenschen kompromittieren könnten. Charles, der sich seit zwei Stunden, vor Alices Knien stehend, an das Gepäcknetz klammerte, sah zu seiner Überraschung, wie sich die Gesichter unter ihm verschlossen. Und als Alice ihn in den Arm kniff und winkte, er solle sich zu ihr hinunterbeugen, erstaunte ihn das nicht.

„Charles", wisperte sie, „bitte sehen Sie doch . . ., sieh doch in dem anderen Abteil nach, du weißt schon, wo wir den Koffer hingetan haben . . ., wie die Leute sind, weißt du . . ., es wäre schlimm, wenn da . . ."

Ja, Charles wußte. Er wußte alles, was Alices Stimme meinte, und er lächelte ihr zu, gerührt und belustigt, wenn auch schon im voraus erschöpft bei dem Gedanken an die Menschenmenge, die sich auf den Gängen drängte und durch die er sich auf dem Weg zu dem Koffer hindurchzwängen mußte. Doch er trat ohne auch nur den Gedanken an ein Widerwort zum Angriff an. Eine Dreiviertelstunde brauchte er für das Unternehmen, hin und zurück, und Alice war leichenblaß, als er mit zerzaustem Haar, aber beruhigendem Lächeln zurückkam. Er beugte sich zu ihr hinunter und wisperte seinerseits: „Ich habe mich genau umgesehen. Es befinden sich anscheinend – wie gesagt, anscheinend – weder Juden noch Kinder, noch mögliche Widerstandsleute in dem Abteil. Es hat mir dort eher nach Schwarzmarkt gerochen. Aber", setzte er lächelnd hinzu, „da auch eine dicke freundliche Frau darunter war, die nach einer Lebensmittelhändlerin aussah, die vielleicht zu Weihnachten den Armen etwas zu essen gibt, habe ich das Nötige unternommen."

Laut lachend zeigte er ihr den kleinen Koffer, den er bis dahin hinter dem Rücken verborgen gehalten hatte, hievte ihn in das Gepäcknetz und sah Alice an. Sie dankte ihm mit einem Lächeln, das ihn in Verlegenheit brachte.

„Sie hätten mich sonst ja doch noch einmal fortgeschickt“, sagte er lachend, „und da durchzukommen ist eine Tortur.“

„Sie haben immerhin Glück gehabt, daß Sie ihn wiedergefunden haben“, sagte Alice, ebenfalls mit lauter Stimme, und ihre Nachbarn, zuerst neugierig und argwöhnisch, aber durch dieses Lachen beruhigt, wandten die Blicke wieder von dem verdächtigen, nachträglich eingetroffenen Gepäckstück ab. Alice ergriff Charles' Hand, die vor ihr baumelte, und drückte ihre Wange daran. Charles, den Kopf vor dem Gepäcknetz, die Augen geschlossen, hoffte einen verrückten Augenblick lang darauf, beim nächsten Halt zusammen mit ihr erschossen zu werden. Und zu sterben, mit wem zusammen auch immer, war bei ihm ein sehr seltener Wunsch ... Seines Wissens hatte er ihn nur einmal in Gedanken formuliert, nämlich als ihn die Tochter des Kurzwarenhändlers wegen eines Unterprimaners stehengelassen hatte, gerade an seinem vierzehnten Geburtstag. Komisch, er hätte nie geglaubt, daß einem das Glück die gleichen Ideen eingeben könnte wie der Kummer.

Es herrschte eine drückende Hitze, und der deutsche Offizier, der an der Demarkationslinie die Abteiltür öffnete, verzog das Gesicht, als er das französische Völkchen erblickte, das sich da schweißtriefend auf den Sitzbänken drängte. Er prüfte die Papiere jedes einzelnen, ohne mit der Wimper zu zucken. Von kleiner Gestalt und dunkler Hautfarbe wirkte er eher wie ein Südländer, und die Tatsache, daß er nicht das perfekte Aussehen eines Ariers hatte, machte ihn wohl bissig, denn er schimpfte mehrmals aufs Geratewohl darauflos. Er riß Charles den Passierschein fast aus der Hand, gab auf deutsch einige witzelnde Bemerkungen von sich, wobei er mit dem Kinn auf Alice deutete, blickte Charles an, der sich mühelos in einer Geschichte von einer Sekretärin verhaspelte, die zu offensichtlich erfunden war, um nicht plausibel zu sein, und nach einem anzüglichen und verächtlichen Grinsen verließ der Deutsche zur allgemeinen Erleichterung das Abteil. Niemandem fielen Alices und Charles' betretene Gesichter auf. Sie hätten auf der Hinfahrt fröhlich und ohne Hemmung über diese groben Scherze gelacht, doch jetzt klangen sie in ihren Ohren obszön.

Der Zug setzte sich wieder in Bewegung, aber nicht für lange. Erst ruckte er, hielt dann an, schwankte, fuhr weiter, hielt wieder an, so ging das die ganze Nacht hindurch, offenbar ohne daß der Lokführer oder der Zugführer etwas dagegen tun konnten; sie trafen erst am Morgen im Bahnhof von Valence ein.

Jérôme wartete draußen auf sie, an eine Platane gelehnt, und als er sie sah, eilte er auf sie zu, schlaksig wie ein Jüngling, was Charles' Erinnerung leicht verwirrte. Glücklicherweise war Jérôme schamhaft geblieben und küßte Alice im Beisein seines Freundes nur auf die Stirn. Aber er strahlte so sehr, daß Charles' Gesicht sich verfinsterte. Und doch war er glücklich; er verspürte ein eigenartiges Glücksgefühl, ein ganz neues Glücksgefühl bei dem Gedanken an das Wiedersehen mit seinen Wiesen, seinem Haus, seinen Hunden, verspürte plötzlich eine wahre Erleichterung, eine Erleichterung darüber, daß er wieder in Sicherheit war und Alice wohlbehalten in diese Sicherheit zurückgebracht hatte. Und das war höchst merkwürdig, denn er hatte keinen Augenblick den Eindruck gehabt, in Gefahr zu schweben.

Der Zug fuhr schon wieder an, als er sich des Koffers erinnerte. Er konnte gerade noch aufspringen, ihn packen und wieder abspringen, aber sein Herz schlug wie wild, und er hatte weiche Knie bekommen. Ich werde zweifellos nicht jünger, dachte er resigniert. Er kam, das Beutestück triumphierend hochgestreckt, zu Jérôme zurück, der ihm bedeutete, vorsichtig zu sein, der aber auch die Abwesenheit benutzt hatte, um Alice den rechten Arm um die Schulter zu legen. Abrupt hielt Charles ihm den Koffer hin, was Jérôme veranlaßte, Alice überrascht loszulassen und fragend die Brauen hochzuziehen.

„Entschuldige, ich bin erledigt", sagte Charles, „wirklich fertig. Diese Fahrt war die Hölle."

„Und sonst", fragte Jérôme, „sonst?"

Seine Augen leuchteten fröhlich, und man merkte ihm die Erleichterung so deutlich an, daß Charles, plötzlich über sich selbst entsetzt, den Kopf abwandte. Zum ersten Mal verspürte er ein Schuldgefühl, und es war ein sehr heftiges Schuldgefühl.

Dreizehntes Kapitel

Der alte Wagen stand ganz in der Nähe, mit dem Kühler zur Straße. Wie im Kriminalfilm, ging es Charles durch den Kopf. Er wollte sich ans Steuer setzen, doch zu seiner Überraschung schob sich Alice vor ihm hinter das Lenkrad.

„Lassen Sie mich den Wagen einmal fahren, Charles. Ich habe ihn schließlich noch nie gefahren."

Sie stiegen ein wenig verwirrt ein, Charles vorn zu Alice, Jérôme hinten zu den Koffern, und Alice hatte einen blendenden Start. Sie bediente sogar die Kupplung, ohne daß es knirschte, wie Charles belustigt und erstaunt feststellte.

„Ich hatte einmal einen Talbot Lago", erklärte sie lachend, während sie das Steuer etwas scharf herumzog, um einem Radfahrer auszuweichen. „Ich habe sogar in La Baule ein Rennen gewonnen, mit neunzehn, zwanzig Jahren. Damals waren Frauen am Steuer noch eine Seltenheit. Gott, wie lange ist das her, schrecklich . . ."

„Haben Sie keine frischeren Erinnerungen, von dem Talbot Lago abgesehen, Alice?" fragte Jérôme mit schnurrender Stimme.

„Gewiß doch", sagte Charles, ehe Alice noch etwas erwidern konnte. „Gewiß doch, wir haben dir viele aufregende Dinge zu erzählen. Dieser Koffer da ist voller gefälschter Pässe. Wir hatten ihn in einem anderen Wagen deponiert, aber dann hatte Alice Angst, man könnte die armen Leute in dem Abteil dort an die Wand stellen. Da habe ich ihn dann wieder holen müssen. Du kannst dir nicht vorstellen, wie ich mich bei ihr anstrengen mußte", fügte er in scherzhaftem Ton hinzu und versetzte ihr in seiner Ungezwungenheit einen freundschaftlichen und ungeschickten Klaps auf den Arm, der über dem Lenkrad lag. Sie fuhr zusammen, und der Wagen machte einen kleinen Satz. Das fängt gut an, dachte Charles, das fängt ja wirklich gut an.

Louise hatte in weiser Voraussicht ein richtiges Mahl zubereitet, mit einem richtigen Omelett, richtiger Wurst und richtigem Rotwein, gefolgt von richtigem Kaffee. Sie saßen dazu auf der Terrasse, und Charles fühlte sich auf dem Gipfel des Wohlbehagens. Der Wind schüttelte sanft die Blätter der Platanen, der weißblaue Himmel des Morgengrauens wurde langsam hellblau, wie dies in einem warmen Sommer üblich ist, und das träge Tappen des Hundes auf dem Kies nach seiner ersten stürmischen Begrüßungsfreude war angenehm. Alice und Jérôme, gleichermaßen schweigsam, schienen die Schönheit der Tagesstunde zu genießen. Charles warf ihnen beiden einen Blick zu; ein verstohlener galt Alice, die sich in einem Liegestuhl ausgestreckt hatte und die Augen geschlossen hielt, ein liebevoller, mitfühlender Jérôme, der zum Ende der Wiese hinüberblickte. Nein, die fällige Erklärung würde für Alice keine angenehme Sache sein.

Unterdessen war Charles recht wohl zumute, und er fühlte sich Alice so entrückt, wie er vor ihrer Reise aufmerksam um sie bemüht und besorgt gewesen war. Er dachte nur ganz nebenbei an Paris, als wären sie dort gewesen, um dem Eiffelturm, dem Arc de Triomphe und dem Invalidendom einen Besuch abzustatten. Er erwähnte nicht einmal ihre subversive Tätigkeit, weil dieses Thema, dieses sentimental-historische Thema nicht seine, sondern Alices und Jérômes Sache war. Die Résistance war ihre Angelegenheit, war der Ausgangspunkt, das Motiv ihrer Beziehung, zumindest sagte sich Charles das gern.

Immerhin, wenn er ehrlich sein wollte, mußte er sich eingestehen, daß es ihm, sollte Jérôme wieder zu einer seiner Reden über Marschall Pétain, Frankreich und die Besatzer ansetzen, jetzt schwerfallen würde, ihm zu widersprechen. Er hätte jetzt weder mit der gleichen Ironie noch dem gleichen Phlegma dagegenhalten können. Er erinnerte sich zu gut ihrer Ankunft in Paris, einem düsteren Paris mit verlassenen Straßen. Was ihren aufregenden Abend betraf, so wunderte er sich zwar noch immer über dessen strahlendes Ende, aber was diesem vorausgegangen war, blieb ihm in schlimmer Erinnerung. Er konnte Jérôme und Alice einfach nicht mehr widersprechen, weil sie recht hatten. Er wollte sie aber auch nicht in ihrem Tun bestärken, vor allem Alice nicht. Alles, was sie, diese zarte, jetzt für ihn zu einem sinnlichen Wesen gewordene Frau, in Gefahr bringen konnte, mußte verhindert werden. Und was alles geschehen konnte, das wußte er jetzt. Bis zu seinem fünfundzwanzigsten Lebensjahr mochte er ein streitlustiger Bursche gewesen sein, aber es war doch eine ganze Weile her, daß er eine handgreifliche Auseinandersetzung gehabt hatte. Vor allem war es eine ganze Weile her, daß er von Männern in Uniform brutal geschlagen worden war. Die Vorstellung, der weiße, zarte, warme Körper Alices könnte von dieser plumpen und sadistischen Soldateska berührt, angegriffen oder mißhandelt werden, war ihm so entsetzlich, daß er die Augen zu ihr aufheben und sie ansehen mußte, um sich zu vergewissern, daß sie unversehrt war. Er kam sich plötzlich töricht vor, sah sich gezwungen, den Blick abzuwenden, um dann angestrengt auf eine Stelle der Wand, des Tischtuchs oder seiner Hände zu starren.

Jérôme wirkte ganz ruhig. Er sprach lässig und leidenschaftslos, mit der Miene eines jungen oder alten Engländers, die Charles ihm auf dem Gymnasium so oft vorgehalten hatte. Es würde im übrigen ganz gut sein, wenn bei ihm der Lord dem Widerstandskämpfer und Liebhaber Platz machen und er Fragen stellen würde, damit man ihm Antworten geben konnte, genaue Auskünfte, mochten sie auch noch so grausam sein. Denn Charles sah sehr wohl, daß Alice nur unter Zwang mit ihm sprechen würde. Unfähig, ihn anzulügen, wäre sie auch unfähig, ihm geradeheraus die Wahrheit zu sagen, und doch mußte sie das tun, da Charles die Absicht hatte, die Nacht in ihren Armen zu verbringen.

Er zögerte, auf dem Stuhl hin und her schaukelnd. Charles' ganze Trägheit, sein ganzer Horror vor dem Drama begehrten gegen diese bevorstehende Szene auf, doch ausnahmsweise war das Verlangen seiner Liebe stärker als sein Phlegma. Und als er sich daran erinnerte, wie oft er seine Mätressen vorübergehend zu ihren Ehegatten hatte zurückkehren lassen, und sei es nur, damit es kein Geschrei und keine Vorwürfe gab, wunderte er sich mit einem Gefühl der Belustigung und der Scham über den friedfertigen und gefälligen Liebhaber, der er sein ganzes Leben mit solcher Mühelosigkeit gewesen war. Wie er sich auch über das Imperfekt wunderte, das er – obschon erst seit kurzem – unweigerlich gebrauchte, wenn es um seine Person ging.

„Jetzt habe ich Anspruch auf einen Bericht", sagte Jérôme plötzlich, „auf einen ausführlichen Bericht. Übrigens, wem hast du das blaue Auge zu verdanken? Doch nicht Alice, oder?"

„Nein, nein", rief Charles aus, seine Worte mit schwungvollen, völlig überflüssigen Gesten untermalend. „Das war ein Deutscher. Deutsche, genauer gesagt."

„Hast du dich etwa mit Deutschen geprügelt?" erkundigte sich Jérôme in einfältig-freundlichem Ton. „Sieh da, sieh da, das ist ja eine pittoreske Anekdote . . ."

„Da haben Sie den passenden Ausdruck gefunden, Jérôme", sagte Alice lächelnd. „Bestimmt wird Charles Ihnen die Sache als eine ganz normale Wirtshausschlägerei schildern, davon bin ich überzeugt. Fangen Sie ruhig an, Charles, ich unterbreche Sie nicht, aber ich habe anschließend dazu auch noch etwas zu sagen."

„Kommt nicht in Frage."

„Warum?" wollte Jérôme wissen. „Hast du Angst?"

„Ich – Angst? Angst wovor?" begehrte Charles mit schriller Stimme auf. „Warum sollte ich Angst haben? Wenn du diese zwei Clowns gehört hättest, wie sie Alice beleidigt haben, hättest du genauso gehandelt."

„Clowns? Welche Clowns?" fragte Jérôme, der immer erstaunter schien.

„Als Clowns bezeichnet Charles die zwei SS-Männer, die uns zum Verhör zur Kommandantur an der Place Saint-Augustin gebracht haben."

Jérôme sprang auf, er war plötzlich bleich geworden. „Zur Kommandantur? Aber davon habt ihr mir gar nichts gesagt. Warum habt ihr mir nichts davon gesagt? Was ist passiert?"

„Charles wird Ihnen alles erzählen. Los, Charles, nur Mut!" sagte Alice.

„Gut, ich fange an, aber nach unserer Entlassung aus der Kommandantur höre ich auf", sagte Charles in entschiedenem Ton. „Wie es weitergegangen ist, kann Alice erzählen."

Und das Unsinnige, das Verrückte dieses Satzes erschien Alice wie ihm selbst so ungeheuer, daß sie sich, ohne mit der Wimper zu zucken, verblüfft und dem Lachen nahe anblickten.

„Also schön, passiert ist folgendes", begann Charles schwerfällig. „Ich hatte Alice versprochen, sie zum Tanzen auszuführen, weißt du, um sie . . ., um ihr . . ., na ja, damit sie eine Abwechslung hatte, und ich habe den Portier des Hotels gefragt . . . Du kennst doch das Hotel, wo wir früher immer waren, na ja, wo ich früher immer abgestiegen bin, ja? Du kennst es nicht? Das ‚Dandy', Rue de Rivoli. Aber ja, du kennst es, ich hatte dir die Telefonnummer gegeben."

„Jetzt schweif nicht ab", sagte Jérôme. „Was hast du den Portier gefragt?"

„Nichts. Doch . . ., ich habe ihn gefragt, wo man tanzen könnte. Und dann sind wir ins ‚Aiglon' gegangen, in der Rue de Berri. Das Lokal ist der letzte Schrei. Es war knallvoll: viele Deutsche und Geschäftsleute, ja, wir haben sogar einen Dramatiker und zwei Schauspieler gesehen, nicht wahr, Alice?"

Sie trug eine zerstreute, leicht gelangweilte Miene zur Schau, die Charles ärgerte. „Ja, ja, in der Tat, man hat einige bekannte Gesichter gesehen", gab sie zu.

„Nun ja, wir haben also getanzt", erzählte Charles weiter, „was haben wir eigentlich getanzt? Nun ja, nach der Musik der Kapelle eben."

„Ich glaube", warf Alice ein, „wir haben eher wie die braven Bauersleute von Millet ausgesehen als wie Fred Astaire und Ginger Rogers. Am Anfang sind wir gute drei, vier Kilometer über die Tanzfläche marschiert wie hinter dem Pflug, ohne einen Augenblick Pause, und . . ."

„Sie übertreiben“, unterbrach sie Charles, „wir sind nicht die ganze Zeit marschiert. Ich habe mich dann gefangen.“

„Ja, Gott sei Dank, er hat etwas getrunken“, sagte sie, zu Jérôme gewandt, „er hat etwas getrunken und sich einige Variationen, einige Umwege auf seiner Marschroute erlaubt. Und als die Sperrstunde kam, haben wir uns auf den Weg ins Hotel gemacht, weiterhin zu Fuß, um unser Training fortzusetzen. Und da sind wir auf die Deutschen gestoßen, oder vielmehr, die Deutschen sind auf uns gestoßen. Aber erzählen Sie bitte weiter, Charles, ich hatte ja versprochen, mich nicht einzumischen.“

„Diese Frau ist von einer Unaufrichtigkeit!“ sagte Charles zu Jérôme. „Du kennst mich doch, du weißt, daß ich keineswegs ein schlechter Tänzer bin! Du weißt doch, ich bin einmal ins Finale gekommen bei diesem Tanzwettbewerb ... Was war das noch, diese Art Ball, im Panthéon, glaube ich. Erinnerst du dich nicht mehr?“

„Es interessiert mich nicht, ob du gut oder schlecht getanzt hast“, sagte Jérôme in strengem Ton. „Ich will wissen, was mit den Deutschen los war. Also, erzähl schon!“

„Was soll das?“ sagte Charles erregt. „Du weißt alles, du weißt ja alles! Man hat uns verhaftet, man hat uns zur Kommandantur geschleppt, man wollte wissen, wer wir waren, wo wir herkamen, eben alles! Ich habe gesagt, wir kommen aus dem ‚Aiglon‘, und wir wohnen in dem Hotel in der Rue de Rivoli. Sie wollten unsere Papiere sehen, und Alice hat ihre Papiere gezeigt, aus denen hervorging, daß sie Jüdin ist, nein, nicht sie, ich meine, daß ihr Mann Jude ist, aber sie nicht. Daraufhin haben sie sich einige Scherze erlaubt – eher im Stil von Goebbels als von Sacha Guitry – über die Juden. Na ja, und dann“, fügte er sehr schnell hinzu, „dann haben sie uns entlassen. Vorher aber mußten einige Leute bezeugen, daß wir gute Franzosen sind und daß wir folglich das deutsche Volk verehren. Das war alles.“

„Und wer hat für euch gebürgt?“ fragte Jérôme.

„Hm, Madame Soundso für Alice, und für mich mein Onkel Sambrat, der von Vichy, der zum Kabinett von Laval gehört, glaube ich. Du weißt doch: Onkel Didier, dieser Hohlkopf. Wir waren einmal mit ihm auf der Jagd, erinnerst du dich nicht mehr? Er schießt wie eine Gießkannenbrause!“

„Alice“, sagte Jérôme, „Alice, er bringt es nicht fertig, bitte, erklären Sie mir die Sache.“

„Gut, ich fange noch einmal an“, sagte Alice. „Nachdem wir das ‚Aiglon‘ verlassen hatten, auf dem Heimweg, war auf einmal unter einer Toreinfahrt bei der Place de la Concorde, Ecke Rue Boissy-d'Anglas ein Terrorist in unserer Nähe, den die Deutschen suchten. Sie haben ihn zusammen mit uns gesehen, haben uns für seine Komplizen gehalten und zur Identitätsüberprüfung auf die Kommandantur gebracht. Einer von ihnen hat meine Papiere gesehen und mir dann rüpelhaft meine Schwäche für Gerhardt und meine Vorliebe für beschnittene Männer vorgehalten. Charles ist wütend geworden und hat sich auf sie gestürzt – als hätten wir es mit biederen Polizisten zu tun gehabt. Sie haben ihn niedergeschlagen, und wir sind ins Hotel zurückgefahren. Und um noch einmal auf die müßigen Details zurückzukommen: ja, Charles hat sich nach fünf, sechs Kognaks entkrampft, und wir haben Paso doble, Tango und Walzer getanzt, ganz herrlich und unter den Hochrufen der Menge.“

Alice sah Charles fest an bei diesen Worten und versuchte, ihm zu verstehen zu geben, daß er jetzt schnell gehen sollte, daß sie jetzt reden wollte, daß er dabei nicht zugegen sein durfte. Aber er sah sie an, sah Jérôme an, ganz erleichtert und mit sich zufrieden, mit der Miene einer Person, die nichts falsch gemacht hat. Er ist unglaublich, dachte sie, er ist verrückt. Er ist ein Schafskopf. Er gefällt mir wirklich sehr.

„Gut, nach diesen Details, wie Sie sagen, nach der Kommandantur, wie du sagst, Charles, was ist da passiert? Was wolltest du mir nicht sagen, Charles?“

Charles wandte den Blick von Alice ab. Sie flüsterte: „Was ich gestern morgen erfahren habe, Jérôme, und was Charles nicht betrifft. Würden Sie uns bitte allein lassen?“ bat sie Charles, der sofort aufstand und im Davongehen noch Alices Stimme hörte, eine leise, bebende Stimme, wie sie unbekannte Namen nannte, die ihm aber eigenartig vertraut schienen, so wie ihm der ganze ausgesprochene Satz grausam vorkam: „Tolpin, Faroux und Dax sind erschossen worden“, sagte Alice traurig, zärtlich, wie sie etwa gesagt hätte: „Ich gestehe, ich habe Sie immer geliebt.“

Charles war sofort erschöpft eingeschlafen. Alice warf sich lange herum, bis ihr dies gelang. Und Jérôme, der drei schreckliche Tage des Wartens verbracht hatte und genauso erschöpft war wie sie, streckte sich unter der Pappel aus, die seit seiner Kindheit seine Lieblingspappel war.

Aber er sah heute nicht mehr die tausend kleinen Blätter funkeln, in der Sonne tanzen und ihm alles Glück auf Erden versprechen. Er fühlte sich erleichtert und angewidert. Erleichtert, weil Alice wohlbehalten zurückgekommen war, und angewidert von dieser Erleichterung, denn jetzt wußte er es, sie hatte es ihm gesagt, seine Vorahnung hatte sich bestätigt: Tolpin, Faroux und Dax waren tot, erschossen. Tolpin, der kraushaarige Rotkopf mit seinem Lachen, dem stets geröteten Gesicht; Faroux, so unbeholfen, so zurückhaltend, so *comme il faut,* von dem man sich nicht einmal vorstellen konnte, daß er festgenommen wurde; Dax mit seinem souveränen Gebaren des Kleinwüchsigen, seiner Art, größere Männer mit dem Blick zu messen. Diese drei Menschen, diese drei Männer, denen er zufällig begegnet war – weil sie die gleiche Vorstellung vom Leben hatten wie er, die gleiche Überzeugung, daß im Leben bestimmte Dinge nicht geschehen durften –, diese drei Männer waren zum Tode verurteilt und hingerichtet worden.

Und er war hier, er lebte! Er, der in gewisser Weise ihr Führer war – soweit er sich als ein Führer fühlen konnte –, er war hier, lag behaglich unter einem Baum, betrachtete die Pappelblätter und freute sich darüber, daß seine Geliebte, diese schöne Geliebte, unversehrt zurückgekommen war. Und vor allem, vor allem quälte ihn, den aufrechten, sensiblen, verantwortungsbewußten Jérôme, die mögliche Untreue dieser Frau tausendmal mehr als der feststehende Tod seiner Freunde. Denn wenn ihn dieser Tod mit Trauer, Verzweiflung, einem unauslöschlichen Schmerz erfüllte – denn er würde Tolpin, Faroux und Dax natürlich nie vergessen –, so würde er sich ihrer wenigstens mit erhabenem Kummer erinnern. Dagegen würde er mit einem entsetzlichen, zerreißenden und entehrenden Schmerz – weil mit Zweifel, Argwohn und Erbärmlichkeit vermischt – später an Alice und an Charles denken. Die drei kurzen Augenblicke, zuerst im Wagen, dann auf der Treppe, schließlich im Salon (die freilich nicht die waren, da Charles sich verraten zu haben glaubte) – diese drei kurzen Augenblicke, da er jäh die Intuition eines physischen und neuen Einverständnisses zwischen ihnen gehabt hatte, diese drei kurzen Augenblicke vervielfachten, verzehnfachten sich jetzt, als die beiden nicht mehr da waren und er nicht mehr Beweise anzusammeln oder zurückzuweisen suchte.

Er drehte sich zum Gras, vergrub das Gesicht in der Erde, schlug mit der Faust heftig auf den warmen, duftenden Boden. Er war sich erneut ganz sicher, war überzeugt davon – Alice und Charles hatten in Paris miteinander geschlafen, sie hatten ihn betrogen, sie war ihm untreu geworden, sie waren glücklich, sie fanden Gefallen aneinander. Und Charles hatte Alice das gegeben, was er ihr nie hatte verschaffen können.

Charles, dieser gute Kerl, dieser Hohlkopf, dieser Schürzenjäger – ihm war es gelungen, dieser Frau, die tausendmal sensibler und intelligenter war als er, die Lustschreie zu entlocken, auf die er, Jérôme, so sehnsüchtig gewartet und gehofft hatte. War es also wahr, daß es Männer gab, auf die Frauen besonders ansprachen, und Frauen, die bereit waren, an solche Männer zu glauben, war es wahr, daß eine Frau wie Alice in eine so banale, so widerliche Falle tappen konnte, wie Charles ihr eine gestellt hatte?

Und dann würde sie ihm die Wahrheit sagen, würde ihm sagen: „Es tut mir leid, Jérôme, aber es war rein physischer Natur. Sie sind es, den ich wirklich liebe, den ich verstehe, bei dem ich mich geborgen fühle; mit Charles, das ist eine rein sinnliche Angelegenheit. Alles das hat nichts zu bedeuten, bleiben wir Freunde, Jérôme.“ War sie so töricht, so grausam zu glauben, ihn verlange vor allem nach ihrem Geist, ihrer Seele? Wußte sie nicht, daß es für ihn wie für jeden Mann vor allem auf die Haut, das Fleisch einer Frau ankam? Wenn der Körper ohne das Herz nicht das Paradies war, dann war das Herz ohne den Körper die Hölle – wußte sie das nicht? Wußte sie nicht, daß er manchmal geschluchzt hatte, während sie schlief, geschluchzt vor Wut, vor Verzweiflung, wenn er sie so sanft, so friedlich, so vertrauensvoll in seinen Armen liegen sah? Wußte sie nicht, daß er, mit dreißig Jahren, immerhin ein paar Frauen zur Wonne verholfen hatte und Zuneigung und Ekstase auf ihren Gesichtern sehr wohl zu unterscheiden verstand?

Oder hielt sie ihn für einfältig, für einen dummen Novizen? Ah! Er krampfte die Hände ins Gras, versuchte die Erde aufzugraben mit dem Kinn, mit der Nase, mit der Stirn, schlug mit der Wange gegen den Boden. Ah! Den Schrei, den Liebesschrei von Alice zu hören, sei es nur einmal, nur ein einziges Mal – alles hätte er dafür gegeben, seinen Kopf, zehn, zwanzig Jahre seines Lebens! Einmal, nur ein einziges Mal! Und mit einem Erbeben, einem Krampf wie bei einer Übelkeit – nur daß sie ihm nicht von der Kehle aufstieg, sondern vom ganzen Körper – drehte er sich um, wälzte sich auf den Rücken, dann auf die Seite, die Knie ans Kinn gezogen, den Kopf in den Armen, mit beiden Händen das Gesicht verbergend, als hätte er in seinem Zorn und Abscheu jedem den Blick darauf entziehen wollen, und da niemand da war, auch einem grausamen und törichten Gott, an den er im übrigen nicht glaubte.

Und sein Schmerz kam gerade durch seinen Exzeß zur Ruhe. Vielleicht erinnerte er sich unbewußt daran, daß er einst lange den Ausspruch eines Philosophen – war es Nietzsche? – erörtert hatte: „Nicht der Zweifel macht verrückt, sondern die Gewißheit." Und er hörte wieder die eigene, einen Augenblick lang blockierte Stimme, die ihm sagte: „Aber Jérôme, armer Jérôme, da hast du ja die Fötushaltung eingenommen, die berühmte Fötushaltung!" Und da er nicht so weiterleiden konnte, suchte sein Denken überall nach einer Abhilfe, nach einem Heilmittel, nach irgend etwas, das diesem tödlichen Schmerz Einhalt gebot, und fand nur eines: den Zweifel. Er begann wieder regelmäßiger zu atmen. So etwas, er machte sich ja verrückt, zum Donnerwetter! Da wollten ihm wohl die Nerven einen Streich spielen! Das kam alles zweifellos von der noch nicht ganz verkrafteten Erschütterung über den Tod seiner Freunde, von dem Kummer, der Beklemmung, dem Bedauern, nicht unter ihnen gewesen zu sein. Auch von der Angst, daß Alice in Paris gefaßt werden könnte, und von den letzten drei schlaflosen Nächten; die hatten ihn in diesen kopflosen und leidenschaftlichen Zustand versetzt. Er hatte zuviel Phantasie, das war sein Laster, ein um so schlimmeres Laster, als es sich vor allem im Unglück zeigte. Er, der sich lieber der schönen Augenblicke erinnerte, stellte sich immer nur das Ärgste vor.

In ihm lebte jemand, der bereit war, sich verführen, bezaubern zu lassen, den es danach verlangte, zu lachen und sich anzuvertrauen. Aber in ihm lebte auch noch ein anderer, düster und zurückhaltend, zerquält . . . Und dieses Duo lebte von jeher in ihm, seit seiner Geburt. Nur hatte er jetzt den Eindruck, daß die zweite Persönlichkeit die Oberhand gewann; schlimmer noch, er hatte das immer deutlichere Gefühl, daß es dieses zweite, dieses pessimistische Wesen war, das recht hatte. Jérôme hatte nie wie Charles mühelos über einen seifenglatten Hang namens Glück zu gleiten vermocht, er hatte immer das Gefühl gehabt zu hinken. In Wirklichkeit war er ein Gebrechlicher, dem die Erde gestattete, sein Gebrechen zu verbergen. Jérôme wußte, fürchtete und erhoffte es zugleich: erst am Fuß eines Exekutionspfahles, den Körper durchlöchert und die Seele anderswo, würde er sich zu seinen menschlichen Brüdern gesellen. Die ganze übrige Zeit würde er damit verbracht haben, einem Bild von sich selbst, einem heldischen Klischeebild von einem glücklichen Jérôme nachzulaufen. Die einzigen Momente, da das Leben hervorzuquellen schien wie Milch oder Alkohol, verdankte er Charles, seinem Gegenstück und Bruder – und vielleicht Rivalen.

Vierzehntes Kapitel

Alice hatte also erst Schlaf gefunden, nachdem sie zwei Stunden wach gelegen hatte. Aus diesem Schlaf wurde sie sieben Stunden später herausgerissen durch das Hupen von Charles, der, nachdem er sogleich friedlich eingeschlafen war, noch früh genug aufwachte, um in der Fabrik nach dem Rechten zu sehen. Bei der Rückkehr – er hatte die vage Hoffnung gehabt, Alice werde sich mit Jérôme ausgesprochen haben – mußte er schon beim Tor feststellen, daß ihre Läden noch immer geschlossen waren. Und jetzt weckte er sie mit lautem Hupen, für das er, kaum ausgestiegen, einen lächerlichen, einen sehr dürftigen Vorwand erfand: „Louise", rief er, „Louise, ich überfahre noch alle diese unglückseligen Vögel, wenn sie sich mir weiter vor den Wagen werfen! Warum wollen sie denn unbedingt Selbstmord begehen, diese armen Viecher?"

In einem noch unbewußten Reflex war Alice aus dem Bett gesprungen und ans Fenster gestürzt. Halb belustigt, halb erzürnt sah sie, wie Charles mit den Armen fuchtelte, vor der Motorhaube und vor der armen erschrockenen Louise, die ihren doch recht friedlich im Hof versammelten Hühnern vorwurfsvolle Blicke zuwarf und sie mit tadelnden Locklauten bedachte, die sie gar nicht verdient hatten. Durch die Ladenschlitze sah Alice hinunter zu ihrem Geliebten, sah sein so schwarzes Haar, seinen so langen Schatten in der sinkenden Sonne und wunderte sich über dieses Gefühl der Vertrautheit, der Gewohnheit, das sie bei seinem Anblick bereits empfand.

„Glauben Sie, das schöne Wetter hält an?" fragte er die arme, verblüffte Louise mit sehr lauter Stimme. Es war das erste Mal, daß Charles so alberne Fragen stellte – jeder konnte sehen, daß der Himmel von einem Ende zum anderen von einem völlig klaren Blau war. Sie wußte nicht, daß er einen Vorwand brauchte, um nach oben zu sehen und dabei feststellen zu können, ob Alice hinter dem Fensterladen stand. Er benahm sich wie jemand, der sich schuldig fühlt: seit ihrer Rückkehr legte er ein harmlos-naives Gebaren an den Tag, das jeden argwöhnisch machen mußte. Dabei war die große Mühe, die er sich damit gab, völlig müßig, da Jérôme doch alles erfahren mußte.

Was hatte sie, fragte sich Alice, während sie sich zum Frisiertisch umwandte, seit der Rückkehr schließlich anderes getan, als allem auszuweichen, zu schweigen und Jérôme noch ein wenig mehr zu betrügen? Aber der Spiegel zeigte keine zerknirschte Frau, im Gegenteil: sie hatte eine rosige, leicht gebräunte Haut, große, glänzende Augen und, ob sie es wollte oder nicht, einen nekkischen Ausdruck, der sie zehn Jahre jünger machte. Sie wunderte sich darüber und wunderte sich gleich darauf über ihre Verwunderung. So lange hatte sie sich nicht mehr im Spiegel betrachtet und sich nicht an den vorteilhaften Auswirkungen der Sinnlichkeit auf ihr Gesicht ergötzt! Doch nach einem kurzen Lächeln erschrak sie, denn sie stellte sich Jérômes Gesicht vor, wenn sie in einer Stunde oder in zwei oder drei Stunden mit ihm sprechen würde. Sie stellte sich das Gesicht ihres Liebhabers vor, ihres Freundes, dieses Gesicht, das so verletzlich war unter seiner Ruhe, seiner Reserviertheit. Dieses Gesicht würde sich auflösen, die Züge würden sich verzerren, der Mund würde zittern, alles, was er war oder durch Bemühen geworden war, die ganze Persönlichkeit Jérômes würde mit einem Schlag zerspringen, würde peinlich werden, grausam, unanständig wie das übertriebene Make-up einer alten Lebedame. Außerdem würde Jérôme der üblichen Reflexe eines Mannes beraubt sein; Alice wußte, daß er keiner niedrigen Handlungsweise fähig war, keiner Schläge und Schreie, auch keines Bittens und Flehens. Wie würde er reagieren, was würde er tun?

Aber erst als sie sich im Standspiegel in ganzer Größe sah, wurde sie sich bewußt, daß sie nie eine andere Möglichkeit in Betracht gezogen hatte. Sie mußte heute abend bei Charles schlafen. Das ging nicht anders, das war ganz eindeutig. Und wie lange war es her, daß ihre Wünsche, Bestrebungen, Neigungen und Abneigungen so eindeutig gewesen waren? Waren sie es je gewesen? Sie würde ihnen jedenfalls jetzt folgen, sie würde ihrem Körper folgen und nicht ihrem Geist, diesem quälenden und gequälten Besessenen. Sie haßte sich zwar dabei, aber sie schloß einen Moment die Augen und fühlte sich gerettet. Gerettet durch das Verlangen, das diese beiden Männer für sie empfanden, diese beiden schönen Männer, jeder auf seine Art schön, „zwei zu schöne Männer für eine leichtfertige Frau", flüsterte ihr eine sarkastische Stimme zu, die sie lange nicht mehr vernommen hatte. Nach den tragischen und wilden Kämpfen des Unbewußten war sie jetzt endlich die Heldin einer Boulevardkomödie. Schade, daß das während eines Krieges passierte, zu einer Zeit, da sich alle gegenseitig umbrachten und niemand daran dachte, irgendwen um einer Frau willen zu töten. Und das gleiche irre innere Lachen erfaßte sie zur Unzeit und gegen ihren Willen. Sie stellte sich Charles und Jérôme vor, wie sie die alten Kavalleriesäbel eines bei Wörth gefallenen Großvaters von der Wand nahmen und sich dann bei Mondschein in weißem Hemd schlugen, während sie müßig und entrückt vom Fenster aus zusah, die besten Vorstöße beklatschte und sich erst im letzten Augenblick entschloß, hinauszustürzen und über dem Körper des Sterbenden zu schluchzen, ehe sie sich dem Sieger an den Hals warf . . .

Aber was ging da mit ihr vor? Sie hatte doch noch nichts getrunken, was stimmte sie dann so vergnügt? Hatte wirklich zwei Jahre lang eine frustrierte und unbefriedigte Frau in ihr gelebt, die auf einen Mann und eine etwas perfektere Liebesumarmung gewartet hatte, um zu ihrer Vitalität und ihrem Lebensglück zurückzufinden? Leben, Glück, inneres Gleichgewicht: hatten sie so simple Grundlagen? Sie wußte es nicht, aber es war ihr auch egal. Alles ging gut, das Glück war auf alle Zeit unschuldig, sie hatte es schon immer gewußt, und deshalb war sie ja in so tiefe Verzweiflung gestürzt, als sie es verloren hatte. Nur das Unglück war unverzeihlich auf dieser

Erde. Und das Unglück, das nahm nun Jérôme auf sich. Er hatte sie gepflegt, und zum Dank dafür hatte sie ihm ihre Krankheit übertragen, ihre entsetzliche Krankheit. Wenigstens, so sagte sie sich mit aufrichtiger Grausamkeit, wenigstens würde er wissen, warum er litt und durch wen, und damit würde er, auch wenn er es jetzt nicht glaubte, einen ungeheuren Trumpf in der Hand haben.

Sie betrat den Salon und blieb auf der Schwelle stehen: Jérôme lag auf seinem Lieblingssofa, seine Zigarette hing vom Ende seiner langen Hand, seines Arms zum Parkett hinunter. Sie setzte sich auf die Sofakante, sah ihn an, als wäre er ein anderer Jérôme, ein Jérôme, den sie verlassen hatte. Sie betrachtete ihn, doch schon schoben sich zwischen Jérôme und sie Dutzende von Klischeebildern: Jérôme in Spa, in Bayreuth, Jérôme, wie er sich in der Klinik über sie beugte, Jérôme, wie er Gerhardt auf der Brücke an der Schulter faßte, Jérôme, wie er erstaunt, verblüfft in Wien in dem Hotelzimmer stand, Jérôme, wie er Entschlossenheit und Selbstsicherheit ausstrahlte im Kreis der anderen, Jérôme, wie er vor ihr stammelte. Diese Bilder drehten sich sehr schnell vor ihren Augen, so wie in schlechten Filmen zur Darstellung der verstrichenen Zeit Kalenderblätter im Wind davongeweht werden, und verwischten jenes Gesicht, das so lange ihr einziger Schutz gewesen war, jenes Gesicht, dem ihr Gesicht, das wußte sie, das einzige auf der Welt war.

Wie sollte sie ihm das sagen, ihm das antun? Scham, Zorn auf sich selbst und Verzweiflung knebelten sie und trieben ihr die Tränen in die Augen. Jérôme legte das falsch aus, richtete sich auf, beugte sich zu ihr hin und nahm sie in die Arme. Sie ließ sich an Jérômes Oberkörper sinken, wie hundertmal, tausendmal zuvor, die geschlossenen Augen an seiner Schulter, diesen vertrauten und auch – ach! – so brüderlichen Duft von Eau de Cologne einatmend. Er trug den weiß-roten Schal um den Hals, den sie bei Charvet gekauft hatte in den letzten Tagen, als es die kleinen Seidenschals noch zu kaufen gab, den kleinen weiß-roten Schal, den er nie ablegte, den er nie verloren hatte, der ihm kostbarer war als seine gesamte übrige Garderobe, diesen Schal, der für sich allein den ganzen verborgenen romantischen Sinn, alles Absolute, die Leidenschaftlichkeit dieses Mannes darstellte.

„Jérôme", stöhnte sie mit geschlossenen Augen, „ach, Jérôme, ich bin so traurig!"

Er hatte das Kinn ein wenig angehoben; sie spürte seine kaum rauhe Wange an der ihren, seine übliche Wärme, und während sie die Bewegungen seiner Backenknochen an ihrer Wange fühlte, hörte sie ihn sagen: „Ich weiß, Alice, ich weiß. Sie haben sie auch geliebt. Sie haben sie kaum gekannt, aber sie haben Sie verehrt. Sie sagten, ich sei ein Glückspilz. Ich und ein Glückspilz!" sagte er mit einem kurzen Auflachen. „Ich hatte bis dahin nie geglaubt, daß ich ein Glückspilz sein könnte! Aber durch Sie, ja, da bin ich einer, Alice."

„Jérôme", sagte sie mit hastiger und leiser Stimme, „Jérôme, hören Sie mir bitte zu."

„Ich war so allein ohne Sie", fuhr er fort. Sie spürte noch immer an der Wange die unerbittliche Bewegung seines Kopfes, der nicht verstehen, nicht ahnen, nicht ertragen wollte, was sie ihm zu sagen hatte.

„Ich war so allein, und ich hatte solche Angst um Sie! Sie können sich nicht vorstellen, welche Angst ich hatte! Ich habe Sie nicht einmal geküßt. Seit Sie zurück sind, habe ich Sie kein einziges Mal geküßt! Und ich habe drei Tage lang von Ihnen geträumt, vier Tage lang, ich weiß es nicht mehr, ein Jahrhundert lang . . ."

Er schob Alices Gesicht nach hinten, und es erstaunte ihn offenbar nicht, über dieses Gesicht lange, warme Tränen fließen zu sehen, die ihr das Kinn, den Hals, die Bluse benetzten, Tränen, die ihr buchstäblich aus den geschlossenen Augen quollen. Und ohne ihr eine einzige Frage zu stellen, beugte er sich über dieses aufgelöste Gesicht und drückte seinen Mund auf den ihren, der sich zusammenzog, sich schloß und dann plötzlich öffnete in einer Art Schluchzen, das er ausnahmsweise einmal nicht als solches wahrnahm.

In diesem Augenblick kam Charles herein, und wie in einer Boulevardkomödie Anno 1900 traf er sie beide eng umschlungen an. Und ebenfalls wie in einer Boulevardkomödie, aber eher aus dem Steinzeitalter, schlug er sich mit der Faust auf die Brust, stieß ein rauhes Brüllen aus, stürzte durch das Zimmer, warf sich auf Jérôme und riß ihn von Alice los. Und sie, noch immer zurückgeneigt, ließ sich auf das Sofa sinken, ohne ein Wort, ohne einen Schrei, die Augen geschlossen und die Arme um den Kopf gelegt: nichts sehen, nichts wissen, nichts hören. Nachdem sie zu Boden gerollt waren, erhoben sich die beiden Männer langsam und standen sich dann gegenüber, betreten und endlich einmal einander ähnlich. Zwei Höhlenmenschen, dachte Jérôme kurz, ehe die verrückte Hoffnung in ihm zu flackern begann und dann erlosch, eine lächerliche Hoffnung, Alice gehöre noch ihm und ihm allein. „Bist du verrückt?" herrschte er Charles an. „Was ist in dich gefahren?"

„Du hast nicht mehr das Recht. Sie gehört mir", sagte Charles. Er war rot unter seiner Sonnenbräune und schwitzte. Schließlich sagte er mit schneidender Stimme: „Sie gehört mir, du hast nicht mehr das Recht, sie anzufassen! Mir gehört sie, hast du verstanden? Mir, Jérôme!"

Er erstarrte und warf Alice, die sich noch immer hinter ihren Armen versteckte, einen kurzen Blick zu, dann Jérôme. Sie waren wie drei versteinerte Gestalten, gleich den unglücklichen Bewohnern von Pompeji, von der Katastrophe in ihrer grotesken oder verzweifelten Pose eingefangen.

„Wieso das?" fragte Jérôme. „Alice, was meint er?"

„Ich werde es Ihnen erklären", sagte sie, befreite sich langsam von ihren Armen und ließ sie vom Kopf zu den Knien gleiten mit einer Anmut, die beide Männer unbewußt empfanden.

„Alice", fragte Charles, „Alice, er hat Ihnen doch nicht weh getan?"

Und sie lächelte, lächelte über diese ebenso ausgefallene wie verbreitete Zuversicht: Charles schien sich, sobald er eine Frau liebte, nicht vorstellen zu können, daß sie ihn anders als unter Gewalt zu betrügen vermochte.

„Nein", sagte sie, den Kopf schüttelnd, „nein, er hat mir nicht weh getan. Überhaupt nicht. Bitte, Charles, lassen Sie uns allein. Ich muß mit Jérôme reden."

„Warte", sagte Jérôme, als Charles zur Tür ging, und

schritt auf ihn zu. „Schwein", knurrte er, „kleines Schwein. Miststück. Du bist nie etwas anderes gewesen, wie? Ein Dieb, ein Schürzenjäger, ein Falschspieler. Und ein Feigling dazu! Schwein, hau ab!"

Charles' Kopf drehte sich nach rechts, nach links, als schlüge man ihn. Er hielt die Augen geschlossen, schwieg. Erst als Jérôme verstummte, machte er eine fast militärische Kehrtwendung und ging mit langen Schritten hinaus.

Fünfzehntes Kapitel

Alice hatte sich instinktiv erhoben, als Jérôme auf Charles zugegangen war, und sie war stehengeblieben, bis dieser den Raum verlassen hatte. Nachdem sich Jérôme zu ihr umgedreht hatte, litten sie beide unter der Entfernung, die sie trennte, unter ihrer possenhaften Attitüde und der Banalität ihres Dramas. Zum ersten Mal sah Alice Jérôme in einer Rolle, die seiner unwürdig war, und dies durch ihre Schuld. Sie war verzweifelt. Sie hätte ihn in die Arme nehmen mögen, diesen armen kleinen Jungen, der so ernsthaft war, so verantwortungsbewußt und auch so verletzlich. Was sollte sie ihm sagen, wie sollte sie es ihm sagen? Er war nicht hart genug für Beleidigungen und nicht dumm genug für Vorwürfe. Er sagte nichts, sah sie nur an mit verstörter Aufmerksamkeit, mit fiebriger Verständnislosigkeit.

„Entschuldigen Sie", sagte er schließlich mit veränderter, noch dunklerer Stimme als sonst – denn Jérôme hätte ein Bariton sein können –, „entschuldigen Sie, Alice, ich glaube, ich setze mich lieber. Es ist so schmerzhaft, das alles . . ."

Er machte eine vage Handbewegung, die den Salon umfaßte, wo die großen verlorenen Lieben seines Lebens saßen, und, vor dem Fenster, die Welt draußen, wo sich überall Leichen häuften.

So wenig Platz, wir nehmen so wenig Platz ein, letztlich, dachte Alice, auf dieser großen Kugel, auf der unser Leben abrollt. Aufrecht beansprucht man darauf einen schmalen Raum, wie ein Zylinder von achtzig Zentimeter Durchmesser, waagrecht hingegen mehr . . .

Doch welch stupide Gedanken gingen ihr da durch den Kopf, wo dort Jérôme war, der ihretwegen litt, und sie selbst mit den Tränen kämpfte?

„Alice, bitte", sagte Jérôme, im Kamin ein Feuer anstarrend, das nicht da war – glücklicherweise übrigens, denn obwohl alle Fensterläden geschlossen waren und der Abend schon hereinbrach, hörte sie, wie auf der Terrasse die Hitze summte und ihre leise Glut ins Gras gleiten ließ.

„Alice", sagte Jérôme, „bitte, erzählen Sie mir der Reihe nach, was alles passiert ist."

„Es stimmt alles, was Charles erzählt hat", sagte sie, ebenfalls mit leiser Stimme, als wären überall im Zimmer Mikrofone eingebaut. „Wir haben die Kommandantur so gegen sechs Uhr verlassen, und wir haben eine Pferdedroschke erwischt; wie durch ein Wunder, denn es muß spät gewesen sein. Es war schon ein schöner Tag", schloß sie, etwas verwirrt.

Und etwas Entzücktes in ihrer Stimme deutete Jérôme alles an: ein leeres Paris, ein Frühlingsmorgen, Pferdegetrappel auf dem Pflaster, die ruhige Seine und die Müdigkeit und die Erleichterung und das stille Einverständnis. Er hob die Hände ans Gesicht, aber die Handflächen ihr zugekehrt, wie um ihre Schläge abzumildern. Nur hätte er diese Handflächen eher seiner Brust zukehren sollen, denn seine Qual wurde genährt von der eigenen Phantasie, der eigenen Erinnerung und dem eigenen Herzen. Alice sah diese Hand, die sich zwischen sie und Jérôme geschoben hatte, diese Hand, die so oft und so lange die ihre gehalten und gewärmt hatte, die stundenlang ihr Haar gestreichelt hatte, die sich ihr, drei Jahre hindurch, geöffnet, angeboten hatte. Die Erinnerung an die warme, feste Berührung dieser Hand war Alices Hand plötzlich schmerzhaft gegenwärtig, und jemand in ihr schrie: „Jérôme, Jérôme, Hilfe! Hilfe!" Jemand, der nicht mehr sie war, sondern ein Kind; ein folgsames und zerbrechliches Kind, ein anmutiges Kind, vielleicht, das sie aber jetzt hinter sich lassen mußte.

„Und dann?" fragte Jérôme.

„Dann, ja, das hat Charles Ihnen nicht gesagt, aber es hatte eine große Szene gegeben, eine düstere Szene, auf der Kommandantur. Der Offizier hat von meiner Vorliebe für Juden, für Beschnittene gesprochen. Charles hat sich auf ihn gestürzt, sie haben ihn niedergeschlagen. Als er wieder zu Bewußtsein kam, haben sie feststellen wollen, ob er nicht auch Jude war, das heißt, sie wollten, daß *ich* es feststelle . . . Sie haben ihm die Hose heruntergezogen, und dann stand der arme Charles vor mir, ganz nackt, voller Scham, in Smokingjackett und Socken. Um ihm beizustehen, habe ich ihn nicht schamhaft, sondern ganz begeistert angesehen, ich habe vor Bewunderung fast einen Pfiff ausgestoßen. Aber er hat sich gedemütigt gefühlt, schrecklich gedemütigt. Und als wir dann wieder im Hotel waren . . ."

„Wenn ich richtig verstehe, haben Sie ihn aus Mitleid gewähren lassen?"

„Nein!" Alices Stimme klang unmißverständlich; es war ihre zornige Stimme, die bei ihr sehr selten war und die Jérôme sofort erkannte. „Nein, ich habe ihn nicht gewähren lassen! Ich habe ihn selbst an mich gezogen, ich habe ihn selbst zu meinem Bett geschleppt, denn er hat mir sehr gefallen." Sie hielt inne. „Jérôme, zwingen Sie mich nicht, solche Dinge zu sagen."

„Bitte, verzeihen Sie mir", sagte Jérôme mit verwirrter Miene.

Er hörte sein Herz klopfen, so daß es ihn betäubte: mit heftigen, dumpfen und regelmäßigen Schlägen machte es einen Höllenlärm. Oh, könnte er nur sterben, gleich, auf der Stelle! Nie mehr dieses schöne aufgelöste und schuldige Gesicht sehen, von ihm träumen! Dieses Gesicht, das er nie vor Lust verzerrt, verkrampft, verwandelt gesehen hatte. Oh, müßte er nicht mehr diese ein wenig heisere und so sanfte Stimme hören, ihr lauschen, an ihr hängen! Diese Stimme, die er auch nie atemlos gehört hatte, schrill oder häßlich, diese Stimme, die er nie brüchig gehört hatte, nie hungernd, erschöpft, gesättigt! Diese Stimme, die er nie von einem Kissen herauf „Jérôme, Jérôme!" hatte schreien hören! Diese Stimme, die gestern vielleicht „Charles!" geschrien hatte.

Was ging mit ihm vor? Er fühlte sich fähig, Charles am Genick zu packen, ihm ein Messer auf die Brust zu setzen und alle Einzelheiten, alle Besonderheiten, alle Praktiken dieser Lust aus ihm herauszupressen, die er, Jérôme, Alice nie hatte bieten können. Seine Erbärmlichkeit erschütterte ihn, aber er war das hilflose Objekt seiner Besessenheit.

„Sie gedenken, hier bei ihm zu bleiben?"

„Ja, Jérôme", sagte Alice.

Wieder traten ihr die Tränen in die Augen und rannen ihr über die Wangen, denn dieses „Ja" hatte etwas Unwiderrufliches, Offizielles, Endgültiges. Mit diesem „Ja" verherrlichte sie etwas Uneingestehbares, Flüchtiges; mit diesem „Ja" vernichtete und verlor sie diesen Menschen, der ihr am nächsten gestanden hatte, der ihr einziger Schutzwall gegen Einsamkeit und Wahnsinn gewesen war. Denn sie war verrückt, ja, sie war verrückt geworden! Wie sollte sie ohne Jérôme leben, wie nur? Und wenn sie einen Alptraum hatte und darüber sprechen, sich davon befreien wollte, an wen konnte sie sich da wenden, wer würde sie verstehen können, verstehen wollen? Welcher noch so auf ihren Körper verrückte Liebhaber würde ihren gequälten Geist ertragen? Sie war von einer schwindelmachenden und tödlichen Unvorsichtigkeit, hatte den Verstand verloren. Sie erinnerte sich ihrer Vergangenheit mit Jérôme, stellte sich ihrer beider Zukunft vor.

Gleich Argumenten, die sie zu Jérôme zurückführen würden, ließ sie diese Bilder im Geist Revue passieren: Jérôme, in einer halb geöffneten Tür dieser gräßlichen Klinik in den Bergen stehend, gekommen, sie abzuholen – und ein anderes Bild, dieses jetzt imaginär, von einem Cocktail auf einer Terrasse und von ihnen beiden, Jérôme und ihr, wie sie, den Rücken an die Brüstung gelehnt, die Leute vorübergehen sahen mit einem leisen ironischen Lächeln, dem gleichen Lächeln. Zwischen diese beiden Bilder schob sich ein absurdes Bild, das von einem schlafenden Charles, der brummelte, um sie zu beruhigen, und sich schließlich auf ihrer Schulter niederließ wie ein riesiger Säugling, der ihr ab und zu einen tröstenden Klaps aufs Haar versetzte und ihr dann auf die Nase oder die Wange fiel und sie jedesmal aus dem einsetzenden Schlaf riß. Gewiß, dieses Bild war beunruhigender als die anderen vorangehenden, aber es war das einzige in Farbe.

„Alice", sagte Jérôme in plötzlich klarem Ton, „Alice, Sie werden nicht lange bei Charles bleiben. Zusammengeführt hat euch der Krieg, ihr seid weder von derselben

Art noch aus dem gleichen Milieu, noch von der gleichen Welt, im moralischen Sinne des Wortes. Wenn ich vom Milieu spreche, so richtet sich das nicht gegen Charles, im Gegenteil, ich finde sein Milieu verläßlicher als das Ihre. Aber er, Alice, ich weiß nicht . . . Worüber wollen Sie denn mit ihm reden, was wird er Ihnen antworten, was finden Sie denn an ihm?"

Er wirkte so ernsthaft in seiner Verwirrung, so beklommen, daß Alice fast gelacht hätte. „Ich finde an ihm . . ., ich finde an ihm alles, was Sie auch an ihm finden, Jérôme, der Sie seit zwanzig Jahren sein bester und einziger Freund sind. Ich weiß nicht . . ., Charles ist fröhlich, er ist komisch, man langweilt sich nie bei ihm, er liebt das Leben, liebt die Menschen . . ."

„Das stimmt", gab Jérôme zu, gereizt und interessiert zugleich, „das stimmt, man langweilt sich nicht bei ihm: er nimmt alles leicht. Er nimmt alles leicht, weil er innerlich hohl ist, wie ich fürchte. Nein, Alice, nein, Sie wissen es genau: was Sie an ihn bindet, ist etwas ganz anderes."

„Es ist jedenfalls etwas, worüber ich nie mit jemandem sprechen werde", sagte sie schroff, „jedenfalls nicht mit Ihnen. Schließlich, Jérôme, überlegen Sie doch, was zwischen Ihnen und mir ist, das ist so wichtig und selten: Zärtlichkeit, Vertrauen, Einverständnis, alles, was zwischen Ihnen und mir ist, Jérôme, glauben Sie . . ."

Er machte eine Handbewegung, daß sie verstummte. Sie war errötet, als er dieses Thema angeschnitten hatte. Seltsam, dachte er in einem letzten Anfall von Klarsichtigkeit, sie schämt sich, und ich habe ihr keine Lust verschaffen können. Sie schämt sich, aber weswegen? Würde sie sich schämen, wenn sie sich bei der Liebe mit ihm gelangweilt hätte wie bei mir? Nein, nein, sie schämt sich der Lust, die ich ihr nicht zu geben wußte und die er ihr gegeben hat, denn dieses Stöhnen, diese Worte, diese Gesten, die hat der schöne, der liebe Charles ausgelöst, gehört und gespürt, der große Weiberheld.

Nein, es war zu gräßlich, und Jérôme erhob zu Alice ein von der Verzweiflung geglättetes, gestilltes Gesicht, ein Gesicht, wie sie es schon zweimal gesehen hatte und das sie sofort wiedererkannte. Das erste Mal hatte sie es in einem Sarg gesehen, vor zehn Jahren, und das zweite Mal vor zwei Jahren in ihrem Spiegel.

„Jérôme“, rief sie mit erstickter Stimme, denn er hielt die Lider gesenkt, „Jérôme, was kann ich nur für Sie tun?“

„Antworten Sie mir, Alice, antworten Sie mir! Er hat Ihnen gefallen? Er gefällt Ihnen? Es verlangt Sie nach ihm, verlangt Sie danach, ihn zu berühren? Sie sind ständig von ihm besessen? Er hat Sie zum Stöhnen gebracht? Alice, Alice“, sagte er lauter, denn sie hatte sich gerührt und wäre beinahe aufgestanden. „Alice, das müssen Sie mir sagen, ich muß das von Ihnen hören, damit ich mir dazu keine Fragen mehr zu stellen brauche. Ich muß sicher sein, daß nicht Sie es waren, die nicht . . ., ich meine, die . . . Alice, ich bitte Sie, ich muß wissen, daß ich es war, daß es meine Schuld war . . . Alice, seien Sie grausam, seien Sie grausam zu mir, ich bitte Sie! Wenn Sie Grund haben, es zu sein, natürlich . . .“

Und weniger seine flehentliche Bitte als der vage, bebende, ganz leise Zweifel, der in diesem letzten Satz mitschwang, gab für Alice schließlich den Ausschlag. „Ja“, sagte sie. „Ja, Charles hat mir gefallen, sehr schnell. Ich hatte mich für abgestorben gehalten in diesem Bereich, das wissen Sie nur zu gut. Dieser berühmte Abend in Paris dann, mit dem Alkohol, diesen Aufregungen, da . . .“

„Ich verlange von Ihnen keine Entschuldigungen“, sagte Jérôme schroff, „ich bitte Sie um genauere Angaben.“

Er hatte eine zischende Stimme, die Alice an ihm nicht kannte und die sie empörte. Daß dieser taktvolle, sensible Mann erotische Details von ihr verlangte! Ihre eigene Stimme schien ihr plötzlich zu klingen, als stieße sie durch eine Glasscheibe. „Wenn Sie die Technik meinen, dann wenden Sie sich an Charles, Jérôme. Und wenn Sie es unbedingt wissen wollen: ja, Charles Sambrat hat mich einen Tag und zwei Nächte lang, vom Dienstag bis zum Donnerstag, die Lust erleben lassen. Ja, ich habe geflüstert und gestöhnt, gefordert und verlangt. So, jetzt wissen Sie es.“

„Und Sie haben es ihm gesagt?“ fragte Jérôme.

„Ich weiß es nicht. Ich weiß, daß ich geschrien habe. Ich erinnere mich nicht daran, aber Charles hat es mir gesagt. Und wirklich, Jérôme, was kann da noch genauer sein als meine Ungenauigkeit? Was könnte Ihnen mehr sagen als meine Unwissenheit?"

Und natürlich blieb ihre Frage ohne Antwort. Denn Jérôme wußte nichts mehr; er wußte nur noch, daß sie vor einer Woche, auf den Tag, auf die Stunde genau, beide bei Charles eingetroffen waren und daß er dieses Haus noch in dieser Stunde allein verlassen würde.

Sechzehntes Kapitel

Der Sommer in diesem Jahr 1942 wurde einer der schönsten, den unser Planet je erlebt hatte; es war, als wollte die Erde mit ihrer Schönheit und Süße die Raserei der Menschen besänftigen. An einem weiten Himmel, von verwaschenem oder kräftigem Blau je nach der Tageszeit, erhoben sich weiße und fröstelnde Sonnen, Sonnen der Nacht, gefolgt am Mittag von gelben und blinden Sonnen, am Abend von anderen, die sich verstreuten in schrägen, rosigen, weichen und sanften Strahlen, wie um das Ende langer, herrlicher Tage zu begrüßen. Doch in Wirklichkeit war es eine weiße, unbewegliche, starre Sonne, die diesen von seinen Bewohnern Erde genannten Planeten betrachtete, der sich um sie drehte und auf dem sie gräßliche Dinge schaute. Überall häuften sich Leichen, von der Schwerkraft auf einen Boden geworfen, der ihnen zumeist unbekannt war. Die Sonne sah, wie sich überall sterbende Hände verkrampften und wieder streckten, gepflegte Hände und arme Hände, Kinderhände, Künstlerhände, Frauenhände, Männerhände, Hände mit gebrochenen Nägeln, manchmal mit gebrochenen Fingern, schon blutige Hände, die sich noch ein letztes Mal schlossen, ehe sie sich für immer zu ihr hin öffneten. Zu ihr hin, die, ohnmächtig, blendend, entsetzt, wußte, daß bei der nächsten Drehung diese wahnsinnig gewordene Kugel ihr andere Hände, andere Leichen zur Schau stellen würde.

Die Erde selbst wußte noch nicht, woran in fernen Wüsten einige dumm-geniale Wissenschaftler arbeiteten, die Erde, die doch ihren verrückten Kindern, diesen vorübergehenden, leidenschaftlichen und zerbrechlichen Kindern ergeben war, gewohnt, sie unablässig zu ernähren und zu schützen, ehe sie ihre Gebeine aufnahm (seit zahllosen Jahrhunderten, seit mehr Epochen und Ären, als sie auch nur ahnen konnten), die Erde, getreu und liebevoll, obschon beunruhigt durch dieses Gemetzel, dieses Toben und Ringen, bot den Menschen, um sie zu besänftigen und vielleicht zum letzten Mal, die leuchtendsten Frühlinge, die wärmsten Sommer, die farbenprächtigsten Herbste und die trockensten Winter. Sie bot ihnen Jahreszeiten, wie es sie nicht mehr geben sollte. Die Erde sollte nämlich bald erfahren, daß ihre Kinder, diese Wesen der Zeitweiligkeit, ein Mittel entdeckt hatten, mit dessen Hilfe sie nicht nur schneller sterben, sondern sie, die Erde, mit sich in den Tod reißen, sie sprengen und vernichten konnten, sie, ihre Nährmutter, ihre einzige Freundin.

Während dieser Zeit, in der bukolischen Atmosphäre einer noch verschonten Gegend Frankreichs, geriet Alice immer wieder in Entzücken über die braune Hautfarbe ihres Geliebten, über den Sommer und seine Wärme. Sie gingen zur Mittagsstunde im Gießbach baden und veranstalteten dort ein Picknick. Dann fuhr Charles in seine Fabrik zurück, und Alice ging schleppenden Schrittes nach Hause. Sie las, legte Charles' Platten auf, streichelte den Hund und die Katze, sprach mit der Köchin über das Leben, mit dem Hausmädchen über die Männer und mit dem Gärtner über das Wetter, setzte sich ans Klavier, spielte vorsichtig ein wenig, seufzte, lächelte, stand auf, schritt über eine Wiese, pflückte einen Strauß, legte sich unter einen Baum, vergaß dort die Blumen, ging ins Haus zurück, um einen Cocktail zu mixen, einen immer ausgefalleneren Cocktail, da alles immer knapper wurde, den Charles aber, wie es schien, köstlich fand. Sie sah ihn in furiosem Tempo ankommen, daß der Kies unter den Reifen aufspritzte, sie sah ihn aus dem Wagen springen, die Stufen hinaufeilen, sie sah seine Augen, seinen Mund, seine zu ihr ausgestreckten Hände, dann sah sie nichts mehr im Dunkeln außer der Struktur seiner Jacke an ihrem Gesicht und, wenn sie den Kopf zurückneigte, den so geraden Winkel seiner Schulter und seines Nackens. Aber sie hob fast nie die Augen, sondern schloß sie, blieb im Dunkel seiner Arme, um Charles'

Geruch einzuatmen, den Geruch seiner Seife, seiner Haut.

Sie empfand ein Besitzergefühl, das sie bis dahin nie gekannt hatte, ein Gefühl, das sie zuerst nie empfunden und dann immer geringgeschätzt und unterdrückt hatte aus Respekt vor der Freiheit und Unabhängigkeit anderer. Vielleicht war dieses Besitzergefühl in ihr gerade wegen dieses so freien, so natürlich freien Mannes erwacht, der so unabhängig war, so allein trotz seines geselligen Wesens, so wenig vom Leben domestiziert und letztlich so isoliert durch seine Lebensfreude; der so erfüllt war, so geschmeidig, so abgerundet, so beständig, so ganz anders als ihre früheren Liebhaber, so anders als alle, die sie vorher gekannt und bisweilen wiedergeliebt hatte, so weit entfernt von dem zerbrechlichen Gerhardt, dem verletzlichen Jérôme . . ., von allen diesen gespaltenen und zerrissenen Männern, die sie alle gebraucht hatten und alles dafür gegeben hätten, hätte sie sie gebraucht. Ja, alle hatten irgendwie von ihr verlangt, sie leiden zu machen, damit sie empfanden, daß sie lebten. Und so hatte keiner von ihr empfangen, was Charles empfing, dieser Mann, der sie brauchte, nicht um zu leben, sondern um glücklich zu sein.

Und mochten ihr alle ihre Regungen auch rein sinnlich erscheinen, so wußte sie doch, daß sich hinter ihnen etwas anderes verbarg, etwas Zarteres, Zärtlicheres, etwas, das sie sich weniger leicht eingestehen würde. Etwas, das sie eines späteren Tages, im Alter, falls sie alt wurde, in der Rumpelkammer der Erinnerung unter dem (wie sie jetzt schon wußte, gewiß sehr selten vorkommenden) Etikett Leidenschaft – und zwar glückliche, erfüllte Leidenschaft – aufstöbern würde.

Denn im ruhigen und sanften Dahinfließen ihrer Tage meldete sich kaum noch die trockene und kalte Stimme des Verstandes, um sie zu fragen, was aus Gerhardt und Jérôme geworden war oder was sie bei diesem Mann zu schaffen hatte, der nicht wußte, was sie liebte, und sich nicht um die gleichen Dinge sorgte wie sie. Und wenn sich diese Stimme meldete, schob sich jedesmal sogleich irgend etwas, ein Sonnenstrahl oder ein Blick von Charles, die Katze, die sich an ihrem Bein rieb, irgend etwas

Konkretes, etwas Konkretes und zugleich Träumerisches, etwas Warmes und Sanftes zwischen sie, ihre Vergangenheit, ihre Zukunft und ihr Könnte-sein, etwas, das sie schon jetzt hätte Glück nennen können, wäre sie auf diesen Gedanken gekommen und hätte sie die Kraft dazu gehabt.

So verlebten Alice und Charles in jenem Sommer einige herrliche Wochen. Dann kam der September, und Regenstürme schüttelten das Haus und die Landschaft. Freunde von Charles kamen zu Besuch. Alice empfing sie voller Anmut. Man sprach viel über den Prix Goncourt, wenig über das Theater, gar nicht über Politik. Mitte September sagte sich Alice immer wieder, daß sie in die Stadt fahren und Bücher kaufen müsse, denn sie hatte alles im Haus gelesen, und sie mußte sich schließlich mit etwas beschäftigen während dieser ein wenig langen Tage, an denen Charles erst um sieben Uhr heimkam und der Regen sie daran hinderte, vor die Tür zu gehen. Aber das Verlangen nach den Büchern war nicht stark genug, um sie zu veranlassen, nach Grenoble zu fahren. Sie fand den Regen nicht lästig genug, um gegen ihn aufzubegehren. Es gelang ihr nicht, sich von der Stelle zu rühren, sie ging nur hin und her zwischen Zimmer, Salon, Küche und Speicher, stets gefolgt von der Katze und dem Hund, die jetzt an ihr hingen wie in den Märchen die Tiere an der guten Fee. Sie wanderte, vor sich hin trällernd, durch das große Haus und wunderte sich ein wenig, wenn sie sich in einem Spiegel begegnete. Das Leben, so schien ihr, konnte ewig so dauern, und sie wußte nicht, ob darin eine Möglichkeit, eine Hoffnung oder eine Gefahr lag. Sie versuchte übrigens nicht einmal, es herauszufinden.

Und als sie die Nachricht erhielt, daß Jérôme bei Paris gefaßt worden war und zweifellos in diesem Augenblick von der Gestapo gefoltert wurde, als sie beschloß, noch in dieser Stunde abzureisen, und zusammen mit der in Tränen aufgelösten Köchin ihre Koffer packte, wußte sie es noch immer nicht. Da Charles in Lyon und nicht zu erreichen war, hinterließ sie ihm einen Brief.

Alice war eine Frau mit klarem Kopf, aber als sie sich auf der Schwelle dieses Zimmers umdrehte, in dem sie fünf Monate verbracht hatte, betrachtete sie es, als würde sie tatsächlich wieder in diesem Bett und in Charles' Armen liegen – in vierzehn Tagen, so wie ihr Brief es ihm versprach. Doch zwei Monate später hatte Charles noch immer keine Nachricht von ihr.

Zwei Monate später übrigens, am 11. November 1942, überschritten die Deutschen unter Bruch der Abkommen von Vichy die Demarkationslinie. Ganz Frankreich war besetzt. Am 19. November durchkämmte eine Abteilung der Gestapo die Umgebung von Romans und entdeckte in dem kleinen Dorf Formoy einen gewissen Joseph Rosenbaum, Werkmeister in einer Schuhfabrik und Jude, dessen Familie seit 1854 in der Gegend ansässig war. Den Protesten seines Arbeitgebers zum Trotz nahmen sie ihn fest und schickten ihn nach Auschwitz, nicht ohne bei der Gelegenheit seine Frau mißhandelt und sein Haus angezündet zu haben.

Nun endlich schloß sich Charles Sambrat der Résistance an.

Uwe Timm

Der Mann auf dem Hochrad

Legende

bb-Taschenbuch 562
168 Seiten · Broschur
Best.-Nr. 613 425 8
Bestellwort: Timm, Mann bb

Dies ist ein sehr amüsant zu lesendes Buch über einen originellen Erfinder und Streiter für die Kunst des Hochradfahrens im herzoglichen Coburg um 1890. Die Auseinandersetzungen um das Fahrrad in dem provinziellen Städtchen weiten sich zum Zank um den Fortschritt schlechthin, die Fronten gehen durch soziale Schichten, Vereine und Familien.
Uwe Timm, seinen Lesern in der DDR bereits durch „Heißer Sommer" und „Morenga" bekannt, erzählt eine Familienlegende. Er gibt ein farbiges Bild der Zeit vor der Jahrhundertwende und macht ein Stück deutscher Alltagsgeschichte einsehbar.

Aufbau-Verlag Berlin und Weimar